Geoffrey Chaucer

チョーサー

曖昧・悪戯・敬虔

齋藤 勇

南雲堂

本書を妻和子に献ずる。

目　次

チョーサー

曖昧・悪戯・敬虔

I　中世文学における生と孤独

—序に代えて—

i

人間，生きているだけでも恥しいと思うことがある。否応なく他人《ひと》を傷つけるからである。だから罰せられても仕方がないと思うが，生きているだけでもすでに罰せられているのに，これ以上この世の罰は御免だと開き直ったりする。自分で自分を持て余した末，共同社会から疎外されていると実感する。帰属意識を喪失して寂寥感に襲われる。こういうのを孤独感というのだろうか。そのように生を続ける自分を客観視してみると，自分を見詰めるもう一人の自分に気がついて絶えず悩まされる。そのもう一人の自分が煩わしくて忘れたい。それを追い払うために酔いを求めようとする。陶酔への志向である。ナイチンゲールの声に陶然としていてふっと我にかえり「真実寂しいぞ」(forlorn）と述懐した John Keats（1795-1821）の気持も分る。Keats は醒《さ》めたのである。醒めているということは眠りを奪われるということでもある。眠りを奪われたら人間の苦しさは明日の生のエネルギーを奪われたと等しい。(Macbeth が Duncan 殺害後，眠りを奪われ，過去を考えるのも，未来へ思いを馳せるのも恐ろしくなり，過去，現在，未来のつながりをばらばらにしたことも思い出したい〔*Macbeth*, II, ii, 49-

52〕)。[1]この眠りを奪われるということに関してだが，Lord Byron（1788–1824）に *Manfred* という劇詩がある。主人公 Manfred はアルプスの山中の城主であるが，この世の森羅万象の知識を自家薬籠中のものとしてはいるのに，かえって「知識の木」は「生命の木」たらざることをひしひしと実感している人間だ。知識は悩み（sorrow）そのものなのだ。彼も眠りを奪われた人物で，まどろむことはあっても，それは眠りではなく絶えざるもの思いの連続なのだ。彼の「心は夜を徹して目覚めていて，両眼を閉じるのもただ内なるものを眺めるだけ」(in my heart/There is a vigil, and these eyes but close/To look within....)（Ⅰ，5–7)[2]になってしまっている。この絶えず目覚めていなければならない苦しみのために自然な人間的感情を喪失している。彼も酔いを求めて自己を忘れたいと願う人物である。自分が生きている限り他人を傷つけることをよく知っており，その罪の許しを求めるのに吝《やぶさ》かではないが，誰が自分を許すのか。それは神か。彼は神との和解も拒絶する。許すなら自分が自分を許すしかない。ではそれほど自分は絶対者なのか。そうだ。しかし自分は自分を許すことができない。復讐ならできるぞ。でも自分はもう十分罰せられ，復讐されている。では然るべき調停者をたててはどうか。Manfred はそれも拒む。調停者もたてなくてどうしてこの世に許しがあるのか。この辺から個人が自分の行動を自律的に規正できない現象が起ってくる。結局彼は死を迎えるのだが，寂しい近代人の姿である。人，この世に生を受け，生を続ける限り他人を傷つけ，罪を犯す。ために周囲から疎外されているという孤立感，孤独感。愛とか美とか誠実といった見えすいた日常生活の称讃，激励の言葉にはすぐ白けてしまう。これはただシニカルに世を生きていく近代人の一面である。神を離れ，我みずから独り歩きを始めた近代人の，結局は自己を律することのできない姿である。こういう人物はしばしば自己を恃《たの》み，同時に自己を憐れみ，他人に甘えては峻拒されまた自己を憐れむ。こういった堂々めぐりをして自己を追いつめ持て余す。

　これは神を離れ，神との和解にも仲介者を拒む近代人の自己苛《さいな》みであろう。神は天上における自己充足的な栄光である。そして独りにおわします。しかし神は人間の万事を決して忘れない。そしてそれに介入される。もし神が存在するなら，我々は自由を剝奪《はくだつ》されているわけだ。しかし人間は自由でなければならないし，自分の自由を勝ちとる力をもっている。「それなら神は存在しない」。これは19世紀のBakunin（1814－76）の『神と国家』での言葉である。[3] この三段論法はしかし人間を自由にすることはできたが，自己責任という重荷を人間に背負わせた。それがまた人間の強い実在的苦悩の淵源となる。神のない世界の自由。しかし，人間の存在の不条理に人間が気づいた時，その不条理に対するプロテストは人間側からは不可能である。一体どのような地上目的（それが元来不条理であるのに）のために人間はその自由を駆使できるのか。もし神が死んでいるのなら，人間が今まで何の疑問もなく従ってきた道徳律というものは捨てられなければならない。（特にキリスト教共同社会という視点で文化を造成してきた西欧ではそうであろう）。さすれば人間は自分の価値観をつくり，自分自身を頼みにしなければならないのである。

　人間は自分の運命のために責任という重荷を背負うことによ

ってこの神という至上の権威を，もはやもたないままで自己を超克するか，さもなければそこから逃亡しなければならないわけである。あとに残る自由はやむなく自分がそれに向っている死という終着点を認める自由しかない。こうした存在の偶有性の中での死の意識は恐れを生む。自分にとっては限りある「時」という罠に捉えられて未来に向わねばならないが，それでもそれは「無」から脱出してやはり「無」である死へと突き進むことになる。こういう考え方は限りなく無神論に近づく傾向をはらんでいるが，人はこの世界では孤独に直面しなければならない。宗教という麻薬，ないしは処方箋なしには破滅という未来しかない。人は永遠の相の下に生きるのではなく，「時」という制限の中で生きるのである。人間の悲劇的な相克は外界からのものではなく，また deus ex machina もない。人間歴史の恐ろしさに圧倒された現代のヒーローは地上の「時」から脱出して永遠の相のもとに飛びこむことは不可能である。人は何も信じられない，ということを信じることになる。されば宗教心がなくなれば人間は必死になって表現しようとしてきた言葉も無意味になる。[4]

ii

近代人の自己苛《さいな》みということを言ったが，それでは信仰の時代といわれた西洋中世ではどうであったのだろうか。一口に中世といってもしたたかに長い期間で，西暦 3 桁から 15 世紀まで及ぶ。その精神風土は簡単に論じられないが，善くも悪しくもキリスト教的共同体が教会を中心に隅々まで形成されていた時代と言えよう。その中世にも共同社会で生きて行くことにつきまとう孤独感と自己苛《さいな》みはあったのだろうか。結論を先に言うならば，中世においては近代以降のような孤独感は存在しなかった。もちろん人間，生きて行くだけで罪だという考え方は，れっきとして中世にあった。ただ自己の罪を許すのに自己の論理をもってしなかった。自己という現世に憑《つ》かれた人間を許しの主体に考えてもみなかっただけである。一般に近代における自己苛《さいな》みは，この世の生に執着するか，それとも絶望したうえのことであったのに対して，中世の場合は彼岸という死後の生の価値が念頭にあってのことであった。

人間の生はこの世限りのものではない。死後にも生があってそれとつらなっている。つまりもっと簡単に言うならば，最後の審判の日には（その到来の日は誰も知らないとしても）祝福された者は死後天国へ，生存中その行い悪しかりし人は永劫の苦しみに，という希望と怖れを抱きつつ人間は此岸から彼岸へと連続した「時」を意識しつつ生活していった。それは目的論的でもあり，肉を捨象したあとの生が天国か，地獄か，という二項対立的思考であった。美徳か悪徳か，善人か悪人かという図式である。だから人間の生は寓意的にとらえると，Prudentius（348-c410）の *Psychomachia*（魂のたたかい）に展開されるような魂争奪をめぐる美徳と悪徳のたたかいであった。こういう図式は司牧する教会側にとっては人々が天国での生の権利を獲得するための，そして地獄の怖ろしさを実感させるための手段として活用されることになる。教会の提供する視覚芸術が，天国の浄福は確かに美しく描写しているが，地獄の凄惨にも大いに力を入れ，リアリスティックに描いたのも，戦慄的な後生の存在を民衆に心底自覚させ，マイナスの面から入ってプラス面への希望を抱かせる意図があったからだろう。この世で正しく振舞うことのできるようにと，社会を戒めるのである。のたうちまわっている地獄落ちの亡者ども，その地獄の門にかちりと鍵をかけてしまう天使の像などはよく見かける図で，12 世紀初期の Winchester の New Minster の *Liber Vitae* の口絵とか，[5] やはり苦しみもがいている死者たちを大きな口中一杯に頬張った猛獣。その口（それは地獄の門なのだろう）にもやはり天使が厳かな顔で鍵をかけている図も 12 世紀中期の *Winchester Psalter* に描かれている。[6] 人間の魂が聖ミカエルによって善悪の秤にかけられる図などもポピュラーなもので，Catalonia の Soriguerola にある教会の祭壇覆《おお》い画（13 世紀後期）や Bourges の聖堂のタンパンなどに見られる（13 世紀後期）。Soriguerola の教会の場合などは悪魔が懸命に秤を自分の方へ傾くように秤皿の一方にしがみついている図などもリアルで滑稽である。[7]

iii

所詮「何人も罪なくしては生きない」（Nemo sine crimine vivit）（ちなみに *Piers Plowman*，第 11 歌で〈理性〉が，神は人間を肉体と悪魔による苦しみを伴ったものとなし給うた，人間はそういう本性〔his kynde〕に従うものでそこから逃れられない，という文脈で，この Cato の *Distich* I，5 からのラテン語引用をしている）。[8] 人間は「生きている限り罪を犯す者」であってみれば，たとえ在世中，極悪非道であった人物は別としても，行いすましていた人々とても胸に手を当ててみれば罪を意識せずにはいられない。怖ろしい地獄図を見るにつけても不安感，生きてあらん限りの不安感は拭いきれないのではないだろうか。中世人にとっても生身の死を前提とした不安があったわけだ。現代文明のもとにおけるように，死は肉の面においても，心の面においても nothing であり，その nothing へ向う生も nothing である，というわけではないが，この世の生は次の生への連続であるだけに，もしそこにも七転八倒の苦しみが待っているとすれば，生そのものはまことに不条理，孤独で不安なものであったにちがいない。中世も 12 世紀になると，地獄か天国かという二項対立がやわらげられてくる。小罪，大罪，という区別を設けてその小罪に救済策を考える。つまり堕地獄には値しない小罪と，地獄落ちに値する大罪という区別である。それは天国か地獄かというのっぴきならない条件提示でなく，第三の場所，天国と地獄の中間点，天国への待機の場所としての煉獄の思想である。（この思想の萌芽は，今は正典からはずされてはいるが，パウロの黙示録における上層の地獄の思想や，St. Augustinus（354 - 430）の「浄罪の苦しみ」〔tormenta purgatoria〕とか「浄罪の火」〔ignis purgatorius〕といった言葉にもあらわされている）。[9] この煉獄思想の定着と殆ど時を同じうして悔悛の秘跡という魂の救済手段が講じられるようになる。煉獄思想と悔悛は密接に結びついているのである。そして死は生に意味を与えるものとなる。つまり culpa mea（わがあやまちなり）と罪を悔い，告白し，罪を償い，それによって天国への待機の場所を設立して現世を死後世界へと延長するのである。そこで償いが全うされていない罪を苦患という罰によって浄め，天国への道を開く。煉獄が purgatorium，すなわち罪を purgo（= purge）する場所，浄罪界といわれる所以である。(因みにこの煉獄の思想の普及には布教に活動的であった托鉢修道士（friar）のはたらきが大きかったといわれる)。

中世も後半になると，地上でも償罪だけで罪が purge され，天国直行という思想も生れてくる。(後述するが，*The Canterbury Tales* の中に出するバースのおかみさんが，第四番目の夫をさんざん苦しめて，しゃあしゃあと次のようなことを言う。私がこの世で苦しめてあの人の煉獄がわりになってやった〔in erthe I was his purgatorie. . . .〕。それもあの人が天国へ行けるように願っているからだ〔For which I hope his soule be in glorie. . . .〕，〔III，489–90〕と。[10] 煉獄での苦しみの分を地上ですませたから天国行きは間違いないというところか)。いずれにしても煉獄は小罪の受け皿であったわけだ。中世の社会は「生者と死者とを問わず，人間の社会を変じてキリスト教徒の社会たらしめた」[11]のである。できれば天国へ，しかし大半の人は聖俗も含めて煉獄（つまり現世における悔悛の継続の場所としての煉獄）へということになると，彼岸でせめて地獄落ちだけは免れるための，此岸での資格獲得，メリットが必要になってくる。さらに死者への生者の執り成しの祈り，という手段まで講じられ，罪を抱いて死んでも煉獄の滞在時間が免除されたりするのである。[12]「何人も罪なくしては生き」られないこの世にも意味がある。教会の狙《ねら》いはそこにある。そこで，その罪は承知のうえで犯されたものであるかどうかということが悔悛では問題になる。それは個人の責任の追求ということだ。誰と，どこで，いつ，どんなに，どれほど，なぜ，という風に個人の罪に至る心理的プロセスを検索していく。[13] 道徳生活の内面化と個人化ということだ。近代人はこの個人的責任に強く執着し，しかもその個人的責任の空しさを意識するが，中世人は，特に後期の中世人はこの個人的責任を悔悛の秘跡によってなんとか果したのである。（そもそも煉獄思想を否定するピューリタンにはこうした逃げ場はない。地上でのメリットという考え方がないからである）。悔悛の秘跡については1215年のInnocentius III（1160-1216）によって招集された第四次ラテラノ公会議の教令が大きな役目を果している。その第21令に「すべての男女のキリスト教信者は，成年に達すれば」すくなくとも年に一度は教区司祭に悔悛することが制度として規定された。そこで司祭側にも要望が出されている。「罪を犯した者の環境とその罪の状況を詮索する」ことである。[14] この公会議の趣旨はやがて出席者によってそれぞれの国に持ち帰られ，各国流にラテン語で編纂され，一，二世紀を経てイギリスではさまざまの英訳が出たりする。もちろん悔悛という行為は古くからあったが，初期の教会においては罪を発見された人は共同社会から追放される。そのままではどうしようもないから，これに悔悛や和解の方法が生れてくる。罪の悔い改め，その償いにはもちろん苦しみが伴う。だからその罪の償いを免じてやるという思想もやがてあらわれるのだが，2世紀頃にはまだ悔悛は制度としては秘跡の中に入っていない。しかしおよそ罪はどんなにゆゆしくとも許される。悔い改めた罪人は真の痛悔によって許されるという思想も4，5世紀にはあった。しかしそれも会衆の面前で，会衆とともに泣きくずれて行われるものであった。そういうことを St. Hieronymus（c340–420）は *Dialogus contra Luciferianos*（反ルシフア対話）という書物の中で書き誌している。[15] 罪の告白は公然と人前でなされねばならなかったものが，罪人から司祭へ一対一で行われる秘密告白として秘跡の中に組みこまれ，人間の内面の詮索に焦点がしぼられてくるようになった。罪を犯すに際しての意図，心理が重要視される。ちなみにこういう際の告白者の心の葛藤の表白が，教義にあわせた説教マニュアルなどの告白の範例や宗教短詩などに滲み出てくると，文学としての市民権を得てくるようになる。もっともそれは中世もずっと後期になってからである。[16]

Chaucer の *The Canterbury Tales* の “The Pardoner's Tale” における三人のならず者に相対決する一人のさまよえる老人の心理などには悔悛への意識が見えかくれしている。この歳になってもまだ母なる大地に入れないこの老人は後生の楽を祈っているのだが，まだ神からお許しがないので死ねない。地上的快楽に執心したうえでの後生の約束のない生身の死ならいつでも実現するのだが……。だから三人のならず者にその死の在りかを教える。しかし彼等の後姿に悔い改めるのなら今のうちだよ，と声をかけるのである。彼は悔悛の大切さを知っているのである。おそらく若い時代の地上楽執心の後遺症がこの老人に残っているのだろう。金箱はいらない。むしろ ‘heyre clowt’ が欲しい，と言う。[17] この‘clowt’は死衣であるともとれるが，修道者や悔悛者のまとう償罪の‘heyre clowt’と考えると，[18] 彼は悔悛の機会の与えられるのを待っていることになる。さればこそ休みなき囚われ人，‘restelees kaytif’[19] であるのだ。“The Friar's Tale” の中の教会裁判所召喚吏（Summoner）の堕地獄の際の彼の自己承諾による悪業は悔悛の意図にかかわる問題を提供する。*Sir Gawain and the Green Knight* における Gawain の誠実と礼節への自負と現実に犯した貪欲，怯懦《きょうだ》の罪との間の良心の痛みなどは一種の自己苛《さいな》みでもある。しかし緑の騎士の前での「すべてわがあやまちなり」(al fawty is my fare)[20] という悔悛の言葉によって緑の騎士の好意的な笑いを誘い，その誤ちのしるしとして Gawain が身につけるガードルも，アーサー王宮廷の笑いの中に収斂されてしまうのである。Gawain の潔癖を，緑の騎士もアーサー王の宮廷も，そういう笑いの中につつみこんでしまった。(*The Northern Passion*〔14 世紀〕におけるアダムの息子セスの話でも，臨終のアダムが自分の過去すべてを告白したあと天使の内意により聖寵が得られることをきいて生まれて始めて笑った〔lough〕というのも悔悛による安心立命の開放された笑いであったのである。[21] 同じ記事が *Cursor Mundi* にもある〔he logh, bot neuer are.〕)。[22] Gawain とても完全人ではなかったのである。なるほど St. Augustinus によれば，神の真理より己れを愛することは罪とされているが Gawain のわが生命惜しさゆえの行為は，St. Thomas Aquinas (1223–74) や Wyclif (c1320–84) などによれば状況的に情状酌量の余地のあるものである。誰も罪なくしては生きえない，という考え方がそこにある。[23] 清浄無垢というメリットだけで天の女王たりえた（使徒信経もまともに唱えることもないうちに二歳で亡くなった）童女に嫉妬を示し，その不条理をなじる中期英語詩 *Pearl* におけ dreamer などもそういう文学中の顕著な人物たりえている。これらの作品では悔悛もしくはそれに類した悔い改めということが生きるための必須条件として潜在も顕在もしている。

中世も後期になると，ペスト，戦争等による突然の死，つまり悔悛の秘跡を受けるひまもない死を迎えることへの恐怖，不安がたかまり，「死の踊り」，「死を想え」という往生の術の訓戒も流行してくる。パリの Holy Innocents の回廊の彩色画や納骨堂にさらされていた実物の人骨群などはまさに死を想わざるをえない光景だし，狩に出た三人の若者が，突然棺に入れられ蛆虫のわいた自分たちの死体に遭遇するとか，[24] 狩りをしている人々の後から彼等を狩りする骸骨群[25] などはフラスコ画や時禱書の挿画などにしばしば見られる図である。こうした死にまつわるアイロニが “The Pardoner's Tale”（〈死〉を殺せと追っかけていた三人のならず者は「金銭」という〈死〉につかまった）や “The Friar's Tale”（金品を強奪するために犠牲者をハントしていたつもりの教会裁判所召喚吏は，実は，地獄へ拉致する獲物を狙っていた悪魔にハントされていた）の主人公の皮肉なそしていささか小気味よい死にざまに生かされている。

12 世紀になると一種の産業革命を経験したヨーロッパは諸般の生産性を向上させ，現世の諸価値に対する愛着が増大するようになると，かつての現世蔑視の思想は衰退し，かえってそういう諸価値との訣別という死，（つまり，その地上価値に執着してきたことによるこの世と連続しているはずのあの世）での不安が人心に現われてくる。とともに煉獄思想と悔悛の思想はますます聖俗を問わない個々人の日常生活の中で重要性を占めてくることになる。

iv

天国行きか地獄落ちか，しかしおよそ善にも悪にも徹しない通常人には煉獄での浄罪の責苦が待っている。それを悔悛での償罪行為によってどれだけ教会に執り成してもらえるか。中世人の個人の疎外感はそういう関心に吸いこまれてしまう。二つの生（地上の生と死後の生），教会はこの二つの生を掌握している。人はこのキリスト教共同社会にあまねく帰属する。あとは二つの生の間の収支をどうしてつけるかに人生を追われるのだ。人のこの世の生はふるさとなる栄光の都に帰る巡礼である。その巡礼に間違いを来すと故郷に帰れない。死後の生への要諦を誤ったことになる。それが寂しいのである。人生は巡礼，寂しく厳しいもの，それは自己の罪を持て余した末，「これわがあやまちなり」という告白の祈りを唱えての償罪行為であり，主の御許に近づく帰巣の行為である。

14 世紀の Chaucer という人物がこの巡礼のモチーフをかりて *The Canterbury Tales* という作品を書いた。一陽来復の四月に三十名の巡礼者がカンタベリへの往復にそれぞれ取っておきの物語を披露する。そのうちの一人にバースからやって来たかみさんがいる。この女《ひと》，アーサー王宮廷の一騎士が女性の最も望むことを探ねて諸国遍歴をするが，一人の老醜女にそれは「男を支配すること」と教えられ命が助かるという話をする。結局この騎士は老醜女と約束どおり結婚する破目になるが，最後は彼女は若き美女に変身，その代り夫への支配権の獲得ということでけりがつく話である。その話の前口上にこのかみさん

Alisoun（＝Alys）は長い告白めいた自伝的結婚談義をする。それが面白い。

陽気で戦闘的，男好きでお喋りの Alisoun は過去に五人の夫を持った。最初の三人は老人で金持，四人目は年恰好のあった男性，五人目は二十歳も年下の青年（この間，もちろん他に恋人もいた）。最初の三人には閨房でいじわるをして財産をおねだりする。四人目の夫には女道楽をしたので妻と同じ苦しみを返してやる。ところが五回目の結婚生活ではなんと今度は彼女が閨房でいじわるをされて財産の管理権も召しあげられる。最初の夫たちにはあらゆる権威をふまえた女性蔑視と結婚嫌悪の格言を浴びせかけられるが，敢然と反抗して相手を辟易させてしまった。最後の結婚生活では，またまた夫の引用する反女性格言を聞かされ，辟易するのは彼女である。なんのことはない，人生順送りで若くして夫を攻めたと同じ仕掛けで夫に攻められている。そこに彼女の悲しみがある。「私は経験を積んでいますので，権威に頼らなくても結婚の苦しみについては話せますよ」（Experience, though noon auctoritee/Were in this world, is right ynogh for me....）（III，1–2）と語り出した Alisoun だが，世間では女の苦しみで通っている結婚の苦しみが，彼女に語らせると男の苦しみであった。そのはずの結婚生活が最後にやっぱり妻の苦しみとなる。彼女の結婚哲学は，夫婦生活は夫が妻の支配下にあってこそ幸せ，ということなのだが，五回目の結婚で随分と夫の下風に甘んじた（最後には腕力で妻の優位を取り戻し，めでたしとなるのだが）。実は彼女は辛い思いをしてきたのだ。肉の感覚に目のない Alisoun は，若くて美しい時代には老人相手で欲求不満に，途中では夫の浮気に，老いては若い夫にいじめられ，一貫して悩んできた。その欲求願望が彼女のするアーサー王宮廷の騎士の話に吹き出ている（つまり，自分も夫も若くて美しくて，しかも妻たる自分が支配権をもつという幻想の実現）。

今は独り身の寂しい Alisoun には詠嘆がある。「ああ……年って嫌だわ。わたしの美しさも力も奪ったわ。でも去るものは追わず……花も実も移りにけりってところね。今はふすまだけでも売りたいわ」(But age.../Hath me biraft my beautee and my pith. /Lat go. Farewel! The devel go therwith! /The flour is goon; there is namoore to telle; /The bren, as I best kan, now moste I selle....)（III，474-78）。ところが彼女のふすまでも売ろうという呼びかけにもかかわらず六人目の夫になろうという男性は誰も名のり出ない。「ああ恋が罪だなんて，わたしは生れつきの性質どおりやってきたのよ」(Allas, allas! That evere love was synne! /I folwed ay myn inclinatcoun....)（III，614-15）。でもこの女性，生きている限り男を支配し肉の快楽を求めるのだ。

性的情熱が有害だ，個人と社会にとっても有害だと信じられていた。阿部謹也氏の『西洋中世の男女』(筑摩書房，1991）でのことばをかりると「性衝動は相手かまわず，時も所もわきまえず自らの欲望をとげるために働きだすから社会生活に大きな障害になると中世では一般に考えられていた」(146 頁)。だからそれを抑制，制限しなければならない。でないと家族の秩序が乱れ，社会混乱の原因になるわけだ。(いわんや聖職者においておや。で，彼等は建前としては独身をまもっていることになっていた)。しかし性交を前提とする結婚は 12 世紀にはすでに教会の秘跡に組み入れられていた。「産めよ，増えよ，地に満ちよ」という神の言葉は厳然としてあったが，それは St. Augustinus も間接的に言っているように，「地上のあらゆる民族において，やがて神に従う者たちが多数になること」を表示したものである。[26] それでも，結婚生活において是とされる性的行為も，その生殖という必要性を越えたものはもはや理性に従うのではなく情欲に従っていることになるのであった。[27] 結婚が秘跡の中に組みこまれても，結婚による性行為にはあれこれ注文をつけられる。阿部氏によると，11 世紀頃の聴罪規定書（Bussbücher）によると，結婚による性行為は「愛撫しても」「深いキス」をしても「変った体位」もいけない。性行為は一回だけだ。楽しんでもいけない。あとは必ず身を潔めよといった条件つきだったという（前掲書，158 頁以下）。また，復活祭，聖霊降臨祭，降誕祭などの祝日前の禁欲期間中は行ってはならない。水曜日，金曜日，土曜日もいけない。主の日である日曜日もいけないという有様である。これが現実に守られていたかどうかは別としても，すくなくとも男性中心の聖職者，つまり権威が決めた制度なのである。わたしは権威のお世話にならなくとも経験で生きていけると広言する Alisoun は，そういう制度としての聖性の呪縛のもとで悩むのである。

身を揉んでわが性格を持て余している人間がここにもいる。でも彼女の告白録は不思議に明るい。甘えがないのである。しかし，罪な「わたし」をなんとしょう，という自己苛《さいな》みも覗く。Alisoun の告白の背後には Chaucer というひとりの男性が，なんにも言わないけれど，更に年古りたる Alisoun の行末を知っている気配がある。独身女性の老後は中世ならずとも寂しいものだ。しかも五回も結婚し，恋人もあったし，情欲に身をまかせてきた身である。それにはどう対処したらよいか，我らにはきこえないが，悔悛をするなら今のうちですよ，という囁《ささや》きがある。それは一般には堕地獄という恐怖による司牧を選ぶ中世の教会からの囁きである。「何人も罪なくして生きず」という大前提。さればいつ訪れるかも知れない「死を想え」という諭し。生ある間に悔悛をすませておくこと。その囁きはこの *The Canterbury Tales* の最後の司祭のする話（“The Parson’s Tale”）で朗々と説得力のある散文で明言される。一行がいよいよカンタベリ大聖堂に到着する寸前という絶好の機会に，Chaucer は司祭の口を借りて提言しておく。今からでも悔悛償罪は充分間にあいます，というわけだ。

孤独に執着して出口のない自我分裂を表白して第三者をも苛《いら》立《だ》たせる文学は中世にはないと言ってもよいのではないか。第三者はそれとなく孤独への対応を教えられるのがカトリック社会の中世の文学である。搾取，差別，貧に喘《あえ》ぐ中世の民衆ではあっても彼等はそういう生を個人の実在に訴える非条理として受けとめるよりは，神の定め給うた所与の秩序《オルドウス》の問題として甘受した。彼等の個々の生は社会に埋没し，生の寂しさの解消は後生に預けられていた。この世の生はのっぴきならない時間帯でなく後生という更なる生へと続くのだ。そういう生への期待がある限りその時間的余裕に慰められる。中世人は思ったより孤独ではなかったのではないだろうか。与えられた人生を後生大事に過せばよかった。ただどのように過すかが問題であった。

女の身として世の不条理の非を鳴らす Alisoun ではあって

も，カンタベリ大聖堂に到着すれば，彼女の生きることへの煩悶も，慨嘆も，寂しさも悔悛の涙に収斂されるのだ。Alisoun も聖堂では，不思議の国の世界から中世的意味での正常の世界に戻るのである。

自己を追いつめることによって自己分析をし，そのうえで孤独の超克を示唆する近代の文学。悔悛の告白によって自己分析をし，孤独からの解放を後生に託する中世の生。果していずれが現代人にとって示唆的であろうか。もちろん固定化された解答を期待しない。いずれにしても複眼的に世に問わねばならないであろう。

注

1　木村俊夫『時の観点からみたシェイクスピア劇の構造』（南雲堂，1969），184 頁。

2　Lord Byron, *The Complete Works*, Vol. II, ed. Jerome J. McGann (Oxford: Clarendon Press, 1986).

3　Charles I. Glicksberg, *Modern Literature and the Death of God* (The Hague: Martinus Nijhoff, 1966), p. 4.

4　この間の論旨は Glicksberg, *ibid*., pp. 1-6 に負うところが多い。

5　T. S. R. Boase, *Death in the Middle Ages: Mortality, Judgment and Remembrance* (London: Thomas and Hudson, 1972), p. 23.

6　*Ibid*., p. 27.

7　*Ibid*., p. 34.

8　William Langland, *The Vision of Piers Plowman: A Complete Edition of the B-Text,* ed. A. V. C. Schmidt (London: J. M. Dent, 1978), XI, 402.

9　Jacques Le Goff, *The Birth of Purgatory*, trans., Arthur Goldhammer（London: Scolar Press, 1984）, pp. 36, 63 ; Le Goff の当該書邦訳には渡辺，内田訳『煉獄の誕生』（法政大学出版局，1988 がある）。

10　*The Riverside Chaucer*, 3rd Ed., Larry D. Benson（Boston: Houghton Mifflin, 1987）, III, 489. 以下本書における Chaucer よりの引用はこの版による。その際 Fragment のナンバーをしるし，続いて行数を示した。

11　Le Goff, *op. cit.*, p. 219.

12　*Ibid*., p. 229.

13　*Ancrene Wisse*, ed. J. R. R. Tolkien, E. E. T. S., OS, 249（London: Oxford University Press, 1962）, p. 163; *Jacob's Well*, Part I, ed. Arthur Brandeis, E. E. T. S., OS, 115（London: Kegan Paul, 1900）, p. 184; *Middle English Sermons*, ed. W. O. Ross, E. E. T. S., OS, 209（London: Oxford University Press, 1960）, p. 279 などにも同様の記述がある。

14　*Medieval Handbooks of Penance: A Translation of the Principal "Libri poenitentiales" and Selections from Related Documents.* ed. and trans. J. T. McNeill and H. M. Gamer（New York: Octagon Books, 1979）, pp. 413-14.

15　Andreas Hopkins, *The Sinful Knights: A Study of Middle English Penitential Romance*（Oxford: Clarendon Press, 1990）, p. 39. この秘密告白については H. C. Lea, *A History of Auricular Confession and Indulgence in the Latin Church*（Philadelphia: Lea Brothers, 1896）は古典的研究である。

16　中世後期の短詩における煉獄思想，悔悛についての研究では最近では松田隆美氏の秀れた著書が緻密，包括的である。Cf. Takami Matsuda, *Death and Purgatory in Middle English Didactic Poetry*（Cambridge: D. S. Brewer, 1997）. また Paul Binski, *Medieval Death: Ritual and Representation*（London: British Museum Press, 1969）, pp. 164-214 も有用である。Binski の次の発言は短いが，はなはだ含蓄に富んでいる。"Purgatory was at one level nowhere, and yet, in the realm of medieval art it was everywhere."（p. 199）. ここで "medieval art" を "medieval life" に置きかえてもよい。

17 VI, 736.

18 *O. E. D.*, s.v. *haircloth*; *hair*.

19 VI, 728.

20 *Sir Gawain and the Green Knight*, ed. J. R. R. Tolkien and E. V. Gordon, rev. Norman Davis (Oxford: Clarendon Press, 1972), 2386.

21 *The Northern Passion* (Supplement), ed. W. Heuser and F. A. Foster, E. E. T. S., OS, 183 (Oxford: University Press, 1930), p. 104.

22 *Cursor Mundi*, Part I, ed. Richard Morris, E. E. T. S., OS, 59 (London: N. Trübner, 1874) Cotton Version A III, BM., 1402.

23 Cf. D. F. Hills, "Gawain's Fault in *Sir Gawain and the Green Knight*," *RES*, n.s., Vol. XIV (1963), no. 54.

24 Pisa の Campo Santo のフラスコ画 (c1350), Boase, *op. cit*., p. 105.

25 Burgundy のマリアのための時禱書 (1482), Boase, *ibid*., p. 107; Laud Misc, 7. f. 114v (15 世紀後期), Bodelian Library, Oxford (Philippa Tristram, *Figures of Life and Death in Medieval English Literature* 〔London: Paul Elek, 1976〕, plate 26).

26 『結婚の善』18 章，21，岡野昌雄訳『アゥグスティヌス著作集』7 巻（教文館，1979）。

27 同上書，10 章，11。

II　悪戯っぽい Chaucer

1　跪く托鉢修道士

Chaucer の “The Summoner's Tale” には「跪《ひざまづ》く」というアクションが二度何気なく紹介される。いずれもこの話の主人公托鉢修道士（Friar）John の言動とのかかわりにおいてである。ひとつは前半部分（III, 2120），もうひとつは結末部のシーンにあらわれる。「跪く」という行為は日常生活では余りにもありふれたもので，特に目立たないことが多い。しかしこの話における「跪く」行為への言及は無造作な恣意的言及ではなく，托鉢修道士 John が，我と我が貪欲の皮肉な犠牲者となった実感を効果的に伝える手段であったと考えてよいふしぶしがうかがえるのである。

i

中世の文学や芸術においても「跪く」という行為はごくありふれたものとして扱われている。よく我々に知られている「跪き」は，騎士の爵位授与式で，騎士候補者が，授爵者たる王の御前で跪いている光景である。Chaucer の “The Knight's Tale” では，アマゾン国征服から凱旋の帰途，Theseus は一群の婦人たちが黒衣をまとい，街道に「跪いて」(kneled)（I，897）彼を迎えるのに遭う。彼女等のこの姿勢は嘆願の筋あってのことである。Theseus にすがってテーベの Creon への復讐を遂げていただきたいというのである。“The Wife of Bath’s Prologue” の中で，Wife の五番目の夫 Jankyn は彼女を撲《ぶ》ちのめし，彼女がまるで死んだように床に倒れてしまったのを見て，慌てて寄って来て「行儀よく跪いた」(kneled faire adoun)（III，803)。これはとりあえず謙虚に許しを乞う身体表現である。有名な Wilton の二枚折聖画像では Richard II は聖マリアと聖嬰児の前に「跪く」姿勢で描かれている。もちろんこれは崇敬と敬虔の姿勢である。*Piers Plowman* では，dreamer は十字架をもった全身血まみれの人物を見，Conscience にこの光景の意をたずねる。Conscience は「跪いて」，この人物こそはキリストだ，と答える。[1] この場面を目撃して Conscience は立ちつづけることができなくなり，無意識に讃美，敬虔の姿勢をとったのであろう。

中世の宗教書や説教マニュアル等ではしばしばこの「跪き」の必要性は説かれる。たとえば 13 世紀初期アウグスティヌス派の修道僧 Orm の作とされる *Ormulum* では「断食」(fassting)，「祈り」(bedesang)，「徹宵」(wecche) などと並んで「跪き」(cneilinng) が「神の慈悲を得る」(to winnen Godes are) 手段として挙げられている。[2] 魂と理性の対話を扱った *Vices and Virtues*（1200 年頃）でも ‘kneiling’ が他の修業とともに勧められている。

> Bute ðu neme riht of ðe seluen of ðe misdades ðe ðu mis-dest,

mid fasten, oððer mid wake, oððer mid wope and sare beriwsinge, oððer mid weringe, oððer mid cnewlinge, oððer mid swinke, oððer mid clane bede, oððer mid hlutter almesse, mid ðe rade of þine scrifte: godes wraððe cumþ uppen ðe....[3]（下線筆者）

（大意：汝の犯せし誤ちを，断食，徹宵，痛悔による嘆き，疲れ，跪き，労役，純真の祈り，謙譲の施し，聴罪師の勧告により正しく認めて対処せずんば，神の怒りを招来せん。）

キリストも，苦しみ悶えつつある時，オリーブ山で「跪いて」神に祈った（ルカ，22. 41）。ステファノは殉教に際して「跪いて」大声で主に祈る（使，7. 60）。跪く姿勢は究極的には謙虚な祈願，悲しみ，悔悛の心をあらわす身振として典礼にも導入されている。[4] それではこの跪くというジェスチアは，托鉢修道士 John の不面目にどのようにかかわっているのであろうか。

ii

偽善臭ふんぷんたる John は病人 Thomas に怒りについて説教する。そして執拗に彼の属する修道会へのお布施をねだる。怒りをつのらせた病人はひとつの計略でもって John の懇請を受けることになる。しかしそれは放屁という文字通り芳しくないお布施であってそれを John の十二人の同朋衆に等分してもらいたい，という前提条件づきであった。怒りくるった John

修道士は土地の領主にこれを訴える。領主はしかし屁の布施を修道会の十二人の托鉢修道士に十二等分するという数学上の問題の方に興味をそそられる。

The lord sat stille as he were in a traunce,
And in his herte he rolled up and doun,
"How hadde this cherl ymaginacioun
To shewe swich a probleme to the frere?
Nevere erst er now herde I of swich mateere.
I trowe the devel putte it in his mynde.
In ars-metrike shal ther no man fynde,
Biforn this day, of swich a question.
Who sholde make a demonstracion
That every man sholde have yliche his part
As of the soun or savour of a fart?"

(III，2216-26)

（大意：領主は，ほうけたようにじっと坐っていました。あれやこれや考えていたのです。「その男はどんな想像の力でもって托鉢修道士どのにそんな問題を出したのじゃろ。今の今まで余はそんなことを聞いたこともない。きっと悪魔がそいつの頭にしこんだのじゃろ。算術には，今日という日まで，そんな問題はなかったはずじゃ。屁の音，もしくは臭いをみんなに等分するなんて誰がそんな問題を出したろう。」）

領主の近習がこの問題への解答を提案する。十二本の輻《スポーク》のある荷車の車輪をここに持ちこめ。そしてこの執拗に布施をねだった托鉢修道士 John をこしきのところに坐らせ，そのこしきから四方にのびている各スポークの端にひとりづつ十二人の托鉢修道士に跪いてもらう。腹がぱんぱんに張っている病人 Thomas をこしきのところにつれ来って一発放たさせよ，というのだ。領主も奥方も列座の人々もこの巧妙な工夫にやんやの大喜び。この「托鉢修道士だけがぽつんととり残される」（save the frere）（III，2287）。

"For thrittene is a covent, as I gesse.
Youre confessour heere, for his worthynesse,
Shal parfourne up the nombre of his covent.
Thanne shal they knele doun, by oon assent,
And to every spokes ende, in this manere,
Ful sadly leye his nose shal a frere.
Youre noble confessour — there God hym
　save! —
Shal holde his nose upright under the nave.
Thanne shal this cherl, with bely stif and toght
As any tabour, hyder been ybroght;
And sette hym on the wheel right of this cart,
Upon the nave, and make hym lete a fart."

（III，2259-70）（下線筆者）

（大意：「修道会の定員は十三人でしょう。ここな修道士すなわち殿の聴罪僧どのは，ご立派な方だから，ご自分で修道会の定員を十三人にまとめられますよ。こうして各スポークの端にめいめいがしっかりと鼻を置くのです。殿の立派な聴罪僧どのは――ああ神のみ救いあれ――まさにこのこしきのところに鼻を据えてもらいましょう。それから，太鼓のように腹が張ったかのけしからぬ男をつれ来って車輪のこしきのところに坐らせて，一発放たさせるのです。」)

こうすれば屁の音と臭いは均等に各スポークの端にとどき，修道士たちは彼等にふさわしい「収穫の分け前」(2テモ，2.6) を頂けるわけだ。John 修道士も，当然のことながら，こしきのところに「跪か」ねばならない。立ったままの姿勢ではもっとも強力な音と臭いを受けることが不可能だからだ。この図，修道士 John の同朋衆が円座になって「跪き」，John が「跪い」ている中心から芳しくない風が放射状に拡がって行く図は，想像するだけで笑いを誘うに十分である。屁の布施を受けるために彼等は跪いて sadly にスポークの端とこしきのところに鼻を据えたのである (III，2264)。'Sadly' に，とは「しっかりと，」「真面目に，」そして「悲しげに」(cf. *M.E.D.*, s.v. *sadly* 2〔a〕，5〔a〕〔b〕) であるとすればアイロニカルな滑稽感はいやましに増幅する。

この十二人の托鉢修道士への屁の分配は，評家によって，ペンテコステ（聖霊降臨祭）の日に集まった十二人の使徒に過不足なく分配された聖霊の炎という図像のパロディではないかと考えられた。[5] たとえば，ベネツィアの聖マルコ，バシリカ聖堂の西側ドームに描かれているペンテコステのシーン（1200年頃）は，使徒たちを等間隔で円周の上に配して描いている。

すなわち完全な車輪状になって，そのこしきにあたる円の中心部のところに聖霊の座たる黄金色の玉座がある。それを軸にして十二の銀色の光線（炎）が放射して，ひとつひとつ対象的に向い側にとどいている。つまり聖霊は十二人の使徒の頭に等しく降り，ひとりひとりの光背をその炎がうちつけているのだ。[6] 当然この図像は「使徒言行録」2 章，1 節－4 節の記述の視覚化である。

> 五旬祭〔ペンテコステ〕の日が来て，一同が一つになって集まっていると，突然，激しい風が吹いて来るような音が天から聞こえ，彼らが坐っていた家中に響いた。そして炎のような舌が分かれ分かれに現れ，一人一人の上にとどまった。すると一同は聖霊に満たされ……。

ちなみに Chaucer がこのバシリカ聖堂のドーム画を見たことがあったかどうかということは，記録による証拠もなく全く分らない。「使徒言行録」の記述は心得ていたことは確かであろうが，車輪のスポークのまわりにずらりと並ぶ使徒の後継者たるべき托鉢修道士の構図が余りにもドーム画のそれに類似していることは否めない。豊かな想像力にめぐまれた画家，詩人による対象のイメージ化が期せずして一致した，とは考えられる。ただ「使徒言行録」におけるペンテコステの日の事件というのは教会の説教壇から信徒に説かれつづけてきたポピュラーなものであったことは確実なこととして心得ておいてもよいのではないか。たとえば 15 世紀初期の Shropshire， Lilleshall の Canon であった John Mirk はその *Festial*（教会暦にあわせた説教集）において，[7] ペンテコステの日を，あらゆるキリストの使徒に聖霊が力と知恵（wyt and wysdome）（159/5）を与えた日，つまり説教する力とよき生き方の範を示した日と説いている。「炎のような舌」のあるのは，舌は信仰の言葉を語るものであり，しかるが故に聖霊は炎の舌で，一斉に（立っている姿でなく）坐している姿の（syttyng yfere rayþyr þen stondyng）（161/5）使徒におとずれたのである。坐しているポーズは謙虚さ（mekenes of hert）（162/2）をあらわしているからだ。我らは舌の力を過信してはならない，舌を抑えること（forto tempur your tonges）（162/22–23）も肝要である云々とMirk は説いている。自分の舌の力を過信して不面目を蒙《こうむ》ったJohn 修道士を思いみるべしである。

托鉢修道士とペンテコステといえば自然発生的に人々の心にひとつの連想を呼ぶ。この日にはほぼ三年毎にフランチェスコ聖霊派の総会があることになっていたからだ。[8]（因みにChaucer の John 修道士がフランチェスコ修道会所属の人であったのではないかという推論もある)。[9] ペンテコステのミサでは「聖霊よ，来り給え」（Veni sancte Spiritus）が詠われ，聖霊の宿りを祈念する。晩禱（Vesper）と第三時課（Terce）では「創り主なる聖霊よ来り給え」（Veni creator Spiritus）が聖霊の助力を祈願して詠唱され，その第一節が始まると全員「跪く」ことが要求される。[10]

John 修道士は托鉢修道の聖職を誇っている（We fare as seith th'apostle....）（III, 1881）。しかし彼とその修道会の他の十二人の修道士は，ペンテコステの日の十二使徒とちがって，「跪く」ことによって，聖霊ならぬ放屁という「激しい風が吹いて来るような音」を受けよ，指示されるのである。それはミサにおいて「聖霊よ来り給え」と祈願する姿勢である。しかし中心の玉座にあたるところから彼等におとずれるものは聖霊ならぬ芳しからざる音と臭いだということになる。この図は同時代の強欲，貪欲な托鉢修道士の痛烈なカリカチュアでなくてなんであろう。

iii

John 修道士に関して「跪く」という姿勢は上記の荷車の車輪の場面以外にすでにこの話の前半部で触れられている。それも一種の伏線であろうか。それは彼が Thomas の尻を「まさぐる」(grope)（III，2141，2148）行為を通して現実に屁という布施を頂戴する際である。[11] 彼は執拗に Thomas に布施をねだる。トマスさん，トマスさんと何度も呼びかけ，自分の聖なる仕事を誇らしげに自賛しつつ大仰に「跪き」，布施を勧請する。この「跪く」という行為に Thomas が感動することを期待してか，ぜひご援助を，と頼む。

"But syn Elye was, or Elise,
Han freres been — that fynde I of record —
In charitee, ythanked be oure Lord!
Now Thomas, help, for seinte charitee!"
And doun anon he sette hym on his knee.

（III，2116–20）（下線筆者）

（大意：「エリヤとエリシヤの時代から，托鉢修道士は，ありがたいことに，慈善の業にたずさわってきたのです。拙僧は記録によってそれを知っています。ねえトマスさん，援けてくださいよ。慈善聖人様のためにも。」と言って彼は跪いたのです。)

Thomasは Johnのしらばっくれた偽装に怒りをつのらせ (wax wel ny wood for ire) (III，2121)，こんな偽善坊主など火に焼かれ (had been on-fire) (III，2122) てしまったらと思うのだ。Thomas はおそらく嘘八百を並べたてる当代托鉢修道士 (John もその一人) の生態について知悉していたのだ。たとえば，Chaucer もこの話の中で語るように，John は一軒一軒門《かど》づけをして，頂くものを頂いてしまうと，寄進者のために祈りますという約束などたちまち反故にしてしまうのだ。(彼は軒を離れると，奉納帖に書きこんだ名前をことごとく消してしまう〔III，1759〕)。

And whan that he was out at dore, anon
He planed awey the names everichon
That he biforn had writen in his tables;
He served hem with nyfles and with fables.

(III，1757-60)

(大意：玄関を出ると，さきほど彼がタブレットに記入した名前をどれもこれもすぐに消してしまい，それらをつまらぬ話や作り話に利用するのでした。)

John は，Thomas の奥さんに子供が先日死んだことを知らされて，お子様の死はお告げによって知っていました，修道の庵室でその魂安かれと祈りました（III，1854-68）などと，ぬけぬけと嘘をつく。これは子供の葬儀に駆けつけもしなかったことへの言い訳である。おそらく彼は町の居酒屋でとぐろを巻いていたのだろう。(「序の歌」〔“General Prologue”〕に描かれている托鉢修道士も，貧しい人や病人より，町の居酒屋の方に親しかった，と紹介されている〔I，240-42〕)。げんに彼の仲間はすでに町の居酒屋つきの宿屋に入っているほどだ（III，1778-79)。また子供の葬儀の日には他の家でがつがつと布施を集めるのに余念がなかったと推定してもおかしくない。Thomas もまた，この John のごとき托鉢修道士はおのれの修道会のためにだけ施しものを請うているのではないし，決して寄進者たる自分のために熱心に（ay so diligent）（III，1976）祈ってくれもしないことを先刻承知しているのだ。John のはたらきは「キリスト様の御堂」(Cristes owene chirche)（III，1977）建立のためだけでなく，自分の欲を満たすためのものでもあるのだ。彼のご馳走やお宝の請求はすこし度が過ぎる(III，1838-43；1961-65)。Thomas が怒るのももっともである。彼はこの托鉢修道士に屁の寄進をしてやろうと決心した。そしてそうする。John は Thomas に怒りを戒める説教をしたのだ。その説教が Thomas を怒らせた。そしてその怒りに触発されて John も怒った。彼はずっと Thomas を焦々させていたのだ。それは彼の執拗さを観察しても分るのである。

“Youre maladye is for we han to lyte.
A, yif that covent half quarter otes!

A, yif that covent foure and twenty grotes!
A, yif that frere a peny, and lat hym go!
Nay, nay, Thomas, it may no thyng be so!
What is a ferthyng worth parted in twelve?"
(III, 1962-67)

(大意：「あなたの病気も，我らの頂きが少ないからですぞ。ああ，我らの修道会に半クォーターのからす麦のご報謝を，ああ，二十四グロートを，ああ，我らの托鉢修道士に一ペニーを，そうすりゃおいとましますわい。いいですかトマスさん，そういうこと〔複数の托鉢修道士に聴罪師になってもらうこと〕ではいかんのです。たとえば一文を十二に分けたってなんの値打がありますか。」)

しかしこうして彼が「跪いて」受けたものは，「一文」(ferthyng) ではなく「屁」(farting) であった。これは最後の十二のスポークつきの荷車の車輪発想のシーンへの一種の伏線と考えたい。John の「跪く」身振りは Thomas の反逆を呼んだのだ。ペンテコステの日に「分れ分れになった」「炎のような舌が」使徒たちにあらわれ，「一人一人の上にとどまった」が，今 Thomas の「炎のような」怒りが，John 修道士の「上にとどまった」。彼は Thomas の肉体の「分れ分れになった」部分から「激しい風が吹いて来るような音」に我が身をさらすことになったのだ。

iv

John 修道士の「跪く」というアクションは話の前半部ですでに最後の場面における彼の屈辱の伏線になるよう何気なく仕掛けられているのだ。「跪き」は彼の災難の始まりと完成を示唆している。John は自分が使徒の追従者であると宣告している（III，1881)。しかし聖霊の賜物を受けた使徒たちとちがって彼は，祈願のマナーとして「跪く」ことによって思いもかけない賜物を受ける惨めな立場に立たされる。John は Thomas に進言して，自分たちの修道会の信心会に入れ，さもないと病気の恢復おぼつきませぬぞ，と脅し気味に言う（Nere thou oure brother, sholdestou nat thryve.)（III，1944)。信心会の認可状は修道会がその寄進者に許可するもので，それに名前を記入されたものは修道士の祈りの恩恵を受け，善行のお裾分けを頂ける。生きてある時も死に臨んだ時も托鉢修道士の愛徳の業に参入させてもらう資格ができるのだ。[12] John は一席説教を弁じたあと Thomas に，告白をして修道会の御堂建立に寄与しなされと勧める。その代償として信心会の認可状が寄進者に下げ渡されるのだ。すでに修道会の封印のある認可状を奥様に渡してありますと言う（III，2128)。それならば John が今なすべきことは祭壇の前に「跪いて」，寄進者の魂安かれと祈ることである。しかるに彼は寄進者候補の前に「跪いて」大仰に寄進をねだっている。本末顛倒ではあるまいか。ところがこの本末顛倒までして目的を達成した瞬間はまこと惨めなものであった。実のところ，それは彼にはふさわしいのである。というのは彼が正しくも誇るように「この世界をお創りあそばした高きにおわす神がおおせられるように，働く者はその報いを受けるにふさわしい」(The hye God, that al this world hath wroght,/ Seith that the werkman worthy is his hyre.)（III，1972-73）からである。そして終結部において近習の「このご坊は大そう立派な御仁ですから」(he is a man of greet honour....)（III, 2276），さらに「初の収穫」(firste fruyt)（III，2277）を受けるにふさわしいお方ですから，という発言によっても裏づけられるのである。彼の熱心な働き，たしかに外見整合性をもっているがその実偽善的な彼の働きは，そういうわけで「すべて無為には」(al for noght)（III，1971）終らなかった。彼がそれを期待していたかどうかは別として。

v

「跪く」というアクションは日常生活において決して奇異なものではない。しかしそれが聖職者のアクションとしてある場合は簡単には見過せないものをもっている。習慣的なものであるかもしれないが，聖寵を拝受しようという悔悛の心の肉体的表現であるべきだ。だから Mirk も言うように立った姿勢でなく「跪いた」ジェスチアは祈りの本質的な姿勢であるのだ。自称使徒の追従者たる John 修道士は自分の修道会のために喜捨を熱心に請うていると言う。悔い改めた寄進者からの布施を自分たちが受けるべきだと主張する。それは正しい主張である。しかし彼のなすこと，なしきたったことは決して信者を悔悛に導きはしなかった。眼力鋭い Thomas は John を偽善者として見抜いている。しかし敬虔な信徒としての平静さを装いつつ John の要求に応じるのである。John は内心欣喜する。「ああ，それが俺のものになる」（A!...That shal go with me!）（III, 2144）。しかし彼が Thomas から入手したものは屁の音と臭気であった。これがまず話の前半部における彼の最初の恥辱である。最後の場面でも，もう一人の眼力鋭い人物，近習がいて，もう一度彼の不面目が導き出されることになる。使徒がかつてペンテコステの日に聖霊の賜物を受けた時の仕儀よろしく，他の十二人の同朋衆とともに，同じ音と臭気を受けよ，とのアイディアを提供されるのである。修道会ではもっとも尊敬されている John は疑似聖霊の最初の収穫を受けるのにふさわしい人であったのだ。John の言動は，文字通り受けとるならば，中世の托鉢修道士として理にかなったものである。しかし皮肉なことにその合理性は，あくまで表面糊塗的であるがゆえに，かえって彼の不面目の原因となってしまった。

この話の前半と後半にそれぞれ一度ずつ言及されている「跪く」という姿勢は “The Summoner's Tale” におけるアイロニを増幅させるのに十分役立っている。もちろん「跪く」という姿勢だけがこの話の喜劇的アイロニをたかめる唯一のモチーフではない。[13] 他のアイロニカルな事件やアクションの間に隠し絵のように潜んでいるかのようである。Chaucer は我々聴衆にそれを探してもらいたがっているようだ。Chaucer は聴衆に悪戯を仕掛けるのが好きな詩人である。

注

1　William Langland, *The Vision of Piers Plowman: A Complete*

Edition of the B-Text, ed. A. V. C. Schmidt (London: J. M. Dent, 1978) XIX, 5-14.

2　*The Ormulum* with the notes and glossary of Dr. R. M. White, ed. R. Holt, Vol. I (Oxford: Clarendon Press, 1878), 1450-55.

3　*Vices and Virtues*, Part I, ed. F. Holthausen, E. E. T. S., OS, 89 (1888; rpt. London: Oxford University Press, 1967), 125/30-127/3.

4　B. I. Mullahy, "Liturgical Gestures," *New Catholic Encyclopaedia*, Vol. VIII (Washington, D. C.: The Catholic University of America Press, 1967).

5　Roy Peter Clark, "Doubting Thomas in Chaucer's *Summoner's Tale*," *ChR*., Vol. II, no. 2, 1976.

6　Otto Demus, *The Mosaics of San Marco in Venice, the Eleventh and Twelfth Centuries*, Vol. I, Text and Vol. II, Plates (Chicago: The University of Chicago Press, 1984), Text, p. 150, Plates, plate 4.

7　*Mirk's Festial: A Collection of Homilies*, Part I, ed. Theodor Erbe, E. E. T. S, ES, 96 (1905; rpt. Milwood: Kraus Reprint, 1975).

8　Penn R. Szittya, *The Antifraternal Tradition in Medieval Literature* (Princeton: Princeton University Press, 1986), p. 237.

9　J. M. Manly, *Some New Light on Chaucer* (1926; rpt. Gloucester, Mass.: Peter Smith, 1959) p. 104.

10　'Pentecost,' 'Veni Creator Spiritus,' 'Veni Sancte Spiritus,' Daniel Attwater ed. *The Catholic Encyclopaedic Dictionary*, 2nd ed. (London: Cassell, 1949).

11　'Grope' をめぐるアイロニカルな Chaucer の扱いについては，斎藤勇『イギリス中世文学の聖と俗』(世界思想社，1990)，89 頁以下を参照されたし。

12　*O. E. D.* s. v. *fraternity*, 4, ; H. B. Workman, *John Wyclif:A Study of the English Medieval Church,* II (1926; rpt. Hamden: Archon Books, 1966), p. 107.

13　"The Summoner's Tale" における John 修道士のアイロニカルな状況設定の詳細については拙論『チョーサー「教会裁判所召喚吏の話」における聴罪のアイロニ」，『文学とことば—イギリスとアメリカ—：上野直蔵先生追悼論文集』木村・金関・斎藤編（南雲堂，1986）を参照されたい。Chaucer のアイロニについては G. Dempster, *Dramatic Irony in Chaucer* (New York: The Humanities Press 1959); Earle Birney, *Essays on Chaucerian Irony*, ed. B. Rowland (Toronto: University of Toronto Press, 1985) が示唆的かつことごとくに詳しいが，「跪く」というアクションの効果については触れるところがないようである。

2　Thomas と John と Thomas

English Language Notes という紀要に（XXIX，1，1991）に Ed. M. Malone 氏が "Doubting Thomas and John the Carpenter in the *Miller's Tale*" と題して興味ある発言をしている。"The Miller's Tale" の中で，自室に閉じこもった下宿人 Nicholas の不可思議な行動を大工 John が心配して，Nicholas どんによくないことが起ったにちがいない，と感想を漏らすが，その時 'by Seint Thomas'（Ｉ，3425）という誓言を挿入する。またもう一度，Nicholas どんも気の毒に気が触れたか，と慨嘆する時にも St. Thomas の名を出す（Ｉ，3461）。この St. Thomas とは誰のことか。従来の説によるとこれは Thomas à Becket（c1118－70）のことであるという。[1] ところがこの Thomas は使徒 Thomas のことではないか，というのが Malone 氏の提言である。それは大工 John と大工・建築家の表象としての使徒 Thomas との連想関係に目をつけたものである。この提言に触発されて，"The Summoner's Tale" におけるやはり Thomas という名の人物にいささか興味をおぼえた。托鉢修道士 John に放屁の布施をする Thomas という人物である。この Thomas もひょっとして使徒 Thomas をもじったものではないか，というところから出発したい。

i

使徒聖 Thomas は二つの点で巷間に知られている。ひとつは「不信の Thomas」，もうひとつは「インドの Thomas」としてである。

修道士 John は，トマスさん，トマスさんと繰り返し呼びかけて（十八回に及ぶ），執拗に布施をおねだりする。しかも御堂建築のためという口実で，インドの Thomas を引きあいに出すのだ。

“Thou woldest han oure labour al for noght.
The hye God, that al this world hath wroght,
Seith that the werkman worthy is his hyre.
Thomas, noght of youre tresor I desire
As for myself, but that al oure covent
To preye for yow is ay so diligent,
And for to buylden Cristes owene chirche.
Thomas, if ye wol lernen for to wirche,
Of buyldynge up of chirches may ye fynde
If it be good in Thomas lyf of Inde.”

(III, 1971-80)（下線筆者）

（大意：あなた，我らの働きを無為にしちゃいけませんよ。この世界をお創りあそばした高きにおわす神がおおせられるように，働くものはその報いを受けるにふさわしいのですぞ。拙僧に関する限り，あなたのお宝を頂きたくはありませんが，我らの修道会はいつもあなたのために，そしてキリスト様の御堂を建てるために熱心に祈っているのです。トマスさん，もしあなたがためになることを学びたいと思わっしゃるなら，インドのトマスの伝記をお読みになれば，教会を建てることが立派なことかどうかお分りになります。)

手前一個人のためにだけおまえさんのお宝をねだるのではない，キリスト様の御堂を建立するためなのだ。インドのThomasの伝記にもあるように教会を建てることがどんなにいいことか分るというもの……，というわけである。やがてこの修道士JohnはThomasの尻を「まさぐって」(grope)，放屁を寄進として頂くのだが，この，手で触って「まさぐる」という行為と，Thomasという名を重ねると，中世の人ならずとも，どうして使徒聖Thomasの名が連想されるのではないだろうか。彼がイエスの傷跡を手で触って確めるよう要請されるまで，その復活を信じなかった，という「ヨハネによる福音書」の記事が想起されるはずである。それでThomasは後世「不信のThomas」という異名をとったのだから。[2]

さて八日の後，弟子たちはまた家の中におり，トマスも一緒にいた。戸にはみな鍵がかけてあったのに，イエスが来て真中に立ち，「あなたがたに平和があるように」と言われた。それからトマスに言われた。「あなたの指をここに当てて，わたしの手を見なさい。またあなたの手を伸してわたしのわき腹に入れなさい。(20. 26–8)

イエスに「信じない者でなく，信じる者になりなさい」と諭されて Thomas は「わたしの主，わたしの神よ」と呼んで告白し，復活のキリストと聖霊のはたらきを信じたのである。しかしこれ以後 Thomas は懐疑の象徴とみなされるようになった。[3] しかし彼の不信，懐疑は幸せなる不信と懐疑であった。彼の告白はキリストの神性の再認識の告白として後世に証しされたからである。彼はその不信，懐疑によって一種の引き立て役として，真のキリスト教信者の従順な姿勢と深い神の真理の把握をかえって強調するものとなった。[4] Gregorius I（c540–604）も言うように「トマスの不信は，（イエスの復活を信じた）使徒たちの信仰以上に我々の信仰の助けとなったからである」。[5] この考え方は John Mirk の使徒聖 Thomas の祝日の説教の内容にも反映している。「このトマスの信じることのためらいは〔かえって〕我らに信仰，そしてイエス・キリストの祝福をもたらした」(This þe taryng of Thomas byleue broght vs yn full byleue, and to þe beneson of Ihesu Cryst.)[6] とあって，このあとに上記 Gregorius の発言のパラフレイズが続いているのである。やがて Thomas はインドにまで伝道のうえ殉教し，あらためて「インドの Thomas」と呼ばれる。伝道中彼はインド王 Gundaphorus に宮殿を建てると約束して，王から与えられたお金を貧しい人々に与えてしまった。彼はむしろ天国に宮殿を建てたのである。彼のはたらきは真の霊の建築家のそれである。このゆえをもって使徒聖 Thomas の図像はしばしば大工の T 型曲尺《かねじゃく》の持物《じぶつ》をもって描かれることもあり，大工・建築家の守護聖人でもある。

ii

そこで "The Summoner's Tale" に登場する同名 Thomas について考えてみたい。彼の行為はどうしても相手の托鉢修道士 John とのからみで考えなければならない。John 修道士はどうも胡散臭い坊主である。Chaucer 時代の托鉢修道士が，もちろん例外はあるにしても，巷間鼻つまみ者であったことも事実らしい。John は自らを「使徒のおおせの通り実践する」(We fare as seith th'apostle....)（III，1881）と豪語するのだが，その使徒が警戒せよというのは「主であるキリストに仕えないで，自分の腹に仕え……うまい言葉やへつらいの言葉によって純朴な人々の心を欺いている」(ロマ，16．18) たぐいの人物である。彼らの行き着くところは「滅び」であり，「腹を神とし，……この世のことしか考えていない」(フィリ，3．19) からである。John 修道士はまこと食べものにいやしい，小麦でも，もやしでも，ライ麦でも，ケーキでも，チーズでも，なんでもよい，より好みしない。豚の筋肉でも，肉のつめものでもください，さあここにあなたの名前を奉納帖に書きましたよ，と哀願してまわる始末である（III，1746–52)。そのくせタブレットに書きこんだ名前は，玄関を去るとさっさと消してしまい，その名前をおぼえておいて，後で悪口の材料に使うのである（III，1757–60)。Thomas 家の奥さんに，何か召しあがりものは，とたずねられると，雄鶏の肝，やわらかいパン，豚の頭のロースト，と食物を列挙する（III，1839–41)。Thomas の奥さんをしっかりと抱擁して，こんな別嬪見たことがないとへつらう有様（III，1802-9)。子供が二週間前に亡くなったことを知らされると，ああ，ご啓示によって知っていました，涙を流して，御堂の鐘を鳴らさずに（本来ならば鳴らさねばならないのに)，静かにお祈りしましたとしゃあしゃあと嘘をつく（III，1854-68)。我々修道士は清貧，禁欲に生きている，慈善，謙譲，節制をこととしている，だから托鉢修道士の祈りはよく効くのです，と自己宣伝をし，Thomas さんに寄進をことわられると，

“Thomas, that jape nys nat worth a myte.
Youre maladye is for we han to lyte.”（III，1961-62）

“Thomas, of me thou shalt nat been yflatered....”
（III，1970）

（大意：「トマスさん，そんな冗談は一文の値打もありません。あなたの病気は，我らの頂きが少ないからですぞ。｣)

(｢トマスさん，わたしにお世辞を望んでも駄目ですぞ。｣)

と脅しをかける始末である。そこで寄進を受ける前段階として一席説教をするが，[7] Thomas さんはだんだんこのしらばくれた説教に腹をたてて，一計を案じて実行に移したのが屁の寄進である。John 修道士は Thomas さんの尻を「まさぐって」(grope)，このとんでもない賜物を頂戴することになる。

これは当代修道士の生態をかなり忠実に写していると思われ

る。*Pierce the Ploughmans Crede*（1934年頃）に描かれる托鉢修道士とくらべてみよう。

... glotony is her God wiþ gloppyng of drynk,
And gladnes in glees and gret ioye y-maked....（11.87–93）

〔Friars〕bigileþ þe grete wiþ glauerynge wordes,
Wiþ glosinge of godspells þei Godes word turneþ,
And passen all þe pryuylege þat Petur after vsed.
(11.708–12)[8]

（大意：大食が彼等の神様で，酒もがぶ飲み，唄が大好きでうつつを抜かす）。

（二枚舌でおえら方を騙し，福音をかってに解釈して神のみことばを曲げてしまう。ペテロが後に受け継いだ特典の上を行く。）

中期英語訳『ばら物語』（*The Romaunt of the Rose*）にも，'gospel' や 'prechyng' を「金儲け」（'sellen'）の具にする托鉢修道士が紹介されているし，[9] John Gower（c1330–1408）もその *Vox Clamantis* に当代の托鉢修道士の信仰を 'false faith' ときめつけ，

A friar's assiduous hypocrisy sows his words in order that his harvest of profit in the world may thrive through them. He thunders out fearful sermons as he publicly damns the

> practice of sin, like a very servant of God. But like a servant of Satan, he furnishes glosses for them when he comes to sit down for a while in private chambers.[10]

と発言している。彼等の托鉢は，Szittya 氏の言葉をかりるならば，‘lazy begging’ であったのだ。[11] Thomas さんは「腹を神とする」John 修道士のおぞましい説教に腹を立て，かかる修道士への不信のしるしとして屁を布施とした。使徒 Thomas と同名の Thomas によってなんらかのもじりがあるならば，この不信表明という点になる。ところが話はもう少しややこしい。使徒聖 Thomas に重ねられてからかわれているのはどうも John 修道士らしい気配がある。

iii

John 修道士は Thomas さんがあちこちの托鉢修道士に金を使ったことに不信感を示す。「おや，トマスさん，そうなんですか。何の必要があっていろいろな修道士を求めなさる」(O Thomas, dostow so? /What nedeth yow diverse freres seche?” [III，1954–55])。ここにちゃんとしたのがいるではないか，というわけだ。しかし Thomas さんに，では差しあげましょう，と言われると，「ああ……それが俺のものになる」(A!... That shal go with me!” (III，2144) と大喜びで Thomas さんの言葉を信じてその尻を手でまさぐった。そして真相を悟ったのである。ここに「まさぐる」という行為を支点として奇妙な John と使徒聖 Thomas との相似点と相違点が見られる。「まさぐる」ことによって不信をはらそうとした使徒聖 Thomas と，激怒して部屋から追い出された John との対比である。

John は自分の托鉢行為の動機を自分一個のためでなく御堂の建立のためだと触れこんでいる。まだ御堂は定礎もできていないし，タイルも石材も必要なのだ（III，2103–5)。我々托鉢修道士がいなければ世の中破滅だよ（III，2109–10）と言うのだ。ところで使徒聖 Thomas の事蹟で人口に膾炙しているのは，インドまで伝道して御堂を建てたということである。*Legenda Aurea*（黄金伝説）によると，主は彼を Gundaphorus（Gundferus, Gundofor）の家令 Abbanes に，建築にかけて秀れた棟梁として紹介された。[12] Gundaphorus は自分の宮殿を建ててもらうつもりをしていたところ，使徒聖 Thomas は王から託された建築費を貧しい人に分け与え，数多くの人たちをキリスト教に改宗させた。王は怒って彼を投獄する。たまたま王の弟 Gad が亡くなり，甦って兄なる王に，天国における素晴しい宮殿の報告をする。それは使徒聖 Thomas が王のために建てた宮殿だと言うのだ。やがてキリスト教への王の改宗，といった話が続く。使徒聖 Thomas の建てたものは天国の「数えきれないほどの宮殿」(In heaven there are countless palaces....)(innumerabilia palatia sunt in celo....)[13] なのだ。『新約外典』の Thomas 言行録によると，使徒聖 Thomas は王の諮問に対して，「はい，わたくしは建物をたて，設備をほどこす心得があります。それでこの目的のために〔教会という宮殿を〕建て，大工の仕事をするために参上しました」(Yes, I can both build and furnish it; for to this end I come to build and to do the works of carpenter.）と答えている。[14] その宮殿こそ‘eternal benefit’のためのものである。[15] こういうわけで使徒聖 Thomas の図像の持物《じぶつ》として大工の曲尺《かねじゃく》が配されることになる。ここにも修道士 John と使徒聖 Thomas との間に照応関係が発見されるのである。John は Thomas さんをこうたしなめる，「あなたは拙僧のことをまさに曲尺のように正しいとお分りになる」（Thou shalt me fynde as just as is a squyre.）（III，2090）。わたしの言うことは曲尺のように正確ですぞ，というわけだ。彼も自分の属性を曲尺と認識している。すくなくとも表面は「キリスト様の御堂」（Cristes owene chirche）（III，1977）の建立の召使を自負している。そういう御堂の大工・建築家としての照応関係が使徒聖 Thomas と John との間にあることをまず確認しておこう。

iv

ところがこの二人のはたらきの間には妙な亀裂があるのだ。*Legenda Aurea* によると，使徒は虚弱な人たち，病弱の人を癒した。[16] 彼の仕事はまさに医者のそれである。南部インドに赴いて，そこの貴族の妻 Migdomia の友人 Syntice を改宗させるが，また Migdomia 自身をも改宗させた時，神の言葉を精神の目を照らす「眼ぐすり」（eye-salve）（collyrio）に，我らを欲望から浄化してくれる「煎じぐすり」（potion）（passioni）に，罪の傷を癒す「膏薬」（plaster）（emplastro）に，さらに神の愛を「馳走」（food）（cibo）にたとえる。[17] また徳のひとつの段階として貪欲を避けること（controlling greed）（ab avaritia temperarent）や，暴飲暴食を慎むこと（shunning gluttony)（ut gulam restringerent)，悔悛（doing penance)（ut poenitentiam tenerent）などを通達する。[18]『新約外典』によれば，Migdomia は，夫の諮問に対してはっきりと使徒聖 Thomas を指して「医者」(the physian) と明言している。[19] 彼は恵まれない人々に食物を与え，病人を癒し，たえず祈り，塩と水とパンしか食さなかった。さらに誰からも施しを受けなかった（he...receiveth nought of any man.)。[20] 彼ははっきり貪欲 (covetuousness)，虚栄を避けよと戒めている。[21]

こういう使徒聖 Thomas の横に John 修道士を配すると，まったく裏腹な人物が浮びあがってくる。John も自ら医者をもって任じている。信者の Thomas さんに彼は訴える。ここにちゃんとした医者がいるのに何故他に医者を求めなさる，

"What nedeth yow diverse freres seche?
What nedeth hym that hath a parfit leche
To sechen othere leches in the toun?"　　(III, 1955–57)

（大意：「何の必要があっていろいろな修道士を求めなさる。申し分ない医者をもっている人が，町の医者どもを探す必要がどこにありますのじゃ。」)

しかも，お前さんの病気が直らんのもそのせいですぞ，と脅かすばかりか，自分の貪欲と偽善をまざまざ見せつけ（修道会のための布施請求であったはずが，Thomas さんに布施提供の承諾を得た途端「ああ，それが俺のものになる」と思わず本音を漏らしている)，結局病人を癒すどころか，怒らせてしまう。

John 修道士がいかに「自分の腹に仕え」,「腹を神」としているかはすでに見た通りである。彼が求める「馳走」は *Legenda Aurea* におけるような，使徒聖 Thomas が勧める神の愛ではなくて，Thomas さんの家のベンチで頂く「楽しいご馳走」(a myrie meel)（III，1774）であったのだ。John 修道士は説教を終えてご奉献を集めてしまうと「父なる天主と聖霊とともに」(qui cum Patre et Spiritu Sancto vivit....)（III，1734）と唱えて，長居は無用とばかり早々に立ち去るのを常としていたが，使徒聖 Thomas は「父なる天主と聖霊」とを信じて信仰の証人となる。

v

すこしまとめてみよう。Thomas さんは同名のインドの聖 Thomas の名のもとに，John 修道士に御堂建立の布施を求められる。この聖 Thomas は確かにインドで御堂建立をしたことで知られている。そしてその図像の持物《じぶつ》として曲尺が配される。しかし彼の大工・建築家としての仕事は天国に霊の御堂を建立するためのものであった。John 修道士のそれは実は私腹を肥やすための方便であった。[22] 確かに使徒聖 Thomas はイエスの復活への不信を示し，手で御体をまさぐる行為を要請されたが，それを悔い，かえって後人への信仰の証しとした。ところがこの作品では，相手に不信を示し，まさぐる行為をしたのは John 修道士である。彼はそれによって Thomas という人物から屁の贈物を受けて激怒する。使徒聖 Thomas は「誰からも施しを受けなかった」と言われるが，John は施しを執拗に求める。聖 Thomas は与え，John は奪う。使徒聖 Thomas の故事と奇妙に平行した言動や状況が与えられながら，John 修道士の言動は使徒聖 Thomas のそれと全く相反している。さすれば彼に該当する人物に Thomas という名が与えられて然るべきではないか。その方が聖書故事，聖人伝のパロディとしても理解しやすい。これは確かに ‘ironic inversion’ である。[23] Thomas さんの方も確かに聖職者としての John に不信を示しはした。その意味で彼は「不信の Thomas」である。しかし「まさぐる」行為は Thomas ならず John であった。二つの Thomas 像が，文字通りにも，比喩的にもからみあっている。Roy Peter Clerk も指摘するように，Chaucer はここで寓意的な正確さを拒否している。[24] しかし使徒聖 Thomas の神学的意味をアイロニカルに，劇的に提供しているとも言える。そういう意味で Thomas さんと John 修道士は一卵性双生児だ。[25] それは「ヨハネによる福音書」20 章，24 節に Thomas が通称 Dydymos（双生児）と呼ばれているという記述と合致するではないか。また *Legenda Aurea* におけるようにこの Dydymos 解釈を「二重のもの」(dividing or separating) (divisio sive sectio)[26] と捉えても John，Thomas 双方に通用するのだ。

14 世紀のフランスに *Li Dis de le vescie â prestre*（司祭の膀胱）という “The Summoner’s Tale” とよく似た話が残っている。[27] ドミニコ会修道士がある司祭に遺産分けを強要し，お歴々の面前で，司祭に，私のふぐりを差しあげます，と宣言される話だ。この司祭は恵まれない人々に多くの遺産を残したが，ドミニコ会に対しては失念していた。他の遺産契約を取り消してでも我らの方に廻せと言われた件の司祭は俄然怒り出し，上記の遺産分けを披露することになるのだ。贈物をねだる聖職者の蒙る恥辱，それに憎まれものにはとんでもない贈物を，という民間伝承譚の常套であろうが，フランスの話では贈物の宣言を一日延ばすというサスペンスの工夫も盛りこまれている。Chaucer との相似表現が十箇所ほど指摘されているが,[28] Chaucer がこの話を下敷にしたという確証はなにもない。しかしこの種の話をなんらかの経緯で心得ていたことは確かだろう。フランスの話では恥をかく修道士は複数であって，特にその性格を描きわけてあるということはない。性格があるにしてもそれは当時の修道士の共通分母的生態として提供されている。直接の被害者は Louuis 修道士と Symons 修道士だが二人は修道会の代表として参上している。Chaucer の場合，John 修道士はもちろん当時の修道士像を反映しているとはいえ，つまるところは，彼一人の性格的言動がふまえられている。彼の恥は彼の性格に発している。その個人としての性格上の言動があるからこそ個人としての使徒聖 Thomas にもじられて提供されることが可能になるのだ。しかもかなり手がこんでいる。使徒聖 Thomas を容易に想起させる John 修道士の言動をこと細かく分析紹介したうえで，それが使徒と霊的に全くあべこべの言動であることを聴衆に認知させ，しかも彼に Thomas という名を配せず，別に Thomas という人物を登場させ，John の相方《あいかた》としてからませ，John の経験する恥辱の誘引者としての役割を与えたのだ。使徒聖 Thomas と同名の Thomas に期待してもよい行動を John に分配する。その転倒は一種の悪戯である。Chaucer はその悪戯を聴衆に見破ってほしいのである。一種の慎ましやかな聴衆への挑戦としてこの悪戯を埋伏させたのは伝統の話を受け継いだChaucerの腕前である。

注

1　*The Riverside Chaucer*, ed. Larry D. Benson, 3rd ed. (Boston: Houghton Mifflin, 1987), p. 1326; Jacqueline de Weever, *Chaucer Name Dictionary* (New York: Garland, 1987), p. 322.

2　ちなみに *The South English Legendary* では “For his misbileoue me him clipde: Thomas longe in doute....” (572/2) (*The South English Legendary*, Vol. II ed. Charlotte D'Evelyn and Anna J. Mill, E. E. T. S., OS, 236〔London: Oxford University Press, 1956〕) とある。聖母マリアの被昇天の時にも，Thomas は座をはずしていたが，戻って来ても被昇天の話を信じなかったと伝えられている。しかし St. Hieronymus はその信憑性を否定している（Jacobus de Voragine, *The Golden Legend*, vol. II, tr. William Granger Ryan〔Princeton: Princeton University Press〕, 1993), p. 83; Jacobus a Voragine, *Legenda Aurea: Vulgo Historia Lombardica Dicta*, recensuit de Th. Graesse〔1890; rpt., Osnabrück: Otto Zeller, 1969〕, p. 509. なお邦訳には，『黄金伝説』1-4，前田敬作他訳〔人文書院，1979〕がある。

3　水之江有一『図像学事典―リーパとその系譜―』(岩崎美術社，1991)，p.42。聖史劇 Towneley Cycle 28 番にも，他の使徒の説得にもかかわらず，かたくなにイエスの甦りを信じない Thomas が描かれている。その際彼の心は ‘harde as stele’ (225) (*The Towneley Plays*, ed. G. England and A. W. Pollard, E. E. T. S., ES, 71〔1897; rpt. London: Oxford University Press, 1952〕p. 347) であったとされている。彼の不信の周知性はファブリオの中にも取り入れられていることでも分る。天国入りを拒否された一農夫によって Thomas はこの不信事件を指摘されて参ってしまうのである。(『フランス中世滑稽譚』森本，西沢訳編〔社会思想社，1988〕p.112)。

4　*The New Catholic Encyclopedia*, Vol. XIV (Washington, D. C.: The

Catholic University of America Press, 1967), p. 101.

5 "Plus nobis Thomae infidelitas ad fidem, quam fides credentium discipulorum profuit." G. G. Coulton, *Medieval Faith and Symbolism* (New York: Harper, 1958), p. 320 より引用。

6 *Mirk's Festial: A Collection of Homilies*, ed. Theodor Erbe, E. E. T. S., ES, 96 (1907; rpt. 1975, Milwood: Kraus Reprint), 18/29–31.

7 13世紀以来町村における教区の信者の教導は一部托鉢修道士によって補われていたといわれる。彼等は説教，改宗，聴罪の仕事もまかされていたのである。(Miri Rubin, *Corpus Christi: The Eucharist in Late Medieval Culture*〔Cambridge: Cambridge University Press, 1991〕p. 109).

8 *Pierce the Ploughmans Crede,* ed. Walter W. Skeat (Oxford: Clarendon Press, 1906).

9 *The Romaunt of the Rose*, I. 6668, *The Riverside Chaucer.*

10 *The Major Latin Works of John Gower*, tr. E. W. Stockton (Washington, D. C.: University of Washington Press, 1962), pp. 183–84.

11 Penn R. Szittya, *The Antifraternal Tradition in Medieval Literature* (Princeton: Princeton University Press, 1986), p. 212.

12 *The Golden Legend*, Vol. I, p. 30; Graesse, p. 32.

13 *Ibid*., p. 33; Graesse, p. 36.

14 *The Apocryphal New Testament,* tr. M. R. James (Oxford: Clarendon Press, 1924), p. 371.

15 *Ibid*. ちなみに Aelfric によると，天使が Gad に示した宮殿は "þa mæran gebyltu þe thomas þe worhte" (*Aelfric's Lives of Saints*, Part IV, ed. W. W. Skeat, E. E. T. S., OS, 82〔London: Kegan Paul, 1885), 408/138.

16 *The Golden Legend*, Vol. I. p. 34; Graesse, p. 37.

17 *Ibid*.; Graesse, *ibid.*

18 *Ibid*.; Graesse, *ibid.*

19 *The Apocryphal New Testament*, p. 406.

20 *Ibid*., p. 373.

21 *Ibid*., p. 402.

22 Langland によると，貧しい修道士が托鉢によって手に入れたものを建築に使うことはあるが，それも本来「惜しみなく配り，貧しい者に与える」ためのはたらきであるべきだ。

If any peple parfourne that text, it are thise poore freres:
For that thei beggen aboute, in buyldynge thei spende,
And on hemself som, and swiche as ben hir laborers;
And of hem that habbeth thei taken, and yyveth hem that ne habbeth!

(William Langland, *The Vision of Piers Plowman: A Complete Edition of the B-Text*, ed. A. V. C. Schmidt 〔London: J. M. Dent, 1978〕, XV, 327–30).

23　Ann S. Haskell, *Essays on Chaucer's Saints* (The Hague: Mouton, 1976), p. 62.

24　Roy Peter Clark, "Doubting Thomas in Chaucer's *Summoner's Tale*," *ChR*, Vol. 11, no. 2, 1976), 170.

25　*Ibid*., 167.

26　*The Golden Legend*, Vol. Ⅰ, p. 29; Graesse, p. 32.

27　W. F. Bryan and Germaine Dempster, eds. *Sources and Analogues of Chaucer's Canterbury Tales* (London: Routledge and Kegan Paul, 1941), pp. 277–86. 他にも司祭が欲張って糞を摑まされる話がフランダースから伝っている。Larry D. Benson and Theodore M. Anderson, eds. *The Literary Context of Chaucer's Fabliaux* (Indianapolis: The Bobbs-Merrill, 1971), pp. 360–61.

28　Bryan and Dempster, p. 277.

3　Absolon と「雅歌」

— “The Miller’s Tale” 考 —

i

Chaucer の “The Miller’s Tale” には旧約「雅歌」についての聴衆の既得知識が前提条件として利用され，それがむしろ好都合な条件として登場人物のアイロニカルな性格や行動，運命の提供に役立っている。

そもそも旧約聖書の中でも「雅歌」は「歌の中の歌」（*Canticum Canticorum*）の名があるが，異色な篇である。男女間の愛の相聞歌のコレクションの趣を呈しているからである。つまり「雅歌」は愛の抒情詩のアンソロジーで，一貫した筋の論理性は望むべくもないが男女の種々な情緒，和合の喜び，別離の苦しみ，訴え，誠実，まるで宮廷風の求愛のマナー，互いの美の頌詠など全篇男女のかたみの愛の確認の表白である。「わたしを刻みつけてください／あなたの心に印章として……」（8.6）といった強烈な表現がそれを証ししている。それらが極めて牧歌的，野性的，自然発生的なイメジの組合せによって表現され，恋人が寝ても醒めてもいとしい女《ひと》のことを想い，懊悩し，その女によきことあれかしと願い，裏切られては怒り，さらに赦しの心に目覚め，といった愛の表白は，まさに若い男女の純粋な性愛賛歌の趣を呈する。そういうわけでユダヤ教においては正典目録からはずされかかったこともあるくらいである。中世で「雅歌」がしばしば聖俗を問わず愛の詩の措辞や語彙，イメジ，テーマの発想源となったというのもうなずける。

しかし中世のキリスト教神学ではこの「雅歌」も霊感を受けた聖書の一篇として，特別に聖なるものとしての扱いを受けてきた。たとえば Origenes（185〔186〕-254〔55〕）によると，「雅歌」は祝婚歌であり，花嫁は天の愛に燃えて花婿のもとにこし入れをするのである。花婿とは神のみことば，神のロゴスであり，キリストに他ならない。[1] 決して絶えることのない神のロゴスに寄せる愛が「幸いなる魂を焦がし，燃えたたせる」のである。愛に燃えた「魂が聖霊に導かれ，教会は天の花婿，キリストと結ばれる」。「教会はキリストによって懐妊するため，ロゴスを介してキリスト交わることを慕い求めて」[2] いるのだ，ということになる。こういう読みには聖書本文の文字通りの意味に霊的な意味が隠されているという比喩的解釈による聖書釈義的姿勢がうかがわれる。だから Origenes は「霊的な意味をこめて記された事柄を，悪く，肉の意味に思いなしてしまうといった結果を招かないためにも，掌を，肉体の掌だけでなく，魂の掌を神に差しのべ」ようと言う。ニュッサの司教 Gregorius（c331-96）も花嫁を個人的な魂であると同時に教会共同体の象徴として解釈する姿勢をくずさない。[3] 12 世紀になると，Origenes の衣鉢を継ぎながらも，彼の肉的愛と霊的愛という二項対立的な愛のとらえ方が，愛の二相でなく，その一つの相だけで把握されるようになる。たとえば St. Bernardus（1090-1153）もその「雅歌」についての一連の説教 *Sermo super*

Canticum Canticorum において，神から魂に注がれた愛はまた直接に神に戻るという思想を展開する。背後の霊的な意味というよりも，文字通りの意味が実はそのまま霊的意味の表白であるという，ある意味では聖書の文字通りの意味の復権である。[4] 花嫁はまさにその花嫁という性情のまま神に結ばれる。地上愛は地上愛の属性をかかえたまま目覚めて神の愛へとたかめられるのだ。文字通りの花嫁のイメジがそのままキリスト教義の主旨と結びついて人の魂に元来具っている花嫁的愛を聖なる対象へと導いていくのである。花嫁は神に焦がれる我らが魂そのものである。St. Bernardus は，「雅歌に登場する“彼女”とはだれのこと」だろうとたずねる。そしてずばりと「花よめのことです」と答える。では「花よめとはだれのこと」だろう。「神に飢えかわいている霊魂のこと」だ。[5] 「雅歌」の性愛的イメジは，だから，人間の性的特質に根ざした心的応答をかきたてて魂を聖なるものに向わしめ結合，同化をとげるための方向を指示する。[6] このすぐれた婚礼歌は「愛の抱擁のうちにうっとりとなっている二つのたましいの歌，甘い協調のうちに一つになっている二つの意思の歌」である。[7]

4 世紀の Origenes においてであれ，12 世紀の St. Bernardus においてであれ，「雅歌」に展開されている男女の交わす愛の言葉が，たとえそれが神と教会の間の関係であろうと，神と霊魂の親和であろうと，その両者の吸引関係をあらわす神秘的かつ精神的な愛の表現として教会において説教され，一般化していった。だからその高雅性，馥郁性は普く認識されていた，といってよいだろう。それは中世後期の神秘主義者によって霊的婚姻として人間の（特に女性側からの）性的衝動という衣をかむって表現されたり，マリア崇敬に入りこみ，典礼の儀式文集の中にも取り入れられる一方，世俗文学において，特に12, 13世紀遍歴書生《ゴリアード》詩人たちによって，パロディ化されることにもなる。彼等は世をあげてキリスト教的社会の中の詩人，学《がく》生《じょう》として，聖書釈義の心得もあり，「雅歌」解釈の伝統を知悉していたからである。[8] Chaucer も一端《いっぱし》の知識人である。真面目と遊びのバランス感覚の中に生きている彼が，この伝統を見逃すはずがない。彼が *The Canterbury Tales* の中に採用した諷刺滑稽話，ファブリオの中にこうした「雅歌」についての一般的知識を逆手にとった遊びが見つかる。Chaucer が Origenes や St. Bernardus の「雅歌」釈義に精通していたかどうかは問題ではない。ただ「雅歌」の内容は何らかの手段で（読むという手段であろうと，聞くという手段であろうと）十分心得ていたであろうし，その釈義についての常識も先刻承知であったろう。げんに彼は “The Merchant’s Tale” の中で，語り手に「わたしは忠告しておきます。もし賢明に振舞おうと思ったら，ちょうどキリストが教会を愛されたように，自分の妻を愛しなさい」（I warne thee, if wisely thou wolt wirche, /Love wel thy wyf, as Crist loved his chirche.）（IV, 1383–84）と発言させているほどである。だからその男女の相聞の馥郁たる高雅さは常識として心得てもいたし，その相聞の霊的，比喩的解釈も，神学的分析の隅々までとはいわないまでも，直接，間接に知識をもっていたということを前提としてもよいだろう。問題は文人ならばその程度の学識をいかに作品中に生かしていくか，ということである。

ii

“The Merchant’s Tale” の中にはすぐにそれと分る「雅歌」中の語句との平行関係が認められる。年甲斐もなく，奇妙な理屈をつけて，親子ほども年の違う娘を妻にした老騎士 Januarie の歌うには（視覚の自由を奪われて，閉ざされた園の中で自分の愛を妻にめんめんと開陳する。すでに妻には一人の近習が仇し男としている），

“Rys up, my wyf, my love, my lady free!
The turtles voys is herd, my dowve sweete;
The wynter is goon with alle his reynes weete.
Com forth now, with thyne eyen columbyn!
How fairer been thy brestes than is wyn!
The gardyn is enclosed al aboute;
Com forth, my white spouse! Out of doute
Thou hast me wounded in myn herte, O wyf!
No spot of thee ne knew I al my lyf.
Com forth, and lat us taken oure disport;
I chees thee for my wyf and my confort.”（IV，2138-48）

（大意：「さあ起きなさい，わが妹よ，わが貴婦人よ，雉鳩の声が聞こえる，わが可愛いい鳩よ，じめじめした雨の降る冬は去ったのだ。立って出ておいで，山鳩の目をしたそなた。なんとそなたの胸は葡萄酒より白いこと。園はまわりがかこまれている。立って出ておいで，わが真白き妹

よ。確かにそなたはわが胸を傷つけた，わが妹よ。生涯そなたに一点の傷もみられなかった。立って出ておいで，いざともに楽しまん。わたしはそなたを妻としても，慰めとしても選んだのだ。」)

この老騎士の歌を「雅歌」の

恋しい人は言います。／恋人よ，美しいひとよ，／さあ立って出ておいで。ごらん冬は去り，雨の季節は終った。／花は地に咲きいで，小鳥の歌うときが来た。／この里にも山鳩の声が聞こえる（2.10–12)。

恋人よ，あなたはなにもかも美しく／傷ひとつない（4. 7)。

わたしの妹，花嫁は，閉ざされた園（4.12)。

とくらべてみると，その類似にすぐ気がつく。「雅歌」がしばしば中世において寓意的，聖書釈義的に解釈されたことを考えると，Chaucer の聴衆はこのかなり文字通りの「雅歌」の文言の使用に，霊的な解釈を重ねあわせることができたはずである。老騎士 Januarie の歌はここでは顕在的にも潜在的にも美しいものと，まちがいなく醜いものとを並列させた時におこる効果をねらったものである。またその効果は，人物性格とそれに発する言動をヒューモラスに（本人が真面目であるだけに）提供する意図に加担している。

同じことが “The Miller's Tale” においても，Absolon という人物の「雅歌」的文言をとりまぜた求愛歌にも言えるのだ。老大工の女房 Alisoun に横恋慕して，この女がすでに下宿人大学生 Nicholas と理《わり》ない仲になっているとは知らず，またこの求愛歌を歌い終えるととんでもない災難が待ちかまえていることも露知らず（ちょうど “The Merchant's Tale” における老騎士がそうであるように）めんめんとセレナーデを披露する。まるで，「もう家の外に立って窓からうかがい／格子の外からのぞいている」「雅歌」の若者（2.9）のように，張り出し窓の外から Alisoun の様子をうかがって歌うのだ。

“What do ye, hony-comb, sweete Alisoun,
My faire bryd, my sweete cynamome?
Awaketh, lemman myn, and speketh to me!
Wel litel thynken ye upon my wo,
That for youre love I swete ther I go.
No wonder is thogh that I swelte and swete;
I moorne as dooth a lamb after the tete.
Ywis, lemman, I have swich love-longynge
That lik a turtel trewe is my moornynge.
I may nat ete na moore than a mayde.” （I，3698-3707）

（大意：「いとしい蜜，うるわしのアリスーンよ，わがうるわしの花嫁，それとも小鳥よ，わが香たかきシナモンよ，わたしの愛するものよ，目をさませ，わたしに語りかけておくれ，そなたはわたしの胸の苦しみをいささかも考えてくれない。それで，そなたを恋いこがれてわたしはいずこへ行くとも汗びっしょり。心わずらって悶絶したとてなんの不思議があろう。仔羊が母の乳を求めるにも似て，わたしは愛に病んでいる。まこと，わが愛するものよ，これほどまで愛に病んでいる。かの雉鳩のそれのように，わたしの悩みは本物ぞかし，わたしは小娘のように食物が喉を通らない。」)

これが「雅歌」のあちこちの部分と奇妙に重なっている実感を与える。

花嫁よ，あなたの唇は蜜を滴らせ／舌には蜂蜜と乳がひそむ……ナルド，サフラン，／菖蒲やシナモン……。
(4.11，14)

恋人，美しいひとよ／さあ立って出ておいで。……わたしの鳩よ／姿を見せ，声を聞かせておくれ。(2.13，14)

わたしの頭は露に／髪は夜の露にぬれてしまった。(5.2)

「雅歌」の若者の頭が夜露にぬれている実景は，Absolon の「わたしはいずこ行くとも汗びっしょり」というあわれな発汗現象にすりかえられている。

Absolon の姿は Chaucer によって次のように描写される。

Crul was his heer, and as the gold it shoon,
And strouted as a fanne large and brode;

Ful streight and evene lay his joly shode.
His rode was reed, his eyen greye as goos.（I，3314–17）
（大意：髪の毛はちぢれていて，黄金のように輝いて，大きく広く扇のようにひろがっていました。きれいに髪を分けて，むらなく，きちんとしておりました。顔色は赤くて，目はうす青くて，鵞鳥のようでした。）

これは「雅歌」の花婿の，

わたしの恋しい人は／赤銅色に輝き，ひときわ目立つ。頭は金，純金で／髪はふさふさと，鳥の羽のように黒い。（5.10–11）

を下敷にしたパロディだと考えたい誘惑にかられる。Absolon が，そして彼の求愛が，誰の目にもこの「雅歌」の気品ある愛や文体に値しないことが明々白であるがゆえに，あえて高雅な歌いぶりをする。その間の食い違いが彼を愚劣に滑稽に映じさせる効果を生む。

“The Miller’s Tale” では男性三人が三様に醜悪なほど滑稽な人物である。そしてそれなりの応報を受ける。第二のノアの洪水を予言して亭主を騙し，他人《ひと》妻を寝取るのに成功するが，最後に尻に焼きごてをあてられて悲鳴をあげる大学生 Nicholas，年の余りにも違った女房をもち，嫉妬深く無知で何でも信じてしまう老大工，そしてそれらに配するに教区書記としての Absolon をもってすればこの話における辛辣な笑いの醸成の用意はととのうのである。Absolon はその性 ‘joli’（もしくは jolif)

であったと何度も念を押すように繰り返して確認されている。'Joly' という形容詞が，陽気な，うきうきした，ぴちぴちした，賑《にぎ》やかな，社交好きの，大膽な，さらには自信過剰な，という同時代的意味が *O.E.D.* で確認されるが（"jolly" で立項されている），まことにそういう属性にぴったりの男である。ついには女性の体のとんでもない箇所に接吻を余儀なくされるが，その時点で突然彼に冠せられる形容詞が'sely'へと変るのである（Ⅰ，3744）（'sely' は実は終始老大工に付せられつづけてきた形容詞）。つまり本来はずっと 'sely'（憐れな）存在であったことを思い知らされるわけだから，十分アイロニの犠牲者であり，ヒューモラスな存在であったことになる（そのことは我々聴衆からはまる見えであったのだ）。「雅歌」との比較によるこの人物のおかしさについての先行学者の調査も十分行きとどいている。[9] ただ諸学者の批評の大半が，もっぱら Absolon の言行と「雅歌」における若者のそれとの間の措辞上の類似，貸借関係に集中しているので，そういう文字の上の対応箇所の検証とは別の角度からこの話の「雅歌」への強い意識を探ってみたい。「雅歌」における愛というテーマの集約箇所に目をつけてみたい。

iii

この話の大団円に至るきっかけを与えるおかしみのクライマックスはなんといっても Absolon が老大工の女房 Alisoun のとんでもない箇所に接吻（いわゆる misdirected kiss）をする場面である。

期待に燃えてその日も早くから髪を梳《くしけず》り，ハープを舌の下にいれ，優雅な甘い言葉やイメジに満ちた「雅歌」の若者の求愛の科白を貴公子気取りで Alisoun（彼女は今学生 Nicholas と不倫の同衾中である）の寝室の窓辺で歌うのである。うるさいわよ，あっちへ行ってよ，ほかに好きな男《ひと》がいるの，行っておくれ「さもないと石を投げるわよ」(or I wol caste a ston....)（I，3712)。(聖書では，古来冒瀆，汚聖の罪に対する罰は，石でうち殺すことであった〔レビ，24.14〕。今，Absolon は他人妻への求愛に聖なる愛の歌「雅歌」の言葉のもじりをもってする，と同時に彼の求愛は世俗の肉的愛という大工の妻 Alisoun の生活感覚の次元だけの聖性に対しても冒瀆であったろう。石を投げられる所以である)。「寝られやしないじゃないの」(lat me slepe)（I，3713)。(これは「雅歌」における「愛がそれを望むまでは／愛を呼びさまさない」〔2.6; 3.5〕という禁忌の違反を咎められた，とみてもよい)。まさにひどい軽蔑，侮辱の言葉を受けたものである。まだ自分の置かれた状況に気づかない Absolon はそれならせめて接吻を，と懇願し，願い叶い，張り出し窓越しに接吻を許されるのだが，なんと暗闇に突き出された Alisoun の尻に口づけさせられてしまう。さらに輪をかけたさげすみである。この場面を「雅歌」8章，6節－7節の記述と重ねたい衝動にかられる。

この「雅歌」の記述は，Origenes や St. Bernardus などの伝統的解釈にそった中世の釈義からすれば，神と教会もしくは霊魂の愛関係をたからかに歌った箇所である。

〔愛は〕火花を散らして燃える炎（lampedes ignis atque

flammarum)。
大水（aquæ multæ）も愛を消すことはできない
洪水（flumina）もそれを押し流すことはできない。
愛を支配しようと
財産などを差し出す人があれば
その人は必ずさげすまれる（despiciet)。

この歌を Absolon の遭遇した経験と重ねてみるとおのずからアイロニが生れる。そもそもここでの愛は，St. Bernardus によると，「キリスト・イエズスにある神の愛」であった。「大雨が降って洪水が押し寄せ，大風が吹いて教会に打ち付けましたが，それでも倒れません。岩の上に建てられているから」だ。「それほど教会は，強く最愛の花婿キリストにしがみついている」。ここのところで St. Bernardus は「雅歌」からの上記引用の「大水も愛を消すことはできない／洪水もそれを押し流すことはできない」に言及し，それほど花嫁教会は神の祝福など眼中になくて，ただ神ご自身が欲しいのだ，と釈義する。[10] その美声や美貌で愛される人も，イエス・キリストがご自分の愛しい人，花嫁として選ばれたものとしてあるのだ（Swucche cheoseð iesu crist to leofmon and to spuse....）と，しばしばこの St. Bernardus に言及する 13 世紀の神秘主義的傾向をもった *Ancrene Wisse* の作者もこの「雅歌」の愛の霊性を確認している。[11] Absolon は家の「財宝」を（omne substantiam domus）差し出しはしなかったけれど，愛を支配しようと，宮廷風のマナーよろしく日夜寝食を奪われ，仲介人をたて，Alisoun の召使になるとまで誓い，セレナーデを歌い，‘pyment, meeth, and spiced ale'（Ⅰ，3378）などの贈物を惜しまず捧げていたのである。これらの食物は中世ではかなり贅沢なものである。[12] それはそれでよいが，もちろん家のすべての「財宝」ほどでないことは確かである。そのうえこれ等の贈物につづいて「焼きたてのあつあつのせんべい」(wafres, pipyng hoot out of the gleede)（Ⅰ，3379）までプレゼントしていたという。(それは彼の「あつあつの愛」〔hoote love〕〔Ⅰ，3754〕のプレゼントでもある)。'Wafer'をどこで手に入れたのか。'Waferers' という行商人がいて 'amatory intrigues' の取りもち役をしたという（*O.E.D.*,s.v.*waferer*）。Chaucer 自身も 'the verray develes officeres' とのち Pardoner の口を借りてきめつけている（VI, 480)。'Wafer' にご聖体の聖餅の意味もあるが，もしそうだとすればこれは大変な汚聖の罪であり，教区書記という仕事による職権濫用である。そういうもので愛（ましてや他人妻の）を支配しようとしたことで，彼は「雅歌」の文言通り，「さげすまれた」(despiciet) のである。しかも夫の以外の男に無恥にも抱かれている娼婦同然の女に……。それを「真の愛はいつにても報われざるもの」(trewe love was evere so yvel biset!)（Ⅰ，3715）と思い入れをするおかしさ。

彼の恋の病いは，しかし，宮廷風の形どおり婦人によって与えられる接吻によって「癒された」(was heeled)（Ⅰ，3757)。(もちろんとんでもないところへの接吻によってである)。彼のさしもの 'hoote love' も「消えた」(yqueynt)（Ⅰ，3754)。それは「雅歌」のあつい「火花を散らして燃える炎」(lampades ignis atque flammarum) のような愛であったはずだ。また大水も洪水も消し，流すことができないはずであった。しかし大学生Nicholasの発想した'amatory intrigue'たる第二のノアの洪水の仕掛けの中で果敢なく消えたのである。

Nicholasは「いたずら好き」(hende) な本性のまま，二度目に訪ねたAbsolonに，今度は俺が，とばかり自分の尻を突き出す。そこへAbsolonの用意した焼きごてが突っこまれる。あつい，"Help! water! water!" というNicholasの絶叫（I，3815)。「大水」(aquæ multæ) さえも神の愛を消すことができないのだ。不倫の愛も大水ででも洪水（つまりNicholasの第二のノアの洪水）ででも消すことはできなかった（いや，かえってそれを増幅したほど)。しかし「火花を散らして燃える炎」を発する焼きごてでやっと消えた。

Absolonの世俗での職業は床屋である（Wel koude he laten blood, and clippe and shave....)（I，3326)。「放血」(laten blood) をしたとあるからいわゆる'barber's surgery'であったのだろう。中世においては外科術は医術とは独立していて，手術，切開などは床屋，風呂屋，旅の山師などによって行われていた。[13] 治療法のひとつに患部を焼ききる，という手段もあった。14世紀の人Lanfrancによって散文で書かれた*Science of Cirurgie*[14] によると，思いきった外科療法に「金もしくは熱した器具で〔患部〕を焼く」(a brennynge wiþ gold or wiþ oþer instrument þat hoot)（305/12-13）というのが古くからあったそうだ。「腐敗した膿などを消滅させる」(it wol dissolue mater that is corrupt....)（305/24）効果があるからである。Corruptという言葉をNicholasの破廉恥な行為というcorruptionと重ねてみるのも興味がある。同じ14世紀（もしくは13世紀）に，John Arderneという外科医がおって*Treatises of Fistula* *in Ano*[15] という著述がある。痔瘻治療に関するものだが，そこでも「焼けた鉄」（a brynnyng iren）（51/8）による対処療法が紹介されている。Absolon は自分の職業にかかわるお手並通り，Nicholas の厚顔無恥の罪という患部を焼灼《しょうよう》術（cautery）という手荒くはあるが完全な治療法によって焼ききって殺菌し，[16] 床屋よろしく摘み取った，と言えようか。それは他人妻への横恋慕という罪からすでに癒されたあとの Absolon によるものであることが救いである。

この "The Miller's Tale" では，神の「洪水」という仕掛けが卑少化され，「雅歌」における神の人の子への強烈な愛の卑少化，と連動して効果をあげているが，それをやはり卑少化された貴公子きどりの床屋兼外科施療者 Absolon の恋の病の破綻とその病からの解放，さらには彼の恋敵であったいまわしい男の罪の消毒治療という役割分担に焦点をあててこの作品の悪戯っぽい詩的正義の主張を試論してみた。その際「雅歌」の愛の霊的解釈の普及性と床屋の生態の周知性が好都合な条件として計算されている，と見た。地上の取るに足らない，果敢ない，野卑な情事が，汎宇宙的な，時を超えた神慮という配景に意識的に対比され，もってパロディとなし，作者は十分に遊んだわけである。

注

1　オリゲネス『雅歌注解・講話』「序文」小高毅訳（創文社, 1982），27 頁。

2　同上書，41 頁。

3　同上書，29 頁。ニュッサの Gregorius の雅歌論については，大森正樹他訳『ニュッサのグレゴリウス「雅歌講話」』(名古屋: 新世社，1991) として出版されていて，日本語で接することが可能である。

4　Ann W. Astel, *The Song of Songs in the Middle Ages* (Ithaca: Cornell University Press, 1990), pp. 18-19.

5　聖ベルナルド『雅歌について(1)』山下房三郎訳（あかし書房，1977)，90 頁。

6　Astel, *op. cit*., pp. 15, 19.

7　聖ベルナルド『雅歌について(1)』山下訳，25 頁。

8　Cf. James I. Wimsatt, "Chaucer and the Canticle of Canticles," *Chaucer the Love Poet*, ed. Jerome Mitchell and William Provost (Athens: University of Georgia Press, 1973), p. 68; Peter Dronke, *Medieval Latin and the Rise of the European Love-Lyric*, Ⅰ, 2nd ed. (Oxford: Clarendon Press, 1968), p. 330; Peter Dronke, "The Song of Songs and Medieval Love Lyric," *The Bible and Medieval Cultrue*, eds, W. Lourdaux and D. Verhelst (Leuven: Leuven University Press, 1979), pp. 236-262.

9　前注の Wimsatt の論文の他にこの問題を扱ったものとして次のような文献がある。D. W. Robertson, "The Doctrine of Charity in Medieval Literary Gardens," *Speculum*, XXVI (1951); Robert E Kaske, "The *Canticum Canticorum* in the *Miller's Tale*," *SP*, 59(1962); Jesse M. Gellrish, "The Parody of Medieval Music in the *Miller's Tale*," *JEGP*, IXVIII (1974), no. 2; Cornellius Novelli, "Absolon's 'Frend so deere':A Pivotal Point in the *Miller's Tale*," *Neophilologus*, 52(1968); Mark H. Infusino, *The Virgin Mary and the Song of Songs in Medieval English Literature*, D. Litt. Diss., University of California, 1983; Beryl Rowland, "Chaucer's Blasphemous Churl:A New Interpretation of the *Miller's Tale*," *Chaucer and Middle English Studies in Hoour of Rossell Hope Robbins*, ed. Beryl Rowland (London: George Allen and Unwin, 1974).

10　聖ベルナルド『雅歌について(4)』山下訳，231-32 頁。「雅歌」における男女の愛が，Origenes においては神と教会の間の，St. Bernardus においてはキリストと霊魂との間の吸引関係としてあらわされていると一般に考えられているが，St. Bernardus においても被求愛者を花嫁教会にあてはめて説明されている箇所がある，と小高毅氏は指摘している（オリゲネス『雅歌注解・講話』における同氏の「緒言」13 頁参照)。

11　*Ancrene Wisse*, ed. J. R. R. Tolkien, E. E. T. S., OS, 249 (London: Oxford University Press, 1962), p. 53.

12　*M.E.D.*は，'piment' が，'heiȝe lordinges and to meye' に饗される 'beste mete' であったことを *Havelok the Dane*（c1300）や *Of Arthur and of Merlin*（c1330〔? 1300〕）によって（s.v. *piment*〔a〕)，また 'meeth' も 'spice' と並んで魅力ある食品であったことを Trevisa の *Higden*（c1387）や Chaucer の "The Knight's Tale" などによって証している（s.v. *mede*，〔1〕)。

13　Majorie and C. H. B. Quennell, *A History of Everyday Things in England*, Vol. Ⅰ (London: B. T. A. Batsford, 1918), pp. 52–53.

14　R. V. Fleschhaeker, ed. *Lanfranc's "Science of Cirurgie,"* E. E. T. S., OS, 102, London: Kegan Paul, Trench Trübner, 1894).

15　D'Aray Power, ed. *Treatises of Fistula in Ano by John Arderne*, E. E. T. S., OS, 139 (1910; rpt. London: Oxford University Press, 1968).

16　Beryl Rowland, *op. cit*., p. 50.

III　曖昧な Chaucer —行間を読む—

1　Chaucer と聴衆

i

我々現代人が，「読む」（read, *lesen*, *lire*, *lego*）という時，書かれた，もしくは印刷された文字を目で捉えて黙読する，ということを前提としている。娯楽や研究のために読書するとは，文字や記号を目で追ってその意味を解読する行為である。したがって読者というのはそのような黙読する人々を指している。ところが読者は実は，声なき声で音読し，それを自分の心の耳で聞いているのである。だからそれは独りでなす行為である。一冊の本（物語や論文，エッセイ，記事，記録）をよほどの例外を除いては各自が各地で独り居て読む。ところが中世も含めた古い時代に視点を据えると，読書行為は必ずしも独りでの黙読ではなかったことに気がつく。人々は物語を楽しみたいとなれば，識字者も古い文書も稀少な時代とあらば，吟遊楽人（詩人）などに頼らねばならない。

こういううたびとはしかし，厳密な意味で朗唱者（reciter）であって，目に一丁文字がなくても，口伝の歌の数々を諳《そらん》ずる者である。書かれたものを読みあげる（read aloud）者ではない。モーセが契約の書を「民に読んで聞かせた」（legit audiente populo）時には彼は文字を読みあげ（lego），民はそれを聞い（audio）たのである。Wife of Bath の第五番目の夫が，夜な夜な楽しんで読んでいる反女性論者の著作のアンソロジーがある。これを彼は声をあげて読んでいたのである。Wife の言葉をかりると，“reden on this cursed book”（*The Canterbury Tales* III，789）ということになる。つまりこうした場面では読みあげる者がいて，それを積極的にしろ，消極的にしろ聞いている者がいる，という場が想定される。*Troilus and Criseyde* の第二巻において，Pandarus が Troilus の意中を Criseyde に伝えに行った時，Criseyde はちょうど読書中だった。「今読んでいる（rede）のは，テーベのロマンスですのよ」（II，100）と彼女は言うのだが，実は一人の少女にこの作品を読みあげ（reden）（II，83）させていたのである。それを彼女は他の二人の女性とともに聞いていた。つまりは，ここにこの時代の読書の風景が示されている。読書というのは誰かが（宮廷の広間とか，私的な次の間で）読みあげるのを聞く行為である。[1] もしそれ，読みあげる者が自作を朗読しているとなれば，「読む」という動詞は二つの行為を含意することになる。ひとつは作者が自作を朗読する（recite），もうひとつは聴衆がそれを受容する行為である。[2] 現代のように作者は不特定多数の読者を意識して原稿用紙やワープロに向うのではなく，予想される目前の聴衆が，（公衆の場であろうと，私的な場であろうと）いかに自作に反応するかを予め心にとめて執筆しなければならないことになる。だから，その目前の聴衆とはどういう人々か，ということは念頭を離れないであろう。では Chaucer はどういう聴衆を意識していたのであろうか。

Chaucer の聴衆ということになると，彼が自作 *Troilus and*

Criseyde を宮中庭園で朗唱している図と伝えられる Corpus Christi College, Cambridge, MS61 の *Troilus and Criseyde* の口絵[3] を思い出す。一人の人物が宮中の庭園で，丘上の城を背にして説教壇にたち，熱心に聞きいる一群の貴族，貴婦人に語りかけている図である。この図が，Richard IIの宮廷における現実の朗唱の集いの再現であるかどうかということは既に大方の先学によって否定されている。[4] 第一，列座の貴顕，淑女をひとりひとり特定するすべもない。[5] Chaucer に擬せられている人物の姿勢，ジェスチアなどから推して，会衆を前にした当時の説教風景という一般的な主題を模した図とも考えられる。[6] したがってこの人物は Chaucer というより，公衆の前でものを語る人の ‘typical figure’[7] と考えてよいだろう。すでに宮廷文化において諳《そらん》じている詩や物語を朗吟する吟遊詩人の役割が，作者自身の自作朗読という行為に移行していることを考慮にいれると，この図は詩人が聞き手を前提にものを書くという，Pearsall の言葉をかりるならば ‘the myth of delivery’[8] を伝えていることは確かである。つまり，作品は，14，15 世紀においてもすでに私室で一人の読者に黙読されることもある，という認識があっても，原則的には複数の聴衆に口頭で提供されるという昔ながらの約束事，いわば中世における読書の原風景をふまえて執筆されたものであろうし，また現実にそういう朗読の集いの習慣も厳としてあった，と考えてよいであろう。ではそれはどういう聴衆であったろうか。Chaucer のいわゆる primary audience，もしくは immediate audience のことであるが，おそらく，主として Richard II の宮廷にまつわる内外の国事，財政にたずさわる人々，たとえば公務員，宮廷騎士，王

の近習，高位聖職者，ロンドンの市長，実業家，それに貴婦人等々が予想される。[9] Green の言う camera regis，いわゆる王室，の面々であろう。[10] そういう人々の共通の教養や知識（個々に相違があるとしても）に reader（reciter）は配慮しなければならない。それは 'public poetry' を披露する場である。[11] 誰にでも（もちろん宮廷という場の）通用するメッセージ，極端に道徳的でも教訓的でも，教条的に宗教的でもなく，宮廷という情緒的虚栄の世界にも，常識ある市民階級にも通用する公共性が基本にある。[13] 公務員として Chaucer もその宮廷構成員の一人であり，多くの騎士，近習，文人と知己であったとすれば，ひとつ近作を聞いてくださいと披露する storyteller としての彼には，彼なりの配慮と工夫があったにちがいない。そしてそれは彼の語り口に顕在化して極めて Chaucer 的となっていることであろう。つまり聴衆との一種の暗黙の negotiation として弁解，一見遠まわしな，捕捉困難な発言，冗談にかこつけて，皆まで言わない部分を理解してもらおうという姿勢である。Self-effacement，自己韜晦《とうかい》，ということになろうか。予想される聴衆の反応を先取りして意識した創作態度であり，そこから Chaucer ならではのアイロニも生れる。それは一種のパーフォーマンスとしてあらわれる。

ii

"The Nun's Priest's Tale" の中で，雄鶏 Chauntecleer が雌鶏 Pertelote 夫人の忠言に従ったがために大災難に遭う件りの直前，語り手は，何気なくアダムとエバの例を出して，女の勧告というものはしばしば命にかかわる，とコメントするが，たちまち慌てたように，こんなことを言えば誰の逆鱗に触れるやしれん，と発言する。

Wommennes conseils been ful ofte colde;
Wommannes conseil broghte us first to wo
And made Adam fro Paradys to go,
Ther as he was ful myrie and wel at ese.
But for I noot to whom it myght displese,
If I conseil of wommen wolde blame,
Passe over, for I seyde it in my game.
Rede auctours, where they trete of swich mateere,
And what they seyn of wommen ye may heere.
Thise been the cokkes wordes, and nat myne;
I kan noon harm of no womman divyne.

(Ⅶ, 3256-66)（下線筆者）

（大意：女の忠告はしばしば致命的なものです。女の忠告は我らを最初に悲しみに導きました。アダムがとても楽しく満足していた楽園から彼を追い出しました。でも，もしわたしがご婦人がたのことを悪しく言おうものなら，誰のご機嫌を損ずるか知れやしない。聞き流してください，冗談で言ったのです。そういうことを扱っている権威ある著者の書いたものを読んでください。そうすりゃ女のことについてどんなに言っているかお聞きになれるでしょう。これらは雄鶏の言葉です。わたしのではありません。わたしはどんな女性のことも悪く言うすべを知らないのです。）

最終的には auctours（=authorities）に責任を委ねているが，中世では創作者は古き権威のある書の一種の compiler である，という自覚の一般性をふまえている。その場合キリスト教伝統も異教的伝統も問わなかった。A. J. Minnis はその *Medieval Theory of Authorship*（1984）で，これを一種のトポスとみなして，“disavowal of responsibilty trope”と呼んでいる（p. 198）。しかし，いずれにしても一種の弁解である。聞き流してください（Passe over）。これは雄鶏の発言でわたしのではない（実はそうではなく，語り手の発言である）。一座の中の女性を気にして弁解しているようだ。わたくしめは女性のことなどちっとも悪く思っていない，と言うのである。ところがことはそう単純ではない。この 3266 行の文意は極めて曖昧であるからだ。特に ‘divyne’(=divine) が問題だ。この語が動詞なのか形容詞なのか分らない。‘Divyne’ を ‘to declare, state, tell’(*M.E.D*., s.v. *divinen* v., 4) と解するならば，3266 行は，(a)「わたしはどんな女性の harm も語るすべを知らない」(‘kan’ を ‘to know’ でなく ‘be able to’ の意と解するならば「harm を語れない」）となる。‘Divyne’ を ‘Partaining to religion or theology’(*M.E.D*, s.v. *divine*(*n*) adj., 3〔a〕) と解すれば，(b)「わたしは宗教人としての女性（つまり修道女）の harm を知らない」となるし，さらに読みこんで ‘divyne’ を名詞，すなわち ‘A religious philosopher or theologian; also, a poet dealing with religious subjects’ (*M.E.D*., s.v. *divine*(n) n., 1〔a〕) を意味するとなれば，(c)「わたしは女性の宗教詩人の harm について知らない」(‘harm’を「罪」,「中傷」の意味ありとせば，(d)「わたしは女性の宗教詩人の罪について知らない〔もしくは中傷するすべを知らない〕」というほどの意味となる)。(a)の意味ならば，聴衆の中の女性への弁解である。「誰の逆鱗に触れるやしれん」(VII, 3260)，冗談だ，くわしくは「こういう主題を扱っている権威筋の作品をお読みください，そこにちゃんと書いてある」(VII, 3263)（因みにこういう権威筋の発言はすべて男性の声である)。やんごとなき女性たちの忌諱に触れることを避けて責任を ‘auctours’ に転化し，冗談という盾の中に自分を隠してしまう。意識的な self-effacement である。聴衆のメンバーに直接相対して，ある時はそのうちの一人に，次は他の人に eye-contact を移していくという public reading の席上におけるパーフォーマンスが予想される。(b)の意味にとると，朗読者 Chaucer の直接相対している女性方への誹議ではないとしても，作中の巡礼一行の一人修道院付司祭（Nun’s Priest）のマスクをかりた Chaucer の，同じく巡礼一行の一人女子修道院長（Prioress）への姿勢が浮び出る。この女子修道院付司祭が，当時の慣行通り，日頃この女子修道院長の聴罪司祭を務めているのか，女子修道院附属礼拝堂の司祭なのか，それともとりあえず彼女のボディガードとして巡礼に加っているのかはさておき，院長様の私生活をよく心得ており，彼女の ‘harm’ も知悉していることを好条件として遠慮がちにではあるが，いささかいじわるな発言をしてそれを取消した，とも考えられるし，ボディガードとして彼女の下風にたっているとしたら，溜飲をさげたのちの弁解だ。(c)や(d)の意を生かすと，女性宗教詩人として女子修道院長の先程披露した見事な rhyme royal の詩形による情感たっぷりの七歳の少年の殉教話，聖母マリア様の奇跡譚に対する賞賛とその裏返しの中傷である。それはマリア様の侍女として修道三誓願をたて，余暇には母語によるとはいえ宗教書（聖人伝，殉教話，説教，修道生活の指針書等）に親しんでいるはずの修道女の，[12] さすが，と言ってもよい作品への賞賛と同時に女性の過剰なセンチメンタリズムに対する揶揄（その背後には修道女とはいえ所詮女性は情緒不安定な ‘marginal social group’[13] と見る中世世界の基本態度がある），また修道院の内なる世界よりも外なる世界に興味を示しているかにみえる *The Canterbury Tales* というフィクションの世界の中での（現実世界においても）この女子修道院長様の実像と，彼女の語る物語への意識がうかがえる。

ここでの reciter，Chaucer の「わたくしは女性のことを悪く思っていない」というほどの弁解は複雑である。そこから決定的な結論を出していない。ある程度限られた種類と数の聴衆の反応も複雑である。彼の声を読み，それを自分たち流に仕分けしなければならないのだ。[14] この 3266 行には語り手によって設けられた blank があり，それを聴衆が埋めねばならない。それは結論なしの一種の ‘no-man’s-land’[15] で，聴衆はその中に分け入っていくことを要請されるのだ。しかしその blank は ‘constitutive’ な blank であり，[15] 逆説的には読書（物語聴取）というプロセスの中でコミュニケイション不在のようでありながら，ひとつの新しいコミュニケイションをひきおこす。そのコミュニケイションは，この楽しい ‘puzzle box’[17] から取り出すことのできる公けの朗読の場に生ずる複雑なアイロニの理解である。語り手はテキストの中に現れたり，消えたりしてアイロニカルに自作をコントロールしているからだ。[18] 以下

"General Prologue" における一人の monk 像と friar 像について朗唱の場の聴衆を意識した Chaucer の人物造型を試論的に検証してみたい。

注

1　もっとも Chaucer の時代に黙読の習慣がなかったこともない。たとえば *The House of Fame* の第2巻で，Chaucer が夢の中で一羽の鷲に，お前は仕事が終ると家に直行して「石のごとく黙ったまま別の本に向う」（domb as any stoon, /Thou sittest at another book....）（*HF*, II, 657-58）とからかわれる場面がある。Chaucer は日頃古今の書物を黙読していたのだ。

2　D. H. Green, *Medieval Listening and Reading: the Primary Reception of German Literature 800–1300* (Cambridge: Cambridge University Press, 1994), p. 316. Nancy Mason Bradbury は，これを作者側からとらえて，14世紀の Chaucer, Langland, the *Gawain*-poet などの作品を "dramatic meeting of voiceness and bookness" だと言う（*Writing Aloud: Storytelling in Late Medieval England* [Urbana: University of Illinois Press, 1998], p. 151). 因みに Paul Zumthor はその *Speaking of the Middle Ages*, tr. Sarah White (Lincoln: University of Nebraska Press, 1986) において，中世における読書という伝達，受容手段を大きく次のように区分している。

1. original communication (production and reception), generally beyond the limits of our gaze;

2. mediated communication I ((production and reception of the manuscript or manuscripts);

[a chronological gap, generally several centuries, during which there may intervene an indeterminate number of communications socio-historically different from numbers 1, 2, 3, and 4];

3. mediated communication II (produced by the scholar and

received by a specialized clientele, typified in the teaching phase);

4. communication put in a form consumable today (aimed at reception by all interested individuals). (p. 26).

3　この写本はおそらく15世紀初期以前のものであろうが，John of Gaunt あたりから製作依頼された画家の作品をもとにしたもの，との推定もある。(Aage Brusendorff, *The Chaucer Tradition*〔1925, rpt. Oxford: Clarendon Press, 1967〕, p. 21.)。Seth Lerer はその *Chaucer and His Readers: Imaging the Author in Late Medieval England* (Princeton: Princeton University Press, 1993) において，意識的に中央に据えられた Chaucer と目される人物の桂冠に値する毅然とした姿勢，並み居る貴族の燦然とした服装などから，この絵を1430年代の製作で，詩人と宮廷人との身分上の同等性を描き，詩人の宮廷における地位，宮廷人の支持（金銭的），つまりよりよき時代への願望のあらわれ，とみている。この時代になると詩人への宮廷パトロンが減少してきたことを反映しているというのだ（pp. 53–55)。

4　Derek Pearsall, "Frontispiece and Chaucer's Audience," *YES* (1997), 7, 70 及びその注1参照。

5　P. M. Kean や Margaret Galway による人物特定の試みもあるが，それとても仮説にすぎない。Cf. P. M. Kean, *Chaucer and the Making of English Poetry*, I (London: Routledge and Kegan Paul, 1972), p. 25; Margaret Galway, "The *Troilus* Frontispiece," *MLR*, XLIV (1949).

6　Alfred David, *The Strumpet Muse: Art and Morals in Chaucer's Poetry* (Bloomington: Indiana University Press, 1976), p. 10.

7　*Ibid*.

8　Pearsall, *op. cit*., 70.

9　Paul Strohm, *Social Chaucer* (Cambridge, Mass.: Harvard University Press, 1989), pp. 183f.; Paul Strohm, "Chaucer's Audience(s): Fictional, Implied, Intended, Actual," *ChR*, VVIII (1983), 2, 143; Richard Firth Green, "Women in Chaucer's Audience," *ibid*., 149, 152; Patricia J. Eberle, "Commercial Language and the Commercial Outlook in the *General Prologue*," *ibid*., 164; Pearsall, *op. cit*., 73.

10　Richard Firth Green, *Poets and Princepleasers: Literature and*

English Court in the Late Middle Ages (Toronto: University of Toronto Press, 1980), pp. 38–70.

11　Anne Middleton, "The Idea of Public Poetry in the Reign of Richard II," *Speculum*, LIII (1978), 95.

12　Shulamith Shahar, *The Fourth Estate: A History of Women in the Middle Ages*, tr. Chaya Galai (London: Routledge, 1983), p. 50; Elizabeth Robertson, *Early English Devotional Prose and the Female Audience* (Knoxville: The University of Tennessee Press, 1990), p. 8.

13　Shahar, *ibid*.

14　"What we need always to be attentive to... is *how* we read and sort out Chaucer's narrative voices." (Leonard Michael Koff, *Chaucer and the Art of Storytelling* 〔Berkley: University of California Press, 1988), p. 109. また Robert Myles はこういう Chaucer の意図伝達手段をサインとそれが指示するものとの関係でとらえ，次のように発言している。"It is typical of Chaucer's poetic technique to create such play with overlapping sense and so develop an association." (*Chaucerian Realism* 〔Cambridge: D. S. Brewer, 1994〕, p. 94).

15　Wolfgang Iser, *The Implied Reader: Patterns of Communication in Prose Fiction from Bunyan to Beckett* (Baltimore: The Johns Hopkins University Press, 1974) p. xii.

16　Iser, *The Act of Reading: A Theory of Aesthetic Response* (Baltimore: The Johns Hopkins University Press, 1978), p. 167.

17　Koff, *op. cit*., p. 125.

18　*Ibid*, p. 15. なお Laura Kendrick はその *Chaucerian Play: Comedy and Control in the Canterbury Tales* (Berkley: University of California Press, 1988) において女子修道院付司祭の女子修道院長への欲求不満の心理状態を "abreactive play that satisfies a desire for control frustrated in reality" (p. 36) と分析している。

2 *The Canterbury Tales,* “General Prologue” における Monk

i

“General Prologue” で提供される巡礼衆のポートレイトのひとつに Monk（修道僧）がある。

A Monk ther was, a fair for the maistrie,
An outridere, that lovede venerie,
A manly man, to been an abbot able.
（I，165-67）（下線筆者）

（大意：修道僧がひとりおりました。衆にすぐれた人物で，領地の見回り役で，狩が好きでした。大修道院長になってもおかしくない立派な御仁でした。）

という描写から始まる。‘a fair for the maistrie’ を一応「すぐれた人物」というほどの意味にとるとすれば，monk という身分から考えて，それなりの説得性のある属性ではある。というのは，聴衆の頭の中には古き良き時代の理想的な monk 像というものがまずある。修道院生活は，西方教会ではすでに 4 世紀において共住制になっていたが，6 世紀 St. Benedictus（c480-543）が傘下の monks のために作成した戒律が monk の理念と修道生活の基本となって，中世の人々に知られていた。清貧，清純，従順をモットーにした修道生活こそが天国へのもっとも確実な道であり手段であるという確信がいきわたって，[1] 王も王妃も貴族も貴婦人も，身分あるものもないものも，己が霊の救済に不安を感ずると修道院へと志した。祈り，聖務，読書，農耕などの知的，霊的，身体的働きを支えるものとして，たとえば，St. Benedictus の戒律によると，快楽を求めないこと（delicias non amplecti），世俗の快楽に背を向けること（a saeculi actibus se facere alienum），大食をしないこと（non multum edacem），肉の望みを満たさぬこと（desideria carnis non perficere），貞潔を愛すること（castitatem amare），[2] これらは修道院という共同体における定住（stabilitas）が前提となっている。

定住が当為だとなると，修道院内の必需品は修道院で自給自足できるはずであるのに「外出することは修道士の霊魂のために益にならない」(non expedit animabus eorum)。外出者は St. Benedictus の戒律の第一章に「放浪者」(girouagum) と規定され，恥ずべき（miserrima）行いであったはずだ。[3] ではこの Monk が ‘outridere’ であるということはどういうことなのであろう。‘Outrider’ つまり馬にのって外に出る人である。修道生活が共住制をとり，修道院としての組織団体になると，それ相応の経済的基盤が必要となるであろう。自給自足を旨とし，その生産性も利潤のためでないとすれば，寄進に頼らねばならない。霊の平安を monk に祈願してもらうために，また修道院に子弟（女）を送りこんだ人々も含めて，経済的に余裕のある人々は修道院への寄進を怠らない。[4] 彼等は縁者の死後の煉獄における救霊の執り成しも修道院に依頼する。[5] それらは土地の寄進となってあらわれることであろう。となると，修道院領地の管理の役僧が必要となってくる。*O.E.D.*によると，‘outrider’ とは，現在は廃意とあるが，‘An officer of an abbey or convent, whose duty it was to attend to the external domestic requirements of the community, esp. to look after the manors belonging to it,’ (s.v. *outrider* n. 2) であり，*M.E.D* にも同巧異曲の説明 ‘An agent of a monastery who rides out to administer its affairs.’ (s.v. *outridere* n. a) とあって，修道院領地の定廻りの役僧である。（*O.E.D.*も *M.E.D.*も文献例として今問題視している Chaucer の “General Prologue” を引証している。一般に修道院の役僧にはすべてラテン語名がつくのだが，この ‘outridere’ にあたるものは何であろうか。172 行目に，この人物が ‘celle’ の管理にあたっている云々という発言がある。‘celle’ というのが，*M.E.D.*の与えるように ‘a subordinate monastic establishment’ (s.v. *celle* n. 1) だとしても，その ‘celle’ の管理をするということは，修道院の財産を管理しつつ，聖俗を問わず霊的，物質的福利を司る役僧である。[6] それならば St. Benedictus の戒律に言う「修道院の総務主任」(cellararius)（ラテン語で cellarium〔食糧貯蔵所〕に由来し，修道生活で物品関係を管理する者の呼称[7]）に近いものであろう。すくなくとも 6 世紀の時点では，「賢明で，円熟し，節度があり，大食に陥らず，尊大でなく，容易に動ぜず，無礼でなく，遅鈍でなく，浪費家でなく，神を畏《おそ》れる者で，共同体にとって父のような人」[8] がその役につかなければならない。重要な役職だが，時代の要請上 outride しなければならないのだ。どちらかといえば修道院内部の精神生活よりも世俗にかかわる修道院事務にたずさわる ‘business administrator’[9] である。Chaucer の Monk がそういう職務を荷なっているのは特に怪しむほどではない。彼を一概に ‘Recchelees’ (Ⅰ, 79) (negligent of one’s work〔*M.E.D.*, s.v. *recheles* adj 2〕)と極めつけるのは酷である。むしろこういう役僧の修道院領内における outride する行動に掣肘《せいちゅう》を加えることは，その義務遂行を妨げ，上司に不従順を強いることでさえあった。[10]

しかし続いて同じ 166 行で息つぐ間もなく ‘venerie’ (狩猟) が好きでした，とさりげない発言があり，さらに次の行には ‘a manly man’ で，大修道院長になってもおかしくない ‘able’ な人物だ，とある。聴衆は ‘outridere’ も務まる傑物，甲斐性者という当時としては是認的な情報を与えられた直後，狩り好きだ，と敷衍され，outride するのはさては狩のためであったのか，という認識に寸秒の間をおいて達するのだ。

‘Venerie’ とはそもそも俗界の戦士の平時における鍛練のひとつでもあったし，もともといくさびとであった王侯貴族のゲーム（費用の嵩む）である。それを聖職者たるものが常習的に行うということは修道院が貧者に施すべき財力の浪費でもあったわけだ。Gardner の言葉をかりると，‘silly self-gratification, needless slaughter, and sinful waste’[11] であったし，教父や教会博士，神学者などによっても罪と断定されていた。[12] Chaucer の同時代には，狩をする monk も含めた聖職者が，説教や風刺，教訓詩などで非難されていることは確かなのだが，[13] 同時に 14 世紀中期には修道僧は，望むなら，一週間は水辺で狩をしても差し支えない，それは慰安で，そのために馬や費用が支給されることもあったという。[14] また John　Peckham（c1240–c1290）が 1281 年に傘下の修道院に与えた書簡において，遊ぶことを禁ずる旨を徹底してはいるが，次の三つの条件のもとでは狩猟を許している。すなわち，修道院の尊厳を損わないこと，世俗事よりも修道院の義務を優先させること，イギリスの狩猟の品位をまもること，である。上級聖職者としては貴族や界隈の上流人士との公的関係を維持するための理にかなった活動でもあったのだ。[15] 時代とともに変遷してきた monk の必要悪としてまず公認の生態であったと言ってもよい。

しかし，‘venerie’ という語はどうやらそれだけの反応を聴衆に要求しているのではなさそうである。ひょっとすると性的な意味も含んでいるのではないだろうか。*O.E.D.*は ‘venery’ の項でこの語をラテン語 venari からの借用語としてのフランス語 ‘*venerie*’ に発するものとし，確かに「狩猟」の意味を与えているが(venery[1])，同時に同綴りで別項をたてて，Venus に発するものとして，‘The practice or pursuit of sexual pleasure’ (venery[2])の意味を与えている。文献初例を 15 世紀としているが，‘venerien’ の項には Chaucer の “The Wife of Bath’s Prologue,” 609 行を文献初例として採用している。この箇所は Wife of Bath が，わたしは最高の *quoniam* を持っている。だって “I am al Venerien....” ですもの，という件りである。そう勘ぐると，*The Canterbury Tales* の中で後刻この Monk が宿の亭主にからかわれるシーンに思いが走る。貴僧は栄養状態のよい御仁だ，幽霊のように痩せこけた普通の修道僧でもなさそうだ。どうやら役付きの人（officer）か，聖器管理者（sexteyn）か，総務主任（celerer）（i.e. cellararius）か，いずれにしてもおえら方（maister）か管理側の人（governour）だ，修道院住いには向かない，いっそ種鶏（tredefowel）だ（VII, 1934-45），

Haddestow as greet a leeve as thou hast myght
To parfourne al thy lust in engendrure,
Thou haddest bigeten ful many a creature.（VII, 1946-48）
（大意：おまえ様に，力の限り生殖にその欲望を果す，というお許しが出たら何人も産ませたことだろうに。）

とあることに照してみても，この修道僧が ‘venerie’ 好きであるということは意味深長だ。このことは “The Shipman’s Tale” に登場する monk，巧妙な仕掛け人として見事濡れ手に粟で，一人の商人の妻との情事を楽しんだ monk が，「この立派な修道僧は……大そう慎重な人物で，領地の見回りの役付きで，領内の農地や広い納屋などを視察する認可を修道院長からいただいていた」（This noble monk.../Hath of his abbot... licence,/By cause he was a man of heigh prudence/And eek an officer, out for to ryde,/To seen hir graunges and hire bernes wyde....）（VII, 62-66）（下線筆者）とあることからも当時の monk の生態の一端を推察しうる。

　されば この Monk が ‘manly’ であるとはどういうことか。基本的には ‘manly’ とは ‘masculine’ の意味である。*M.E.D.* によってこれを検しても是認的な意味が読みとれる。すなわち，‘brave, courageous’ (s.v. *manly* 3a), ‘resolute, steadfast, reliable’ (3 b), ‘noble, righteous, worthy..., refined...’ (4a) 等々

の意である。(しかし *Chaucer's Bawdy* において Ross は "The Merchant's Tale"〔IV, 1911〕で，この語が 'serve' という語と連用されていることから，'manly' を，'serve' と，ベッドでの 'service' との連想で，アイロニカルな性的意味に捉えている)。[16] 'Courageous,' 'resolute,' 'reliable,' 'noble' な，という意味で 'manly' なら確かに大修道院長としてもふさわしいのだが，'venerie' の曖昧かつ皮肉な意味と重ねてみると，性的精力絶倫なるがゆえに大修道院長にふさわしい，というとんでもないメッセージが伝わる。やがてこの Monk は，St. Benedictus や St. Maurus の戒律などは時代遅れで，修道院生活における読書の規定や，St. Augustinus の労働の教えには目もくれないと豪語する。すると語り手 Chaucer はそれを受けて，だからこそ，

Therfore he was a prikasour aright:
Grehoundes he hadde as swift as fowel in flight;
Of prikyng and of huntyng for the hare
Was al his lust, for no cost wolde he spare.
(I，189-92)(下線筆者)

(大意：だからこそ彼はまさに馬の乗り手だというわけです。空飛ぶ鳥のように速い猟犬を飼っていました。馬に拍車をあてること，兎を追うことが彼の楽しみのすべてで，費用は惜しみませんでした。)

と言う。教父の権威を歯牙にもかけないというこの Monk の発言のあとだけに 'therfore' というのはいかにも皮肉だ。

Chaucer も古い戒律に固執することの野暮ったさに同意しているのだろうか。しかし，だからこそ（therfore）'prikasour' とはどういうことだ。

'Prikasour' とは字義通りでは 'A horseman, mounted hunter' (*M.E.D.*, s.v. *pricasour*) のことである。'priken' に発するもので，'priken' とは「刺す」という行為である。これが拍車で馬腹を刺すことにも転用され，'to spur (a horse), cause to gallop' (*M.E.D.*, s.v. *priken*, 4a, b) の意となった。それは Canterbury 巡礼に遅れて参加した修道参事会修士（Canon）とおぼしき人物が，「急いで馬を走らせた」（Faste I priked...）（Ⅷ, 584）と言っていることからも分るのだが，この'priken'に何か別の意味が埋伏されてはいないか。*M.E.D.* はその 'priken' の項で 'to excite amorous instincts; arouse amorous instincts in (sb.)' (5c) の意味を示し，その文献例として "General Prologue" における，春ともなれば自然が小鳥の心を'priketh'する，という冒頭部分の一行を挙げているが，"The Reeve's Tale" において学生 John が粉屋の妻をベッドに押し倒し，「狂ったように激しく深く突きたてる」（He priketh harde and depe as he were mad.）（Ⅰ, 4231）という場面での 'priken' の行為は 'to have sexual intercourse' の意味以外にはとれない。（Ross は，Chaucer ではこの意味での 'priken' の頻度はすくないとことわりつつも，この語に coitus の行為が含蓄されていることを認めている）。[17] 1905 行でこの 'prikyng' が 'huntyng for a hare'と同列に並べられていることもそうした推量を可能にしないこともない。[18] Hare を狩ることが特に coitus にうつつをぬかすということに通じないが，*O.E.D.*の，三月（交尾期）になるとhareは荒々しくなる，それで “As mad as a March hare” という諺がある（1b）という説明を読むと，断定的な結論を引き出せないものの，このMonkのhare-huntingは彼のsexual pursuit，つまり女性狩りへのあてこすりとも解せられる。彼は費用を惜しまずこの狩りの ‘lust’ にふけったのであるから，この ‘lust’ という語が，今は廃意であるとしても，中期英語では一般の ‘pleasure’ の意味を当然もつ一方，*O.E.D.*（4）も *M.E.D.*（1d）も中期英語にもその用例を示している ‘sexual appetite,’‘sexual desire’ の意味もそなえていると解すると，妙に符牒があうような気がする。「そういうわけだから」(therfore）というのは，文脈上，修道院の厳しい戒律や教えは ‘old and somdel streit’（I，174）である，そういうわけだから，そしてそういう戒律を律義にまもっていては，どうして世間にご奉仕できるでしょう（“How shal the world be served?”）（I，187）という疑義が生じ，万事当世風にする（after the newe world）（I，176）にしかず，そういうわけだから，ということになる。巡礼Chaucerが語り手Chaucerになりかわって「貴僧の意見もっともじゃ」(“〔Your〕 opinion was good.”）（I，183）と発言する時の真意は，聴衆が単細胞の理解力だけで立ち向うと理解に苦しむことになる。ここで冒頭三行にたち帰ることにする。

もう一度この問題の三行を引用しておこう。

A Monk ther was, a fair for the maistrie,
An outridere, that lovede venerie,
A manly man, to been an abbot able. （I，165-67）

この発言は，まだ聴衆がこの Monk の戒律無視や，万事新傾向に従うという宣言，さらには彼の生態描写中の ‘prikasour’ や‘hare’などの語に接していない時点での三行である。この三行の含蓄とアイロニは聴衆がこの Monk にまつわるそうした情報に後に接したあと，もう一度立ち戻って（すなわち思い出して），聴衆各自がいろいろ思い当るふしに気がつくものである。それまでは聴衆はたとえばこの三行における最初の key word を受けとめ，その第一義性を了解し，それからそれに続く第二，第三の言葉に接し，問題の言葉の複数的意味を自己の経験内で咀嚼《そしゃく》し，さらに次にどんな言葉がつづくかを待たねばならないのだ。肉声の語り手の側には意識的な言葉の曖昧さ（equivocation）があり，聞き手の側にも正確な意味把握に困難を感ずる。Guiding voice が与えられていないからである。つまり確乎たる識別可能な語りの視点がわざとはぐらかされている。だが逆説的にはそれがこの三行の与える確乎たる意味だと言ってもよい。それはこの Monk のポートレイトが，口頭で語られ（もしくは口頭を予想して執筆され）るという公けの発表の場における効果の即時性を予想して与えられているがゆえに起ってくる現象で，そういう即時性，即興性はむしろ首尾一貫した主張をあえて忌避する姿勢を示している。

そこで必要になってくるのが語り手のパーフォーマンスである。朗読者 Chaucer は聴衆の沈黙や笑いを操るために，まるで催眠術師や手品師のように自分の声調を変えたり，語りにポーズを添えたり，眼差や腕，手のジェスチアを送ったりしたかもしれない。これは言外の（extra verbal）伝達である。曖昧な語に潜む意味をそういうパーフォーマンスで送ったかもしれぬ。Chaucer の真骨頂はそれを自説の強調というかたちをとらないで曖昧にすることである。[19]

ii

同様に自分の書いたものを朗読して放浪していたかもしれない詩人 Langland[20] の場合とくらべてみよう。彼は非識字者のために自分の詩を聞いてもらっていた下級聖職者であったろうと考えられている。商人階級の人々などを訪ねては霊的相談にのり，自分の詩を朗読して生計をたてていたかもしれないのだが，[21] 次のように monk も含めた聖職者を描いている。

Ac now is Religion a rydere, a romere by stretes,
A ledere of lovedayes and a lond buggere,
A prikere on a palfrey fro manere to manere,
An heep of houndes at his ers as he a lord were....
(*Piers Plowman*, B, X, 303-306)[22]（下線筆者）

（大意：しかし今や聖職にある者は，馬に乗り，おもてを徘徊し，調停裁判を主宰し，土地の売買をし，荘園から荘園へと馬に拍車をあてて乗りまわし，猟犬の群を従えて，ご領主きどり。）

ここにも cellararius を思わせる ‘rydere,’ すなわち ‘prikere’ としての monk, ‘houndes’ を飼い，‘lord’ 然としている聖職者が紹介されている。さらに最近の教区司祭は祭壇に雨漏りがあろうと気にしない。もっぱら自らは安楽に暮しながら貧者には恵みを施さない。しかも自分の領地は広々（B, X, 311-15)，といった調子がつづく。ただ一言「これが彼等のチャリティというものさ」(...that is hir pure charite...)（B, X, 312）と当てこすりをさしはさむが，この辺は語り手の方でなにか言外のサインを送ったと考えてもよさそうだ。しかしこのサインはChaucerのように曖昧ではない。上の引用の前に語り手はすでに次のような発言をしているからである。

For if hevene be on this erthe, and ese to any soule,
It is in cloistre or in scole, by manye skiles I fynde.
For in cloistre cometh no man to chide ne to fighte,
But al is buxomnesse there and bokes, to rede and to lerne.
(*Piers Plowman*, B, X, 297-300)

（大意：もしこの世に天国があり，人の心に安らぎ与えるとならば，それは庵室や学校の中でのこと。いろんな論拠からわたしはそれが分る。喧嘩口論のために修道院に来る人はない。そこでは誰もが敬虔で，書物を読み，学ぶ。）

すなわち，修道院での生活はこの世の天国たるべし，従順と読書に心掛けるべし，といった語り手の意中にある修道院内での当為が先に明言されたうえでの聖職者の実態のリアルな紹介なのである。曖昧さはない。語り手と聞き手が暗黙のうちに協同で埋めるblankはほとんど無きにひとしい。思わせぶりのジェスチアでなく，激しい憤怒と主張を明確に伝えるパーフォーマンスが示されたであろう。Power女史の言うような，聴衆に向って「片方の目を眼くばせする」(winking the other eye)[23]

ようないたずらっぽさは演出されなかったであろう。

修道僧に求められる，俗界人が救霊の模範とする理想の生活，現下の社会情勢から推して妥協せざるをえないその俗化，さらにはそこから段階的に拡大していく堕落。聴衆たちは先刻それを心得ている。その心得ていることを心得ている語り手である。Langland の場合はその対象にはっきり嫌悪感を示す。それは彼の弾劾の明示となる。Chaucer がどうやら意識して避けている明確な決定的な当代 monks の裁断を行っている。Chaucer は何が真理で，何が幻想かの区別をまるで確信していないかのようである。イメージは強調するがその意味は言わず語らずにしておく。[24] それを識別するのは聴衆の役柄であり，Chaucer の示すのはヒントである。現状の monks の生態の赤裸々な告訴でなく，情状酌量も含めた非難と肯定の同時提供である。Chaucer の提供はその両面を受け入れてのことである。誰もが修道生活について知っている（理想も現実も）。それを明々白な言葉で目くじらをたてて直訴するのは野暮というもの。「同時代の人ならすぐそれと気がつくのだ」(his contemporaries would see the point very quickly.)。[25] わざわざ，Langland がそうしたように，St. Gregorius などの言葉をオーソドックスな教材にしたり[26] する必要はない。Langland は峻厳な裁定者として monk に対している。Chaucer は見たまま（so as it semed〔him〕)（Ⅰ，39）の monk を，その豪語を聞いたままの monk を，いわば monk についての facts のみを提出して，解釈の責任は聴衆にまかされる。

すくなくとも Chaucer がこの Monk を造型する趣向はシグナルを送る，ということである。朗読者として聴衆に直接アドレスしつつ次々と声を変えていく，スウイッチしていくといってもよい。その声に含意される意味もスウイッチされていく。シグナルを送るわけだから当然身振り手振りも面前の聴衆に意味（曖昧な多角的な）を伝えるためにパーフォームされる。そうすることによって対象の理想像も現実像もアイロニをこめて伝達される。同様に口誦で伝えられることを念頭において文字化された作品の作者である Langland と Chaucer の相違はすでに見た通りであるが，Chaucer の作品の場合は複雑で，微妙な体質を持つ聴衆を予想した，複雑で，微妙な体質の Chaucer の産物であると言ってもよい。そういう作品をプリントされたテキストで読む我々現代人とても，中世後期の読書の場に臨場しているという意識をもって当該作品に接することは可能であろう。耳で聞く作品に肉視できる行間はないが，我々にとってはそれは「行間を読む」という営みとなるだろう。まさにそれは「読む」（read，*lesen*，*lire*，*lego*）行為である。

このような Chaucer の人物造型や世俗点描（政治，社会，宗教〔その伝統や現実の〕）をこうした姿勢で現代我々が「読む」試みは Monk だけでなく，他の Chaucer の作品の人物群にもほどこすことは十分に可能である。[27] そういう試みは口誦を基本にした中世文学ならではの楽しみを我々に与える。そう考えると，*The Canterbury Tales* の中での宿の亭主と Cook との間の問答，

"... I pray thee, be nat wroth for game;
A man may seye ful sooth in game and pley."
　"Thou seist ful sooth," quod Roger, "by my fey!

But 'sooth pley, quaad pley,' as the Flemyng seith."

(Ⅰ, 4354-57)

(大意：「お願いだ，冗談に目くじらをたてないでおくれ。人は冗談と遊びの中で十分に本当のことを言うものだがね」。「ちげえねえ」とロジャーは申しました，「しかし，本当の〔ことを言う〕冗談は悪い冗談だ，とフランドルの諺にもあるがなあ。」)

における「本当のこと」(sooth) とは何ぞや，という思案にクイズを解くようにふけるのも楽しい遊びではあるまいか。まさに "the indirection is a means of finding out directions." である。[28]

注

1 Dee Dyas, *Images of Faith in English Literature 700-1500: An Introduction* (London: Longman, 1997), pp. 33-105.

2 *The Rule of St. Benedict: The Abingdon Copy*, ed. John Chamberlin (Toronto: Pontifical Institute of Medieval Studies, 1982), Chap. IV, pp. 25-26；邦訳にヌルシアのベネディクトゥス『戒律』古内暁訳『中世思想原典集成』5，「後期ラテン教父」，上智大学中世思想研究所編訳（平凡社，1933）がある。

3 *Ibid*., Chap. I, p. 21; Chap. LXVI, p. 69.

4 Dyas, *op. cit*., p. 105.

5 Jo Ann McNamara, "The Need to Give: Suffering and Female Sanctity in the Middle Ages," *Images of Sainthood in Medieval Europe*, ed. Renate Brumenfield-Koinski and Timea Szell (Ithaca: Cornell University Press, 1991), p. 219.

6　Malcolm Andrew, ed., *The Canterbury Tales, The General Prologue, A Variorum Edition of the Works of Geoffrey Chaucer*, Vol. II (Norman: University of Oklahoma Press, 1992), p. 190.

7　『中世思想原典集成』5,「後期ラテン教父」，上智大学中世思想研究所編訳（平凡社，1993)，p.327.

8　*The Rule of St. Benedict*, Chap. 31, p. 43;『中世思想原典集成』，5，p.284.

9　Paul Beichner, "Daun Piers, Monk and Business Administrator," *Chaucer Criticism: The Canterbury Tales,* ed. Richard Shoeck and Jerome Taylor (Notre Dame: University of Nortre Dame Press, 1960), pp. 53, 54.

10　Beichner, *ibid*., p. 54. もっとも，この Monk は "a monk, whan he is recchelees,/Is likned til a fissh that is waterlees...." (Ⅰ, 179–80) という教訓など一顧にも値しない，と豪語しているが，この表現による教訓は，聖書にその典拠があるわけではないとしても，Gratian (d1158) によって引用される Eugenius 教皇（二世か？）はじめ数多くの古往，同時代の教会人や教訓詩などに修道僧への戒めとして引用されてきた proverbial なものだが（Malcolm Andrew, *op. cit*., p. 196; John V. Fleming, "Gospel Asceticism: Some Chaucerian Images of Perfection," *Chaucer and Scriptural Tradition*, ed. David Lyle Jeffrey〔Ottawa: University of Ottawa Press, 1984〕, p. 90)，ここでの 'recheless'(=unheeding, indifferent)を 'outridere' の任務に対して 'recheless' だと，14世紀の当世流に牽強付《けんきょうふ》会《かい》することもできよう。

11　John Gardner, *The Poetry of Chaucer* (Corbondale: Southern Illinois University Press, 1977), p. 235; Paul Beichner, *op. cit*., pp. 58–59.

12　*The Riverside Chaucer*, p. 807.

13　Jill Mann, *Chaucer and Medieval Estates Satire: the Literature of Social Classes and the "General Prologue" to the Canterbury Tales* (Cambridge: University Press, 1973), p. 222.

14　*Ibid*.

15　Beichner, *op, cit.*, p. 58.

16　Thomas W. Ross, *Chaucer's Bawdy* (New York: E. P. Dutton, 1972), p. 200. D. W. Robertson は 'venerie' に 'hunting or the act of Venus'

の意があるかどうかは166行の一行だけでは決め手にならないが，horse と wife (or woman) のアナロジーの流布性を指摘してこの'venerie'に性的な意味が含まれていることを暗示している（*A Preface to Chaucer: Studies in Medieval Perspectives*〔Princeton: Princeton University Press, 1962〕, p. 254)。

17 Ross, *op. cit*., p. 167.

18 学僧たちは春になると恋に志し，野に野兎を狩る（*lepore*〔*m*〕*venari*）ことを楽しみにしていたことが，13世紀乃至14世紀の抒情詩にも詠われている（Peter Dronke, *Medieval Latin and the Rise of European Love-Lyric*, II〔Oxford: Clarendon Press, 1968〕, p. 401)。

19 Anne Middleton の次の言葉は Chaucer 理解にとって極めて示唆的である。"The point of any story〔in the *Canterbury Tales*〕is fragmented among several coexistant but mutually exclusive reading of it, and its value emerges only in the reader's ability to understand and entertain their several claims upon him." ("The *Physician's Tale* and Love's Martyrs: 'Ensamples mo than ten' as a Method in the *Canterbury Tales*," *ChR*, I〔1973〕, 15).

20 Lawrence M. Clopper, "Need Men and Women Labor? Langland's Wanderer and the Labour Ordinances," *Chaucer's England*: *Literature in Historical Context*, ed. Barbara A. Hanawalt (Minneapolis: University of Minnesota Press, 1992), p. 119.

21 Caroline M. Barron, "William Langland: A London Poet," B. A. Hanawalt, *ibid*., pp. 91, 97. Langland の *Piers Plowman* に接する機会のあった人たちは中級の聖職者か俗界人とも考えられている。Cf. Janet Coleman, *English Literature in History, 1350–1400: Medieval Readers and Writers* (London: Hutchinson, 1981), pp. 62–65; J. A. Burrow, *Essays on Medieval Literature* (Oxford: Clarendon Press, 1984) pp. 102–103; Edwin Graun, *Lies, Slander, and Obscenity in Medieval English Narrative: Pastoral Rhetoric and the Deviant Speaker* (Cambridge: University Press, 1997), p. 184.

22 William Langland, *The Vision of Piers Plowman: A Complete Edition of the B-Text*, ed. A. V. C. Schmidt (London: J. M. Dent, 1978).

23　Eileen Power, *Medieval People* (1924; rpt. New York: Barnes and Noble Books, 1963). p. 89. Kendrick 女史はこうした Chaucer のパーフォーマンスを ‘frowning gravely in one direction, smiling impishly in the other’ と評し，自分や読者を真面目と冗談の間の ‘crossroads of intention’ にたたせる，と言う（p. 134)。

24　Chauncey Wood, “Artistic Intention and Chaucer's Use of Scriptural Allusion,” Jeffrey, *op. cit*, p. 39. Chaucer の物語提供の方法は道徳説話的ではない。固定したひとつの罪に対しても嫌悪を示すことはないし，その聴衆への期待的効果も発声しないままでおくのだ（Graun, *op. cit*., p. 230)。

25　Power, *op. cit*.

26　*Piers Plowman*, B, X, 290.

27　たとえば同じ “General Prologue” の中での Friar の描写の冒頭三行にもそのような読みを誘う語群がある。これについては次節で論ずる。Laura Kendrick もその *Chaucerian Play: Comedy and Control in the Canterbury Tales* において “Miller's Prologue” における ‘Goddes pryvetee’ をめぐってその ‘ambiguous’ かつ ‘equivocal’ な語義分析を行い，語り手がしばしば一種の ‘peekaboo’ を演じると発言している（pp. 18, 26)。Kendrick 女史は ‘queynte’ や ‘hende’ などの語義についてもその曖昧性を指摘し，語義決定の責任は我々読者（聴衆）にありとする（pp. 195–97)。

28　Lee C, Ramsey, “The Sentence of ‘it sooth is’: Chaucer's *Physician's Tale*,” *ChR*, VI (1972), 2, 189.

3 *The Canterbury Tales*, "General Prologue" における Friar

i

A Frere ther was, a wantowne and a merye,
A lymytour, a ful solempne man.
In alle the ordres foure is noon that kan
So muchel of daliaunce and fair langage.
He hadde maad ful many a mariage
Of yonge wommen at his owene cost.
Unto his ordre he was a noble post.

（I，208-14）（下線筆者）

（大意：一人の托鉢修道士がおりました。陽気な人でした。きまった区域を托鉢していましたが，威厳たっぷりの人物でした。四つの修道会広しといえどこの人ほど弁のたつ人はいませんでした。若い娘の結婚を，自分が費用を負担して，多くまとめてやりました。自分の修道会では彼は立派な支えとなっていました。）

"General Prologue" の Friar（托鉢修道士）の描写は冒頭から曖昧な意味を伝えている。まず 'wantowne and merye' と紹介されているが，'wantowne'を現代英語に親しんでいる者の感覚で解すると，すんなりと「好色な」という意味にとれるのだが，[1] 験しに *O. E. D.* によってこれを検索してみると，Chaucer の今問題にしている文例を初例として，‘jovial, given to broad jesting, waggish’（s.v. *wanton* 3〔a〕）という説明を与えている。それに忠実に従うとすると，続く ‘merye’ とも連動して，すなおに「愉快な，陽気な」という意味に解することもできる。絶えず遊説，托鉢をして民衆と肌で接している托鉢修道士にそういう属性があってもおかしくはない。ところがそれに続いて ‘a ful solempne man’ とあってこの人物の jovial な外見の雰囲気から性格を判断するのにすこし異和感が残る。再び *O. E. D.* によって意味検索を行ってみると，やはりこの箇所を挙げて ‘solemn’ を ‘of great dignity or importance’ と解している（s.v. *solemn* 4〔b〕）。*M. E. D.* は数ある文例の中にこの Friar 描写も入れて，‘Famous, important, well known; also imposing, grand....’ と説明しているが（s.v. *solempne* 2〔a〕），文脈からして ‘imposing, grand’ の意味が近いであろう。Friar が「厳粛で，重々しく」そして「堂々」としているということ自体は納得がいかないこともないが，先の ‘wantowne’ を「好色な」もしくは「陽気な」ととると，「厳粛」，と「好色，陽気」とが一人の人物の外見としてはうまく嚙みあわない。不得要領なままに次の発言に耳を傾けると ‘So muchel of daliaunce and fair langage’ と続くのである。この ‘daliaunce’ を現代英語の感覚で「いちゃつき」と考えると，‘wantowne’ の「好色な」という意味と相関関係を帯びている。それは続く ‘fair langage’ を「（女性を誑《たぶら》かす）美辞麗句」という表現と無理なく結びつく。ところが *M. E. D.* がその ‘daliaunce’ の見出しの 2 で与えて

いる ‘Serious, edifying, or spiritual conversation...’，また *O. E. D.*が廃意として示す ‘Talk, confabulation, converse, chat; usually of a light or familiar kind, but also used of serious conversation’ (s.v. *dalliance*，1)（下線筆者）の意を生かし，‘The sugrid langage & vertuons daliaunce’ (Lydg, *FP*. 6. 3467)（*M. E. D.*）や ‘Redynge & dalyance of holy writ & of holy mennes lyues’ (*Dives and Paup.* VI. xv, 259)（*O. E. D.*）などの文献例とあわせ考えると，いかにも碩学《せきがく》，博識，経験豊かな托鉢修道士の，真面目な議論に流暢であるという属性として不思議はないのである。

いったいこの托鉢修道士は，愉快な，重々しいところもある修辞巧みな雄弁な聖職者なのか，それとも，好色的で，女性を美辞麗句で誑かす，そして厳粛さは単なる見せかけ[2] なのだろうか。謎を残したまま次の行に進むと，彼は身銭をきって娘たちの結婚の取りもちをしてやった（He hadde maad ful many a mariage/Of yonge wommen at his owene cost.）とある。我々現代人がなんの予備知識もなくこの発言に接すると一瞬この修道士の行為の奇異さにとまどう。今日一般には自分が手をつけた娘たちの後始末としてせめて自分が費用をもってやって，どこかの村の若い衆と強引に結婚させた，というような含蓄を読み取ることになっているようだが，[3] この行為を acts of charity のひとつと考えると，優しい托鉢修道士の姿も浮んでくる。げんにこのなにげない二行（Ⅰ，212–13）はすでに先行学者の間では意見の分れる問題の箇所である。古くは W. W. Skeat がこの「若い娘」というのは托鉢修道士の情婦（concubine）だったのだろうと考えている。[4] Ewald Flügel は，この娘は托鉢修道士の情婦で，彼の情事の後始末のために他の男と結婚させられたのだ，とは考えない。Chaucer の時代には托鉢修道士が駆落者に大道で教会の祝福を与えて（修道士にはその資格はない）添いとげさせてやったという習慣（もちろんそれによって利をあげるのだが，Wyclif や同時代の進歩的な人々からは慨嘆されていた）があり，Chaucer はそれに触れているのだ，というのである。[5] この古い二説はおおよそ上記二行の相反する解釈を代表している。

古き良き時代の托鉢修道士のあるべき姿に照しての是々非々はさておき，中世末期においては托鉢修道士がこのようにビジネスマン的生態を帯びていたことについて，現実の生活感覚にナイーブに癒着していた民衆は特に怪しみもしなかったとも考えられる。*Le Roman de la Rose* で，Faus Semblant（見せかけ）（托鉢修道士の生態が二重写しになっている）が「わたしは仲介の仕事もします。争いごとを調停し，縁談をまとめ（make peace and mariages）[6]」（『薔薇物語』篠田勝英訳，平凡社，1996，275–78 頁参照）とあるのに照してみると，どうも縁談まとめなどは托鉢修道士の ‘trop pleasans mestier’ (a great lykynge), [7] つまり，とても利益になる愉快な仕事だったことは，まずは容認されていたことではないか。必ずしも自分が手をつけた娘への清算手段だったとも考えられない。しかし「自分が費用を負担して」とはどうもあまりに親切すぎる，さては……，と思いたくもなる。ところが語り手はいささかも批判的な議論展開はしない。

ここで興味あるのはこの托鉢修道士が若い娘に与えた嫁入り資金への言及に，有名な St. Nicolaus（d350）の事績をかぶせるという Joseph Szövérffy の試みである。[8] すなわち，Jacobus a Voragine（c1230-1298）の *Legenda Aurea* に「生れは貴族だが，貧乏な隣人がいた。その人は，娘が三人あって，困窮のあげくに，三人に春をひさがせ」ようとした。「聖ニコラウスはこれを聞いて，その罪深さにおどろいた。彼は金塊を布につつむと，夜ひそかに貧しい隣人の家に窓から投げこんで，そっとまた帰ってきた。隣人は，朝になって金に気づき，神に感謝し，その金で長女の結婚式をあげた云々」[9] という話である。Chaucer はこの利己的で好色な托鉢修道士と，春をひさぐ危難にさらされた娘たちに無私の嫁入り資金を与えたSt. Nicolaus を対照させて，逆算的に利己的なこの修道士の生態を強調したかったのではないかというのである。如上の説は，この聖人伝説の周知性，さらには *Legenda Aurea* の普及性を考慮に入れると，Chaucer がこの話を十分心得ていたにちがいないという推測を前提としている。もちろん確たる証拠はなにもないが，これは Chaucer にみられる，それとはしかと認知されないが，明らかに存在する 'blind motif' の一例ではないかというのである。[10] Chaucer は目前の聴衆に，口頭による自分の正邪の判定を漏らさずに，どのような表情でこの托鉢修道士の慈善行為を語り続けたのであろうか。St. Nicolaus の事績を聴衆が心得ているということを心得て，しかもさりげなくどうとでも意味がとれるように提供したのではないか。

しばらくこの修道士の描写を追っていくと次のような二行に出遭う。

His typet was ay farsed ful of knyves

And pynnes, for to yeven faire wyves.（I，233-34）
（大意：彼の僧帽にはきれいな女中衆にくれてやるナイフやピンが一杯つまっていました。）

この前に実は，この修道士はよいお布施にありつけるところでは，免償を容易に与えてやった，というような発言があってすこし胡散臭い気分が醸し出されていた矢先である。ここで当時の人ならすぐ気がつく同時代の托鉢修道士の行為を紹介した詩文に思いあたる。まるでChaucerもまたそれを知悉していたような……。

Wyclif（もしくはその一派の人）の説教の中に当代の托鉢修道士を評して，「彼等は行商人になりはて，婦人向きの（for wymmen）ナイフ，財布，ピン，ガードル，香料，絹，毛皮，愛玩用の犬などを持ち歩き，彼女等の愛を得ようとする」[11] と発言しているし，また当時の流行の歌にも，

þai wandren here & þere,
And dele with dyuers marcerye,
right as þai pedlers were.

þai dele with purses, pynnes, & knyues,
With gyrdles, gloues for wenches & wyues —
Bot euer bacward þe husband thryues
þer þai are haunted till.[12]

（大意：托鉢修道士はあちこちさまよい歩き，いろんな小物類を取り扱い，まるで行商人のよう。……彼等の扱うの

は財布，ピン，ナイフ，ガードル，手袋，これらは小娘や他人《ひと》妻用のもの。ところが亭主たちは彼等がうろつくところではひどい目にあう。）

とあるのをみると，持ち運ぶ小物類の類似性からしても，Chaucer は確実に人々の口の端にのぼる托鉢修道士のこのような生態を知っていたにちがいない。彼が反托鉢修道会派の人か，またはロラード派に属していたか，という問題にはここで立入るつもりはないが，それ，歌にも詠われるあの托鉢修道士たち，と言わぬばかりに，同様にその生態を心得ている聴衆になんらかの合図を，ジェスチアを交えて送ったか知れない。少くとも Wyclif におけるように文字面で（言葉にして）「行商人になりはて」といったような，はっきりとした非議の表現が欠けているがゆえに。やはり ‘wantowne’ も ‘daliaunce’ も ‘fair langage’ も女蕩らしの手管を指示する語であったのだろうか。そのことはこの托鉢修道士が「女性にもてるために，わざとことばを甘くひびかせようと，幾分舌たらずであった」（Somewhat he lipsed, for his wantownesse, /To make his Englissh sweete upon his tonge....）（I，264–65）という数行後の発言によってもそれと推察されるのである。この ‘wantownesse’ に *O.E.D.*,1(b)が，文献例としてこの箇所を引証して，‘effeminacy, foppish affectation’ という語義を与えているが，それを採用すれば，彼の意図的に魅力的な科《しな》をつくる媚態が想像される。それでも，民衆に親しく接するために「陽気に」（wantowne）して聞く人の耳に「甘く」ではなく「心よく」（swete）したのだ（cf. *M. E. D.* s.v. *swete* adj. 3）と説明すれば，それはそれで十分に通用するではないか。しかし曖昧さは残る。さらに Chaucer は「この人ほど vertuous な人はいません」(Ther nas no man nowher so vertuous.)（I，251）と褒め言葉を漏らすのである。この ‘vertuous’ という語が，「有徳な」という意味をもつのか，それとも「効きめのある」を意味しているのかも限定されないままである。

ii

そもそも托鉢修道士の団体というのは，Assisi の St. Francesco（1181-1226）の衣鉢を継ぐもので，Francesco 自身，キリストやその使徒のまねびを第一義とした。特にキリストがその使徒を派遣した時の教訓をそのままに情熱的に実践しようとしたのである。「病人をいやし，死者を生き返らせ，らい病を患っている人を清くし，悪霊を追い払う」こと，「ただで受けたのだから，ただで与える」こと，金貨も銀貨も一枚の下着も杖も旅に持って行ってはならない。「働く者が食べ物を受けるのは当然」だからである（マタ，10. 5-10)。こういうわけだから彼の理念に従う托鉢修道士の生活も使徒のまねび，すなわち敬虔な清貧と托鉢であった。つまり使徒同様の遊歴を生活信条としていた。(この点が定住を原則とし，土地を所有し，農耕や，地代によって生活を維持する monk〔修道僧〕との相違である)。遊説で人々に直接福音を伝えるために説教ということが大きな関心事となる。彼等の質素な装いは時には教区司祭のけばけばしい，これみよがしの服装と好対照をなしていた。教階制度の埒外にあり，直接教皇配下の聖職者としての独立を誇っていたのだが，これがしばしば教区司祭の教階制度内の義務と権利と拮抗し，物議をかもした。教階制度の外側にあることで，そもそも司祭の職権であった洗礼も，聴罪も，埋葬をも自由に行って在俗司祭の恨みを買ったといわれる。Bonifatius Ⅷ（c1235-1303）の調停和解をまねいた（1300）こともあったほどである。[13] 反托鉢修道士側からの批判として，托鉢修道士が民衆の無知と軽信につけこんだという声も一理あるとしても，彼等が民衆の真の信仰的要求を教区司祭よりもより効果的に満たした，という功績は認めざるを得ないであろう。13 世紀初期には托鉢修道士たちの団体が托鉢修道会として組織されてくる。現在でも残っている Franciscans（Gray Friars），Dominicans（Black Friars），Carmelites（White Friars），Augustinians などがそれである。

こういう托鉢修道会の理想は，Chaucer はもちろん，彼の聴衆に該当する人々も先刻承知のことどもであった。と同時に，St. Francesco の理念は今いずこ，という実感と詠嘆充満も先刻承知のことでもあったのである。中世後期における托鉢修道士に対する弾劾論陣の指導者はなんといっても William of Saint-Amour（c1200-72）である。パリ大学の教授であったが彼には *De periculis novissimorum temporum*（終わりの困難な時について）という著書がある。「終わりの時には困難な時がある……」で始まるパウロの言葉（2 テモ，3. 1-7）を釈義しつつ，托鉢修道士を攻撃している。そもそもパウロによると，その困難な時とは，自己愛の強い者，金や名誉を求める者，傲慢な者，神を冒瀆する者等々，さらには情知らない者，不節制家，残酷な者，裏切り者，快楽を求める者，「信心を装いながら，その実，信心の力を否定する者」が跋扈する時で，使徒は彼等を避けねばならないと戒める。「彼等の中には，他人の家に入りこみ，愚かな女をたぶらかしている者がいるのです」（ex his enim sunt qui penetrant domos, et captivas ducunt mulierculas oneratas peccatis....）（2テモ，3.6）。この「他人の家に入りこむ者」というのが当代の托鉢修道士のことを指すのである。自分たちだけの裁量による聴罪権をふりかざして人々の良心という家々に「入りこみ」，罪にとらわれたおろかな女性をたぶらかす。William はこのいかさま使徒のいかさま性のしるしのひとつとして，「ローマの信徒への手紙」16章，18節の「うまい言葉やへつらいの言葉によって（per dulces sermones, et benedictiones）純朴な人々の心を欺いている」を引照し，「蘊蓄《うんちく》を傾けた言葉を使って説教をあやつり，それでもって純朴な人々の心を欺くのだ」と釈義する。術策を弄し，偽善をふりまいて「他人の家々に」しのびこむ云々，といった調子である。[14] Jean de Meun（1250–c1305）による『ばら物語』続篇における Faus Semblant のポートレイトも托鉢修道士弾劾のひとつである。（もしこういう托鉢修道士が Chaucer や聴衆の頭の中にあったとすれば，我らの托鉢修道士の ‘daliaunce’ も，William の言う「うまい言葉やへつらい」ではないか，という予断を与えたかも知れない）。イギリスでは Richard FitzRalph（c1295–1360）が反托鉢修道士のスポークスマンであったが，その著 *Defensio curatorum*（司祭弁護論）において，福音を説くが，十二人の使徒を送り出す際のキリストのみことばに全く相反する托鉢修道士を弾劾している。司祭の権利を侵す修道士を慨嘆するのだが，FitzRalph は，「聖フランチェスコが教示したように謙虚に托鉢する」ことをせず，いたずらに「家々や宮廷に，誘いもされないのに入りこむ」ときめつける。[15] まさに聖フランチェスコの時代は遠くなりにけりである。Chaucer と同時代では，Wyclif，Langland，Gower なども托鉢修道士に疑しき目を向けている。

iii

再度言うが，托鉢修道士の生活の理想と現実については Chaucer も聴衆も十分わきまえている。それは実は Chaucer にとって全く好都合な条件であって，特に遊説，修道の理想を事前に掲げて論争的かつ声高に悲憤慷慨して，あからさまにそれと分る弾劾をする必要がないからである。見たまま，観察したまま，あるがままに描けばよろしい。“General Prologue” における托鉢修道士（Friar）造型の導入部分にも修道僧（Monk）の場合と同じように，語り手にも聴衆にも，双方から入りこむことのできる空白地帯が設けられている。語り手はその空白地帯にずかずか入ってその地帯のはらんでいる意味を押しつけようとはしない。そこはわざと，曖昧な箇所として空けてあるのだ。その空けてある部分が，言葉によらないコミュニケイションの場である。アイロニを生む場である。状況や機会に応じて真実を伝えたければ，語り手は物理的空間を与えられているので，ジェスチアや目くばせというアクションですませる。

こういうアクションもしくはパーフォーマンスは，“General Prologue” では，女子修道院長（Prioress）の額が掌いっぱいほどの広さがあった，と言った後の “I trowe” という語り手の継ぎたし（I，155）や（彼女の魅力的な広い額は天与のもので別に咎めらるべき筋はないが，戒律に忠実にベールを眉のところまで下げていれば見えるはずがないのである），料理人（Cook）のすねのいかにも不潔な腫物に言及した時，「困ったこと，とわたしには思えるのだが」（But greet harm was it, as it thoughte me....）（I，385）と軽い私見を挿入する時とか，諺にまで定着した正直粉屋の黄金の指を引きあいに出して，挽き賃を三倍もとる粉屋に思い入れをして “pardee” とつけ足す時（I，563）とか，その他随所に，曖昧さへの補助としてパーフォーマンスまがいのものが設定されるのである。ちょっと意味ありげに声をおとしたり，目くばせをしたとしてもおかしくない。

すこし托鉢修道士論からは脱線するが，同じように声をおとすかなにかして言葉にはせぬが聴衆に一人の人物に対する予断を仄《ほの》めかしたかも知れない二行を “General Prologue” から引き出し，こだわってみたい。托鉢修道士像の冒頭の曖昧性のひとつの傍証となるのではないかと考えるからである。バースの界隈からやって来て巡礼に参加している一人のかみさんがいる。機織の名人，主の日にはなにがなんでも他人《ひと》に先がけてご奉献をしなければ気のすまない女性で，10ポンドもある頭巾をかむり，脚にぴったりあった真紅のストッキングを着用している。過去に五回の結婚歴がある。このかみさんの豊富な巡礼経験が紹介される（She hadde passed many a straunge strem....）（I，464）。

She koude muchel of wandrynge by the weye.
Gat-tothed was she, soothly for to seye. （Ⅰ，467–68）
（大意：彼女は旅の経験が豊富でした。実を言えば，乱杭歯だったのです。）

なぜ「実を言えば」(soothly for to seye) なのだろう。ぽつりと奥歯にもののはさまった挿入句である。ひと言多い，といえば多いが，なにか隠しだてをしていて，それを知ってもらいたい風情が察知されないだろうか。‘Gat-tothed’ とは乱杭歯のことである。*O. E. D.*は ‘Having the tooth set aside apart’ として，一般にラッキィな人，旅行好きな人の属性とする Skeat の説を紹介し，Chaucer もそのつもりであったろうとコメントし，文献例として上記引用をあてている。*M. E. D.*の説明もほとんど同じである。‘Gat-toothed’ とは ‘Gap-toothed’ のことでもある（写本によっては gat-が gap-となっているものもある。[16] また John Dryden はこのバースのかみさんに言及するに際して ‘the broad-speaking gap-toothed Wife of Bath’ と紹介している[17])。この ‘gat (gap)-toothed’ は山羊の歯ならびだと考えられているが，[18] 同じバースのかみさんの語る彼女の一種の自叙伝，“The Wife of Bath’s Prologue” で彼女自身が “I hadde alwey a coltes tooth./Gat-tothed I was....” (III，602–3) と言っているのを念頭に置くと，‘coltes tooth’，すなわち仔馬の歯ならびでもある。ちなみに Norman Davis 他編の *A Chaucer Glossary* (London: Oxford University Press, 1979) では，‘colt’ の見出し語のもとに ‘coltes tooth’ を出し，‘youthful appetites’ という意味を与え，上記 602 行を文例としている。他に “The

Reeve's Tale" の3888行も挙げているが，Reeveが我が身の老いを嘆きつつも，性欲だけは盛ん，と言ってその際自分が 'coltes tooth' を持っていると発言している箇所である。*O. E. D.* は 'colt' で立項してその8bにおいて 'colt's tooth' を '*fig*. Youthful tastes or desires; inclination to wantonness....' という語義を与えている。その際 'The Wife of Bath's Prologue' の602行を文献例としているが，この602行の次の行に 'coltes tooth' の敷衍として 'gat-tothed' があらわれるので，この両表現は同義と解してよい。*M. E. D.*は見出し語 'colt' の3で熟語として 'haven a coltes toth' を出し，'to have youthful desires, be lascivious' として一群のChaucerよりの引用を紹介する。その中に "The Wife of Bath's Prologue" の602行からのものがある。Chaucerはこの 'gat-tothed' をRoss[19] の言うように 'lecherous' の意味で使用したろうことはほぼ間違いないであろう。

バースのかみさんは巡礼の経験も豊富で，エルサレムへ三度，ローマにも，ブローニュにも，ガルシアのコンポステラの聖ヤコブの廟，ケルンにも行ったことがあるという。それに旅の経験も十分，というわけだが，巡礼が当初の目的は別として当時あまねく男女の無差別な交際の場になっていたことは心得ておいてよいであろう。

Wyclif（もしくはその一派の人）が巡礼の習慣について慨嘆するところがある。[20] 巡礼は悪魔の詐術や世俗臭ふんぷんの聖職者によって育成された習慣である。普通，巡礼者は，淫欲（lecherie），暴食（glotonie），多飲（drunkenesse），強奪（extorsions），悪事（wrongis），虚栄（worldly vanytes）にふけり（86/128-31），ご領主様や親方，近所の噂が恐ろしくて，自分の家で好きなように淫欲を満たせない人が，日々の仕事を数日前からうっちゃらかして，出来るだけものをかき集め，国を出て遙かの偶像を求めて巡礼に出かける。そして淫乱，暴食，大酒にうつつをぬかし，宿屋のサービス女，料理女，居酒屋の女などと生活をする，というのだ。John Lydgate も悪妻の欠点をつらねる時,[21] 巡礼の悪習もそれに含めている。彼女等は見たり見られたりするのが大好き」（they hem reioise to see and to be sayne....）（459/99），それでなんども巡礼に出かける（And to seke sondry pilgrimages）（459/100）。とにかく人が集まっているところへ行きたがるのだ（459/102）。男女は不自由な結婚生活から逃げて巡礼にみだらな交際を求め，新しい異性を見つけたりすることが常習であったのだ。[22] こういう風潮を前提として 'gat-tothed' の女性は淫乱，奔放だという観相学の知識が行きわたっていた[23] ことを考慮にいれると，語り手 Chaucer の聴衆に送るサインも想像されるというものである。このバースのかみさんは，嫉妬に苦しんだ四番目の夫は，わたしがエルサレム巡礼から帰ってきたら死にました（III，495）と発言しており，さらに巡礼衆の一行に，さあ誰でもわたしを取ってちょうだい，すべて売物よ，とまるでさらに新しい亭主を募集しているかのように嘯《うそぶ》いたりするのである（III，414）。

彼女の豊富な巡礼の旅の経験が語られ，次にその 'gat-tothed' という骨相への言及が続き，それを「実を言えば」という発言でおさめる。その時の語り手の表情や身振りや声調に朗唱の場に臨場して接したいものである。語り手にとっては事実だけを提示すれば十分なのである。それなのに「実を言えば」という言葉を挿入したのは何故か，とたずねたい気持もあるし，また語り手側にしてもそうたずねてほしい下心が見えるようである。しかしその理由は口にしたくない。曖昧にしておく。聴衆が語り手 Chaucer の口にしなかった部分を埋めるのである。そういう聴衆側からの参加を誘う発言として「実を言えば」という挿入句はある。ただし，声をおとしたり，ジェスチアを示して聴衆の参加の手助けぐらいはした，と楽しい想像をしてもよいところである。

iv

ここでまた托鉢修道士にたち帰る。同時代の Langland の托鉢修道士の扱いと比較してみたいからである。Langland の托鉢修道士の描き方はしたたかに直截的である。歯に衣きせぬといってもよいだろう。‘Wantowne’ とか ‘daliaunce’ といった多義的でそのため曖昧な言葉を使って韜晦することではすまさない。寓意的な配慮ははらっているが，「作り話」(lesynges) のつぎ木をして領主を喜ばせ，そのうち下品な言葉 (lowe speche) を出し（V，137–8）[24]，やがては「女の私室で聴罪をし，見事な花を咲かせた」(thei blosmede abrood in boure to here shriftes.)（V，139）とか，Pees（＝Peace）のかつての主人の邸に入りこみ，夫妻の聴罪師となったはいいが「屋敷の女どもを治療し，なかには子供ができるものさえあった」(He salved so oure wommen til some were with childe.)（XX，348）と言ってのける。Chaucer のように ‘daliaunce’ とか ‘fair langage' という曖昧さをはらんだ言葉で責任に逃げをうつようなことはない。托鉢修道士即「おべっか者」(Oon Frere Flaterere)(XX, 316) と等式内におさめてしまう。要するに托鉢修道士は 'Antecrist' (XX, 53), 'a fals fend Antecrist' (XX, 64) なのだ。托鉢修道士の雄弁についても，Chaucer なら 'daliaunce' という言葉を選ぶところを，「聖職者の見せびらかし」(heigh clergie shewynge) (XV, 78) で，「純粋な慈善よりも贅沢にうつつをぬかすため」(Moore for pompe than for pure charite) (XV, 79) だ，とConscienceの口をかりて言い切ってしまう。躊躇なく「さぎ師，いかさま」(Faitours) (VI, 72； XIII, 242) と断定する。もちろん *Piers Plowman* は宗教的，道徳的アレゴリで，そこでは善と悪とをくっきり分ける必要があったわけだ。したがって古き良き時代の理念を尺度として現実を見る。托鉢修道士がまともに外衣を着用していたことはかつてあった。ところがそれは昔のこと，聖フランチェスコの時代だ (in a freres frokke he was yfounden ones—/Ac it is fern ago, in Seint Fraunceis tyme....) (XV, 230–31), と慨嘆するのだ。教師，説教家，神学者 FitzRalph と同様に，その昔の最高の理念，St. Francesco という価値の標準を押し立てて，それにくらべて，という使命的，国士風の慨嘆を漏らすのだ。もちろんこれは Langland の声ではあるが，*Racio* (＝Reason) の科白の中に組みこまれている (XV, 28)。Chaucer の "The Summoner's Tale" に登場する托鉢修道士も，一度その属性を「しらばっくれ」(false dissymulacioun) (III, 2123) ときめつけられるが，これは登場人物の一人 Thomas の感想としてある。Langland の場合は「理性」や「良心」という，あからさまに善悪の善の観念を託された人物の発言である。Langland の意のあるところであったのだ。もちろんこういう場合でも聴者を前にした Langland の声調やジェスチアが行間に想像されるが，そのメッセージには曖昧さは介在しないであろう。

このように Chaucer と Langland という二人の同時代の詩人の同じ対象に対する発言や姿勢をくらべあわせてみることは，一方を他方から際立たせることに有用であることは当然としても，この二人の詩人のように同時代に据えおかれると，あからさまな，もしくは，目に見えない相互間の引力を期待してみたくなる。しかしそういう引っぱりあう関係があったとしても，それはふまえられた典拠の共通性や相互の影響関係の発見というかたちを越えて，つまり引用符なしのかたちでの間テキスト関係として存在しているのだ。一応概念としては単元のテキストの受け手としての聴衆の側にある，実は諸元をかかえたさまざまの要素が，テキスト間の関係を処理してくれるのではないか。つまり，Chaucer や Langland が共通の根源から醸成された問題意識を抱えて投げかけてくるテーマを，聴衆は共通のものとして受けとめても，その投げる姿勢の相違によって聴衆の諸元的要素はそれぞれの姿勢にふさわしい反応を示すことになるのではないか。ただし中世においてはそういう反応が公的な朗唱（読）という場において惹起するので陰に陽に朗唱者に対して直接的である。作品発表に際して可視的聴者（読者）が面前にいる，という前提であるがゆえに，その直接的反応を予期した執筆態度があって然るべきであろう。さらに敷衍するならば，現代では印刷されたテキストは不特定多数の受け手に訴えるものであるが故に，そしてまた受け手が与え手の発言を停止させて検討を加えることが可能な性質のものであるがゆえに，与え手は執筆時には聞こえない後日の批判を待つという心境で孤独に原稿用紙やワープロに向わねばならないのである。それが口誦伝達という条件を原則的に与えられると，目前の受け手の，思わざる，あるいは，期待どおりの反応を，瞬時にしてキャッチできるわけだ。それを頭の中に入れて与え手は創作をする。近代以降の作者の発言に対する際とはまた違った姿勢で受け手は細心の配慮を作品に払う必要があったのではないか。

目前の直接の聴者（読者）に対峙する Chaucer の創作姿勢を，同時代の読書風景をシミュレイトするという冒険を通して垣間見てみた。その際，“General Prologue” における Monk と Friar 像を軸としてみたが，とくにこの二人にこだわるつもりはない。それでもって Chaucer の人物造型の秘密に参入する入口を設定してみたかったのである。今や我々はめいめい Chaucer の不特定多数の聴衆の一人である。しかし 14 世紀の読書風景の中に我が身を置いてみるとどうであろうか。直接 Chaucer を仰ぎ見て，彼の語る話を我が耳で聞いていると仮定して，彼の投げる球を受けてみると，アイロニカルなこの詩人の姿勢を肌に感ずる。アイロニというのは，弁証法とか論理のかたちで定着するものではない。曖昧なものである。[25] 悲観と楽観の未分離の感情として伝わってくる。Chaucer はそうした曖昧性を聴衆の予断や期待に一任するようである。息をつめるような葛藤が詩人と読者の間に介在するのを避けているふしがみられる。政見演説のように弁者が聴者に己が価値観や思想を押しつけ賛同を求めようとする姿勢はない。自分の思想に殉ずるような態度は示さない。理想主義的純度はないが，いやでも直視せざるを得ない人間，この不思議なもの，への観察はゆきとどいている。思想やイデオロギーといったひとつの陣営に己れを託した姿勢は実生活に犠牲を要求する。その犠牲たることを拒むならば皮肉に微笑《わら》っているのも，仕方なくそうするのでなく，ひとつの積極的姿勢であろう。所詮，真理や現実や人生の高邁な理想は端数なく割り切れるものではない。いつにても余剰を吐き出すのだ。Chaucer にはそういう余剰を楽しんでいる風情が見られる。余剰という 'no-man's-land' や 'blank' に我らを誘うのだ。本章ではそういう Chaucer の体質の一面を，譏《そし》りを覚悟して，葦の髄から天井を覗くような姿勢で，試論的に検証してみた。

注

1　*The Riverside Chaucer* では 'wantowne' を，後続するこの托鉢修道士の女性への態度を考慮にいれて 'lascivious' の意味に解している。

2　B. F. Huppé, *A Reading of the Canterbury Tales* (New York: State University of New York, 1967), p. 35.

3　*The Riverside Chaucer*, p. 808.

4　W. W. Skeat, ed. *The Complete Works of Geoffrey Chaucer*, V (Oxford: Oxford University Press. 1894), pp. 25f.

5　Ewald Flügel, "Some Notes on Chaucer's Prologue," *JEGP*, I (1897–98), 134f.

6　*The Romaunt of the Rose and Le Roman de la Rose: A Parallel-Text Edition,* ed. Ronald Sutherland (Oxford: Basil Blackwell, 1968) , p. 139.

7　*Ibid*. 中世フランス語 'mestier' には 'profit, utilité' の意味もある

(A. J. Greins, ed. *Dictionaire de L'Ancien Français* [Paris: Librairie Larousse, 1988]).

8 Joseph Szövérffy, "Chaucer's Friar and St. Nicholas," *N & Q*, n. s. Vol. 16, no. 5.

9 『黄金伝説』1 前田敬介他訳（人文書院, 1979), pp.58f.

10 Szövérffy, p. 167.

11 F. D. Matthew, ed. *The English Works of Wyclif Hitherto Unprinted*, E. E. T. S., OS, 74 (1880; rev. London: Kegan Paul, 1902), p. 12.

12 Rossell Hope Robbins, ed. *Historical Poems of the XIVth and XVth Centuries* (New York: Columbia University Press, 1959), 65/34–40.

13 Cf. Penn R. Szittya, *The Antifraternal Tradition in Medieval Literature* (Princeton: Princeton University Press, 1986), pp. 7–8; Lawra C. Lambdin and Robert T. Lambdin, *Chaucer's Pilgrims: A Historical Guide to the Pilgrims in "The Canterbury Tales"* (Westport: Greenwood Press, 1996), pp. 80–92.

14 Robert P. Miller, *Chaucer: Sources and Background* (New York: Oxford University Press, 1977), p. 246.

15 *Ibid*., p. 256.

16 J. M. Manly and E. Rickert, eds. *The Text of the Canterbury Tales, Studied on the Basis of All Known Manuscripts*, Vol. III (Chicago: The University of Chicago Rress, 1949), p. 22.

17 *John Dryden*, ed. Keith Walker (Oxford: Oxford University Press, 1987), p. 563.

18 Malcolm Andrew, ed. *The Canterbury Tales, The General Prologue, A Variorum Edition of the Works of Geoffrey Chaucer*, Vol. II, (Norman: University of Oklahoma, 1993), pp. 421–22.

19 Thomas W. Ross, *Chaucer's Bawdy* (New York: E. P. Dutton, 1972), p.93.

20 Anne Hudson, ed. *Selections from English Wycliffite Writings* (Cambridge: Cambridge University Press, 1978), 86/128–38.

21 Henry Noble MacCracken, ed. *The Minor Poems of John Lydgate*, Part II, E. E. T. S., OS, 192, (1934; rpt. London: Oxford Univer-

sity Press, 1962).

22　Christian K. Zacher, *Curiosity and Pilgrimage: the Literature of Discovery in Fourteenth Century England* (Baltimore: The Johns Hopkins University Press, 1976), pp. 108–10.

23　Ross, *op. cit*., p. 92.

24　William Langland, *The Vision of Piers Plowman: A Complete Edition of the B-Text*, ed. A. V. C. Schmidt (London: J. M. Dent, 1978).

25「曖昧」という語をここまでしきりに使用してきたが,「曖昧」といえば William Empson の *Seven Types of Ambiguity* に直ちに思いがいたるが，本論においては特に Empson を意識しないでこの語を用いた。ただ，ある語の 'extended sense' とか 'alternative reactions to the same piece of language' (*Seven Types of Ambiguity*〔Harmondsworth: Penguin Books, 1961〕, p. 1) といった Empson の発言を思い出すと，ある叙述の二つ以上の意味が相互に矛盾しながら，作者の内面のより複雑な心の状態を明らかにしている場合（p. 133）などは Chaucer の複雑性へのひとつのヒントを与えてくれるだろう。ここでは Empson の所説を分析することはしないし，また私の力の及ばぬところでもある。ただ「曖昧の中核には『多解釈可能性』があるにしても，誰が何をどのような状況で解釈するかによって，さまざまな曖昧が存在し得る」(伊藤忠夫「曖昧・誤解・言語(1)―曖昧とはどういうことだろう―〔公開講座『言語』，愛知大学言語学談話会，1992，7月11日〕p. 13）ことは Chaucer にもあてはまるだろう。

IV　老人，子供，修道女，殉教者

1　“The Pardoner’s Tale” における老人

The Canterbury Tales の免償説教家（Pardoner）が自分の語る話の中で巡礼の仲間に向って，「方々，拙僧はこういう風に説教いたしますのじゃ」(…sires, thus I preche.)（VI，915）と言うからには，彼には自分の披露する話はひとつの説教，という意識があるのだろう。さすれば，三人のならず者（riotoures）についてのエピソードは説教説話（例話）である。[1] 三人の酔っぱらった若者が自分たちのかつての仲間の一人を攫《さら》っていった〈死〉を求めて酒場を出発する。途中一人の老人に出会って〈死〉の居場所を教えてもらう。教えられた場所に彼等は金貨の山を発見する。三人のうち一人が町にワインを買いに走り，瓶に毒をしこむ。残りの二人はこの男の殺害を画策し，計画通り殺すが，自分たちも毒入りワインを飲んで死ぬ。[2] そこでこの老人とは何者ぞや，という問題が浮びあがる。以下はこの老人についての試論である。

i

まずこの老人の登場を説教のコンテキストに沿って分析して

みたい。免償説教家は自分の話の前口上で，我輩の説教のテーマはいつも同じである，と揚言している。そのテーマとは “Radix malorum...est cupiditas”（金銭の欲は，すべての悪の根です）（1テモ，6.10）である。Cupiditas（＝cupidity）というのが St. Augustinus も言うように，単なる金銭欲だけでなく，過度に欲望されるすべてのことがらとのかかわりあいで理解されねばならないとしても，[3] 三人のならず者の話は cupiditas を戒める例話である。彼等は cupiditas の体具者であり，その人生の結末は思いもかけぬ突然の死であった。単純に言うと cupiditas は死につらなるということだ。彼等がオークの樹の下で見つけたフロリン金貨の山が彼等にその独占欲を起させ，相互殺人沙汰が惹起された。〈死〉を退治する道行きで彼等は死にとらえられたのである。この金貨でもってこの世の，つまり生の栄耀栄華は思いのまま，と思った時が彼等の死の時であった。フロリン金貨はいわば死との関係で考えられる。

この金貨の所在を教えたのがひとりの老人である。「どこに〈死〉がいるか教えろ，さもないと懲らしめてやるぞ」（Telle where he〔Death〕is or thou shalt it abye....）（VI，756），という若者の脅しに応じて金貨の場所を教えたのだから，この金貨とは文脈上死に置きかえられる。ところで死といえば，この老人も実は死を求めてさすらっているのだ。老人の科白を聞いてみると，こうだ。自分は老いた年齢と若い年齢を交換してくれる人を求めてインドまで出かけて探したが無駄であった。

And therfore moot I han myn age stille,

As longe tyme as it is Goddes wille.
Ne Deeth, allas, ne wol nat han my lyf.　　(VI，725–27)

（大意：そういうわけで，神様の御意志のある限り，わしはこの年齢をじっと抱えていなければなりませぬ。死がわしの命を取ってくれない。）

死が自分の命を取ってくれない。それでこうして「休みなき囚われ人」(restelees kaityf)（VI，728）のように彷徨している。この杖で朝な夕な母なる大地をたたいて入れてくださいと懇願しているが入れてもらえない。「ああ，いつになったらわしのこの老骨は休まるやら」(Allas, whan shul my bones been at reste?)（VI，733)。老人も実は三人の若者と同じように死を求めているのだ。ここに次のような対応関係が読みとれる。つまり〈死〉を探し求めている三人の若者，同じく死を探し求めている老人。その老人に教えられて死（結局自分たちの死）を見つけた若者，死の所在（黄金のあり場所）を先刻承知しているが，そのような死の誘いには応じない老人。ということは老人の求めている死は若者が求めている死とは別ものだ，ということになる。彼は金貨に象徴されている死を求めていない。そう考えるとどうしてもこの死という概念を避けて通れないことになる。

若者たちが考えている死は現実の人の姿をした死である（もちろんこういう死のとらえ方は中世後期の一般的傾向であったが)。[4] つまり取っ摑えて殺すことのできる身体をもった存在である。早朝から酒屋でとぐろを巻いていた彼等は表の通りの葬列のベルを聞き，誰が死んだ，と酒屋の小僧にたずねる。皆様の昔馴染の人で，昨晩酔っぱらってベンチに腰をかけていたところを，みんなが〈死〉と呼んでいるこそ泥に突然殺《や》られたって話です。この国で人をみんな殺して，ものも言わずに立ち去るそうです，云々（VI，661–78），と小僧が答えるが，彼も死をそういう人のかたちをしたものとしてとらえている。酒屋の主人も，あいつはここから一マイルも行った大きな村で男女，子供，使用人，小僧を殺したって話です，と補足説明をする（VI，670–79；686–88）。もっとも，死をそういうかたちでとらえていても，小僧も主人も死にはいつも用心しろ，と自戒している（VI，683–84；690–91）。素朴な死のとらえ方であっても，人間いつにても死への対処を考えておかねばならぬことを心得ている。これを受けて三人のならず者の一人は「ようし，道といい，街路といい，〈死〉を探し求めてやる」（I shal hym〔Death〕seke by wey and eek by strete....）（VI，694），「このけしからん裏切者〈死〉を我らの手で殺してやる」（we wol sleen this false traytour Deeth.）（VI，699），「とらえたら〈死〉は死んでもらわねばならぬ」（Deeth shal be deed, if that〔we〕hym hente!）（VI，710）ということになる。死とは「取っ摑える（hente）」ことのできる対象である。ところが死はむしろ黄金に象徴されるひとつの観念としてあったわけであり，むしろ生身の者として逆に‘hente’されたのはならず者たちであった。そこにアイロニがある。死をハントしていて，死にハントされる。奪うものが奪われるというこのアイロニは，14，15 世紀のヨーロッパの詩，絵画に共通のものであって，とりたてて驚くにあたらない。[5] ただ死の所在を知りながらそういうアイロニの犠牲たることを自らは求めないこの老人が謎となってくる。

ii

ここで中世における死というものの解釈の諸元を一般論として検討しておきたい。キリスト教信仰では死は罪によって起る，すなわち罪は死，という考え方が基本にある。死を想うことは罪を想うことであり，罪を想うことは霊の清めに想いを至すことであったのだ。肉体の諸器官が正常に機能していて生理的には生きていても，罪のさなかにあるものは実は死んでいるのである。「罪が支払う報酬は死です」（ロマ，6.23），「欲望ははらんで罪を生み，罪が熟して死を生み」（ヤコ，1.15），さらに「愛することのない者は，死にとどまったまま」（1ヨハ，3.14）であるからだ。「死にとどまったまま」ということは，生きつつ死んでいる，という逆説である。それは永遠の死であり，肉は生きていても霊的には死んでいることだ。[6] *The Book of Vices and Virtues*[7] にこの世の三つの段階の死を論じているところがある。まず罪において死に，次にこの世において死ぬ（we beþ dede in synne, and we beþ ded in the world....）(70/8-9)。神を愛し怖れる人はこの二つの死を通過し，第三の死，すなわち肉と霊の分離を待っている（þey abide þe þridde deþ, þat is departyng of þe body and of þe soule.）(70/9-10)。死はいわば川であり，此岸は肉の世界，彼岸は霊の世界だ。彼岸にあるものは，保養（repeir），交わり（conuersacioun），慰め（solas），喜び（ioye），慰安（confort），憧憬（desyr）(70/14-15）である。だから聖なる人はこの死以外の何物でもない此岸を嫌悪し，肉体の死を望むのである云々。ここにもこの世の生を死，この世の死を生の始まり，と受けとめる思想が披瀝されている。14 世紀イギリスに広く普及した信徒教戒のためのマニュアルのひとつ *Speculum Christiani*[8] にも「誰もが肉体の死を怖れるが，霊の死を怖れる人はいない」（Euery man dredeȝ deth of the body, fewe dreden deth of saule.）（70/24–25）という「ヨハネによる福音書」の釈義の引用に加えて St. Augustinus の語として「肉体の死は霊を肉から引きはなす。そのように罪は霊を生命から引きはなす」（dedly synne deperteȝ the soule fro lyfe….）（70/26），さらに罪は「生命を見失い，死を発見する」（leseȝ lyfe and fyndeȝ deth）（72/4）という発言が加えられている。中世末期の司祭たちはこういうマニュアルにおける諸聖人の語録を時宜に応じて引用し，蛆に食われ肉の腐敗する視覚的におぞましい死の実相とは別に，信徒に霊の死を戒めたのだ。この世での快楽は永遠の死，この世での苦しみと忍耐は永遠の生命につながる。ということは死によって生命を与えられることである。この逆説はキリストの死によって完成される。それは「キリストは死を滅ぼし，福音を通して不滅の命を現わしてくださった」（2 テモ，1. 10）という聖句にも明らかであり，またカルヴァリオの山までの道をご自分の死刑がそれによって執行される十字架を営々と運ばれたキリストは「自らの死を選ばれたが，実は汝の生命を運ばれた」（bereþ his owne deþ, and bereþ þy lyfe）という枢機卿 Bonaventura の *Vita Christi*（キリスト伝），における発言によっても示されている。（上記引用は Robert Manning of Brunne による 14 世紀初期の英抄訳による）。[9] 死は永遠への解き放ちであり，喪失でなく，あえて言うならば利得である。簡潔に言うならば中世キリスト教の生死の逆説は，生きて死ぬことであり，死して生きることである。

iii

ところで，老人に出会うまでの三人のならず者の生活はどうであったろう。彼等の行動はまず居酒屋（taverne）から始まる。そこは貪食，飲酒，賭事，神名濫用等の生れるところ。免償説教家の説教の導入部を追っていくと，使徒の言葉がしきり援用されて，こうした悪徳に絶えず死のイメージがつきまとっていることが分る。こういう徒輩はキリストの十字架の敵であり，その末路は死であるし（the ende is deeth）（VI，533）（フィリ，3.19）貪食にうつつを抜かす飽食家は「悪徳に生きている限り死んでいるのと同じ」（...Is deed, whil that he lyveth in tho vices）（VI，548）（1テモ，5. 6）だし，貪食の枝のひとつである酩酊は「人の知恵分別の墓場」（verray sepulture/Of mannes wit and his discrecioun）（VI，558-59）なのだ。偉大な征服者アッティラは酔っぱらって眠っているうちに死んだ（Deyde in his sleep）（VI，580）。また賭事には神名濫用はつきもので，そこから偽誓，怒り，嘘，殺人（homycide）が生じる。そもそもこの居酒屋というところは，免償説教家によれば，三人の若者が悪魔の神殿でご奉仕を捧げるところ（they doon the devel sacrifise/Withinne that develes temple....）（VI，469-70）であった。居酒屋が貪食の宿るところというこの考えはごく普通の連想に発しており，また再三道徳書のマニュアルにも触れられたものである。[10] 居酒屋が悪魔の教会という考えもよく知られたものであった。*The Book of Vices and Virtues* の中にも，

> þe tauerne is þe deueles scole hous, for þere studieþ his disciples, and þere lerneþ his scolers, and þere is his owne chapel, þere men and wommen redeþ and syngeþ and serueþ hym, and þere he doþ his myracles as longeþ þe deuel to do.
> (53/29–34)
>
> （大意：居酒屋は悪魔の学校です。そこで修業をつみ，そこで学生を教え，そこに礼拝堂があるのです。そこで男女が読み，詠い，悪魔に仕えるのです。そこで悪魔にふさわしい奇跡を行なうのです。）

とあり，15 世紀中期の信徒教戒書 *Jacob's Well*[11] の中にも

> At þe tauerne often þe glotonye begynneth. for þe tauerne is welle of glotonye, for it may be clepyd þe develys scolehous & þe deuelys chapel, for þere his dyscyples stodyen & syngyn, bothe day & nyȝt, & þere þe deuyl doth meraclys to his seruauntys. (147/25–29)
>
> （大意：居酒屋ではしばしば貪食が発生します。というのは居酒屋は貪食の泉だからです。悪魔の学校，悪魔の礼拝堂と呼ばれてもよいところです。そこでは悪魔の生徒どもが，昼夜学び，詠い，悪魔がその召使いに奇跡を行なうのです。）

とあるが，居酒屋がそれこそ「悪の根」（radix malorum）のひとつを抱えているところであったことがあまねく常識であったことが分る。居酒屋はしたがって，cupiditas，すなわちこの世の肉の思いの養成所である。だから「居酒屋は悪魔のナイフ」（Tauerne ys þe deuelys knyfe....）で，それで人の魂と生命を奪う。汝の生命も奪うし，汝の魂も殺す（sleþ þy soule）とRobert Manning は *Handlyng Synne* において戒める（1025ff.）。[12] 居酒屋はそこで人が生きながら死んでいる場所である。この三人のならず者はすでに霊において死せる者である。それが〈死〉の退治を思いたつ。

Thise riotoures thre of whiche I telle,
Longe erst er prime rong of any belle,
Were set hem in a taverne to drynke,
And as they sat, they herde a belle clynke
Biforn a cors, was caried to his grave. (VI, 661-65)

（大意：わたしが話題にしておりますこの三人のならず者は，朝の一時課の鐘が鳴るずっと前から酒を飲んで居酒屋にたむろしていました。座って一杯やっていると，墓へ運ばれていく死体の前につけたベルが鳴るのがきこえました。）

教会の聖務日課の一時課の鐘が鳴る頃（すなわち午前六時頃）すでに連中は酒場でとぐろを巻いている。言いかえれば悪魔の教会での一時課を始めている。[13] そこへ彼等の元の仲間の一人の葬列のベルがきこえる。この男も酔っぱらっている最中に

〈死〉に攫《さら》われたのだ。すなわち突然永遠の死にとらわれた人の葬列が行く。すでに生きながら死の世界にいる三人は，霊の生の世界である死を求めるのではなく，〈死〉を退治して実は永遠の死である地上的不死の世界を樹立しようとまるで英雄的に起ちあがる。「裏切者の〈死〉殺してやる」(we wol sleen this false traytour Deeth.) (VI, 699),「〈死〉は死なねばならぬ」(Deeth shal be deed....) (VI, 710)。〈死〉は死なねばならない，これはまさにイエスが「死を司る者を……ご自分の死によって滅ぼされた」(ヘブ，2.14) ことへの悪質なパロディである。W. B. Toole が Eric Stockton に賛意を表して言うように，それは "their unwitting attempt to usurp the function of Christ" であり 'an inversion of the Crucifixion' であることは間違いない。[14] この作品の聴衆は疑いもなくこの世の生が「主，キリスト・イエスによる永遠の生命」(ロマ，6.23) であることを，また「肉の思いは死であり，霊の思いは命と平和」(ロマ，8.6) であることも，cupiditas によって人は「永遠に死する」(deyeþ he for euer)[15] ことも，さらに「たちまち死がやってくる」(cumþ ȝoure deþ sunnest yn place)[16] ことも，あらゆる機会にマニュアルにのっとった教会の説教を通しても，キリストの古聖所下りのお芝居や絵画を通しても，心得ていたはずである。キリストがその死によって死を滅ぼされた。されば三人のならず者の死退治がキリストの死退治の奇妙なあべこべの行為であることは聴衆はすぐ気がついたはずである。自らの霊の死によって死を退治し損った三人のならず者，自らの肉体の死によって霊の死を退治されたキリスト，この二項対立のアイロニを聴衆は十分に理解できた。そしてこの冒瀆的行為による彼等の突然の死は小気味よいものであり，そこから抽出される教訓を理解し，自分たちは生きつつ死んでいる生活から，死して生きる生活に入るためにいかにすべきかということに深く思いを至したはずである。さればどうすればよいか，すなわち死を退治して地上での永生を願った三人のならず者ではあったが，真実死を殺して真の生を得るためには彼等はどうすればよろしかったのか。(ちなみに免償説教家はそういう聴衆の思いを十分計算して，つまりいつものように自分の説教の効果を確認して，この説教終了後巡礼の仲間に聖遺物でもって一儲けをたくらんだ。そして大恥をかいた)。

iv

免償説教家はこの説教を終えるにあたって「ああ，呪われた罪とし罪の中でもっとも呪われたものよ」(O cursed synne of alle cursednesse!)（VI，895）と言って，裏切者の殺人，貪食，贅沢，キリストへの冒瀆，神名濫用，傲慢などを列挙して慨嘆する。これらの諸悪はおそらく彼の日頃の説教の総括によれば cupiditas であり radix malorum であることになる。(そしてその罪を自分は犯しているとすでに豪語している〔myself be gilty in that synne....〕〔VI，429〕)。[17] 彼はそれを 'avarice' という罪におきかえている（VI，905）。どうしたらそれが許されるのか。免償説教家は自分がその罪を 'assoille' してやると言う（VI，387，913，933，939）。いわゆる赦免（absolution）を与えてやる，と言うのだ。それには 'pardoun'（pardon）を入手せよと諭す。そうすれば生まれたばかりのように 'clene' (clean) かつ 'cleer' (clear) になる，と宣言する (VI, 915-16)。

果して 'pardoun' がそういう効力をもつものなのか。そもそも「免償証」(pardon) というのは罪 (culpa) を許すものではない。教会の与える悔悛の秘跡というものは三つの行為を含んでいる。つまり痛悔 (contrition)，告白 (confession)，そして償罪 (satisfaction) であるが，痛悔，告白によって有限の罪 (culpa) を取り払って後，その罪に匹敵する罰が，現世もしくは煉獄において充足され償われねばならない。免償 (pardon) はその罪の償いに対してのみ有効である。[18] 人は原罪を抱えてこの世に生を受けるが，これは洗礼によって浄められる。しかし生きてある限り犯す自罪を許す (absolve) のが悔悛の秘跡であって免償ではない。免償はすでに absolution を受けた者に，次に待っている罪の償いに，合法的な教会の権威が宝蔵から取り出したキリストと諸聖人の功徳を代替として与えて罰 (poena) を免じてもらうものである。生れたばかりのように 'clene' かつ 'cleer' にしてくれるものがあるとすれば，それは時限つきであっても悔悛の秘跡で，免償ではない。個人の罪を強く意識した画期的なラテラノ公会議 (1215年) での教令で，成人は男女を問わず少くとも一年に一回の悔悛の秘跡が義務化されたが，その後 13，14 世紀，さらに 15 世紀にかけても，この公会議の趣旨にのっとった聴罪司祭や悔悛者向きのラテン語，さらには各国母語による教令集やマニュアルが公けにされ，それらに悔悛の秘跡の奨励が盛りこまれてきたのも，いかなる人も罪なくしては生き得ない，という実状，言い換えればいかなる人も生きつつ死んでいる，という実状をふまえて，人が永遠の生命にあずかるいわば保証として悔悛の秘跡が考えられたからである。だから悔悛の余裕もないほどの突然死を人々は怖れる。Carpe　diem（日々を楽しめ）のかけ声と memento mori（死を思え）の思想が同居する。[19]

再度言うが，こういう現世の罪を赦し，教会と神との和解を俗信徒に果させるのは悔悛であって免償ではない。しかし 14 世紀の現実として免償は人を罰からも罪からも（a poena et a culpa）免じるという考え方が極めて普通になってきたという事実もある。説教家がしばしば情熱のあまり免償の効力を罰のみならず罪に関しても印象づけてしまったり，また罪には二つの側面，罪責と罰という二面があって罪は当然罰の一側面としての要素をもっているからである。[20] 我らの免償説教家が，免償は罪の償いにのみ有効であるということを知っていてあえて罪の許しまで主張したのか，それとも当時の慣行に従って免償の効力をそこまで拡大解釈したのかは不明である。すくなくとも彼はアウグスティヌス修道会派のスペイン，ルウンシバルの聖母施療院の分院であるロンドン，ルウンシバル施療院所属の免償説教家であるから（I，670），教皇庁にも直属し聴罪権も与えられた割合に高い地位の聖職者（a noble eccelesiaste）（I，708）であったろう。[21] だから悔悛の秘跡と免償の区別は心得ていたにちがいない。確かなことは彼が自分の免償行為が悔悛の秘跡と同じ働きをする，すなわち ‘avarice’ の罪を ‘as-soille’できると解説，吹聴していることである。教会的立場に立つと，この三人のならず者の末路という説話の伝える教訓は，まず罪責赦免を得るための悔悛の必要性でなければならない。この説話は免償を受ける間もなく死の犠牲になった人物たちのアイロニではなく，免償資格たる悔悛の意識のかけらもなく「日々を楽しめ」(carpe diem) に明け暮れ，まことの死の意味の認識に欠けていたために永遠の死を与えられた人物たちのアイロニを提供している。しからば若者たちに死の在りかを教えた老人はこの説話の中でどういう立場に立つのだろうか。

v

「なぜ貴様は顔だけ出して，あとは全身包んでいるのだ。なぜそんなべらぼうな歳まで長生きしているのだ」(Why artow al forwrapped save thy face?/Why lyvestow so longe in so greet age?) (VI, 718–19) と，若者のうちでもっとも驕りたかぶった者の問いに老人は答える。

　　　　“For I ne kan nat fynde
A man, though that I walked into Ynde,
Neither in citee ne in no village,
That wolde chaunge his youthe for myn age;
And therfore moot I han myn age stille,
As longe tyme as it is Goddes wille.
Ne Deeth, allas, ne wol nat han my lyf.
Thus walke I, lyk a restelees kaityf,
And on the ground, which is my moodres gate,
I knokke with my staf, bothe erly and late,
And seye ‘Leeve mooder, leet me in!
Lo how I vanysshe, flessh, and blood, and skyn!

Allas, whan shul my bones been at reste?
Mooder, with yow wolde I chaunge my cheste
That in my chambre longe tyme hath be,
Ye, for an heyre clowt to wrappe me!’
But yet to me she wol nat do that grace,
For which ful pale and welked is my face.”（VI，721–738）

（大意：「というのはですな，インドくんだりまで行きましたが，町にも村にもわしの老年と自分の若さを取り換えてくれる人を見つけることができませんのじゃ。そういうわけで，神様の御意志のある限り，わしはこの年齢をじっと抱えていなければならんのです。ああ，死がわしを取ってくれない。こうして休みなき囚われ人のように歩いておりますわい。わが母の住いの門口である大地を，この杖で，昼となく夜となくたたいて言うのです，『いとしい母よ，入れてください。ごらんください，どんなにかわたしが衰え消えなんとしているか，肉も，血も，肌も。ああ，いつになったらこの老骨が休めるのでしょう。母よ，わたしの部屋にずっと置いてある金箱と，わたしをくるんでくれるヘアクロスを取り換えたいのです』。だがまだ母なる大地はそんな情をかけてくれない。そのためわしの顔はすっかり青ざめ，しなびてしまったのですよ。」）

この後，老人にはもっと親切に，と若者たちをたしなめた後，丁寧に〈死〉の在りかを教えて，彼等の後姿に神の加護を祈ってやり，行いを改めるように薦めている（God save yow.../ And yow amende!）（VI，766–67）。上記引用の中に色々謎めいた発言があって，Chaucer 学者を困らせてきている。まずこの老人は顔だけ残して身体を包んでいる放浪者である。その目的が二つある。ひとつは自分の老齢と若さを取りかえてくれる者を探していること。もうひとつは母なる大地を杖でたたいてそこへ入れてくれることを求めている。つまり人生に疲れ果てて安らぎを求めているかのようである。G. L. Kittredge はこの老人を 'Death in person' ではないかと言う。[22] なるほど顔だけ残して身体全体を包むというのはいかにもおどろおどろしい。老人のこの服装は死神の雰囲気を連想させてもおかしくない。また当時の会葬者（mourner）の姿も思わせる。[23] いずれにしても死と雰囲気的に深くかかわっている。彼は三人の若者に〈死〉の所在を教えるのであるから，M. P. Hamilton の言うようにこの老人を死の先触れ（harbinger）と解釈してもおかしくない。[24] W. J. B. Owen も指摘しているように，この老人も死を求めているのに死や死の先触れが死を求め探しているというのは論理性に欠けているかもしれないが，[25] Owen がこの老人を単なる老人として極めて常識的に受けとめようとする限り，そうした常識的な論理が出てくるのであって，老人の求めている死が金貨の山に表わされる死でなくて，逆説的に真の生につらなる死であるとすれば，もはや金貨に胸をときめかさない年齢の老人が（それぱこそ金箱〔cheste〕はいらないと言う），真の死とは何ぞやを教える警告者として死の先触れの役を荷うのも中世的伝説に照してみればおかしくもない。先行学者の結論はともかくとしてまずこの老人を死との関係でとらえねばならない，ということだけはふまえておこう。

彼は放浪者として登場する。死ねずにさまよっているのである。こういう老人の生態を見ると，ここに「さまよえるユダヤ人」の影が見えてくる。聖なるものに加えた冒瀆行為の罰として地上をさまようように運命づけられた人物の話はキリスト教世界，異教世界を問わず型となっている。イエスの裁判もしくは処刑に際して，イエスに暴行を加え，暴言を吐いたアルメニヤのひとりのユダヤ人の話が同工異曲のかたちで残っている。ある文献ではそれが Cartaphilus（のちに回心してアルメニヤに住んでいるヨセフと呼ばれた）という人物だとされているが，「わたしが戻ってくるまで待っていなさい」というイエスの言葉通り百歳まで生きては，元の三十歳にまい戻って生き続け，イエスが戻ってくるまで死ぬに死ねないユダヤ人の話は13 世紀を中心に流布していた。[26] その柔和（若者への優しい大人しい態度），敬虔（神の意志のままに生きていく），分別，休みなき旅，などのこの老人の特色を見ると確かに「さまよえるユダヤ人」のイメージも捨てがたい。しかし Chaucer の老人はそれだけでは済まされない要素を持っている。老齢と若さとを取り換えたいと願う一方，自分の金箱と安らぎの死を取り換える願望も持っている。彼は「さまよえるユダヤ人」を想起させるが，「さまよえるユダヤ人」そのものではない。杖で大地をたたく仕草も，6 世紀の Maximianus の第一エレジーの杖（baculo）で大地を（humum）をたたき（pulsat），母（genetrix）に入れてくれと慈悲を請う（nati miserere laborum）老人も，F. Tupper も指摘するように Chaucer のそれと類似している。[27] 永遠にさまようというテーマだけなら，人にして初めて殺人の罪を犯したカインも死を求めてそれを得ることのできない人物であるし，ユダともども大地に入ることを限りなく拒絶される男だ。[28] いずれも虚実取りまぜて中世に流布したテーマであるので Chaucer はこれを心得ていたと考えてもよい。ただこれら中世にあまねく知られていた故事が聴衆に雰囲気的にポピュラーな連想を強いることよりも，問題は，この老人が，ではこの説話の中でどのような役割を果しているのか，ということである。もう一度三人の若者の最期に至る件りに戻ってみよう。

三人の若者が，彼らにとっては没義道な死に方，つまり死を退治しようとして死に退治され，おそらくは地獄おちになるであろう憂目に遭わないようにするには，彼等はどうすればよかったのであろうか。それに対して老人は実は忠告を与えていたのである。彼は老人としての知恵分別を持っているかのようである。若者の乱暴な態度に聖書を引用して（レビ，19.32）「白髪の人の前では起立しなさい」（Agayn an old man, hoor upon his heed,/Ye sholde arise....）（VI，743-44）とたしなめる。それは「神を畏れ」ることにも通じるのである。主の命令だからだ（レビ，19.32）。

"Now, sires," quod he, "if that yow be so leef
To fynde Deeth, turne up this croked wey,
For in that grove I lafte hym, by my fey,
Under a tree, and there he wole abyde;
Noght for youre boost he wole him no thyng hyde.
Se ye that ook? Right there ye shal hym fynde.
God save yow, that boghte agayn mankynde,
And yow amende!" Thus seyde this olde man....

（VI，760-67）

（大意：「さて，お歴々，そんなに進んで〈死〉を見つけるのにご執心なら，この曲りくねった道を昇って行きなされ。わしはあの茂みの中の木の下にあいつを残してきましたからな。そこにまだおるでしょう。お前様方が大言を吐いたからといってやつは隠れたりなんぞしますまい。ほら，あのオークの木がみえるでしょうがな。人類を贖い給うた神様がお前さん方を救い，行いを改めさせてくださいませ」。老人はこう言ったのです。）

この老人は知っているのだ。「金銭の欲は，すべての悪の根」（Radix malorum est cupiditas）だということを。そのcupiditasが金貨への欲即死であることも。だから若者にその在りかを教えてやった。しかしそれだけなら無礼，乱暴な若者へのしっぺ返しと解釈されても仕方がない。しかし彼は若者たちが堕地獄にならないように警告を与える。'Amend' するのだよ，善に心を遷《うつ》すのだよ。それは今のうちだよ，神様の御手を信じるのだよ，と彼等の後姿に声をかけた。'Amend' するとは，悔い改めてのち罪滅しをすることである。しかし彼等は決して悔い改めなかった（nevere to repente）（VI，850）。だから悪魔は彼等の地獄おちの許可を得てしまった（For-why the feend foond hym in swych lyvynge/That he hadde leve him to sorwe brynge.）（VI，847-48）（ここでの 'hym' は仲間の二人を毒薬で殺そうと決意した若者）。聴衆の醒めた目からは，それみろ，老人の言うことに耳を貸さなかったからだ，という思いがある。まことアイロニカルである。そして金貨の山を見つけた途端「もはや〈死〉を求めることをやめた」（VI, 772）のである。死のかわりに，死と同然である金貨に興味を示したからである。やっと彼等の霊肉の死を見つけたのである。これもアイロニカルである。彼等のここまでの道は「曲りくねった（croked）道」であった。それは罪の道，Richard Rolle によれば ‘crokid in couaytyf’ であった。[29] 老人は今しがた死即金貨に逢ってきて，それを捨てて顧みなかった。そこに彼が求めている死がないことを十分に承知しているのだ。Cupiditas が生きながらの死であることを理解しているし，その死が生に通ずる道は悔悛と償罪であることを承知している。

しかしこうした老人の叡知と彼自身の自己紹介の惨めさは対照的である。彼は自分を流浪者であり「休みなき囚われ人」（restelees kaityf ）ととらえる。これは *The Canterbury Tales* の最後の語り手，教区司祭（Parson）がその説教の中で ‘covetise’（covetuousness）を戒める時にパウロの嘆息（ロマ，7.24）を借りて，“Allas! I caytyf man! Who shal delivere me fro the prisoun of my caytyf body?”（X，344）と発言するが，パウロの言う「五体の内にある罪の法則のとりこ」（ロマ，7.23）であることを指しているのではないか。D. Pearsall の指摘する「ローマの信徒への手紙」からの影響[30] もさることながら，「死が……わしの命を取ってくれない」（Ne　Deeth…ne wol nat han my lyf.）という老人の科白から考えると，教区司祭が St. Gregorius（c540–604）および St. John の言葉として与える

> “To wrecche caytyves shal be deeth withoute deeth, and

ende withouten ende, and defaute withoute failynge."

（X，214）

"They shullen folwe deeth, and they shul nat fynde hym; and they shul desiren to dye, and deeth shal flee fro hem."（X，216）

（大意：悲惨な囚われ人にとっては，死なき死，終りなき終り，欠けることなき欠如があるであろう。）

（彼らは死のあとを追っていく定めである。しかも死を見出すことはできない。死なんことを願うのに，死は彼等から逃げていく。）

という内容に近い。これはカンタベリ巡礼の総括をする教区司祭が地獄の悲しみについて述べる件りである。地獄では神の与え給うた秩序は一切欠けている。死ぬことなき生，終りなき終り，なくなることなき欠乏，責苦があったとしても決して死ねず，死んでも責苦を逃れるすべもない。そういう「囚われた」（kaityf）状態は Richard Rolle の言葉をかりると「この世の富」（any welth of þe worlde）がもたらすもの。[31] *Piers Plowman* における七大罪源のうち貪欲（Covetise）の告白の中にも「『わたしはずっと貪欲でした』とこの囚われ人は言った」（"I haue been coveitous" quod this caytyf....）（V，196）[32] とあるごとく，地上の肉の法則のもたらす欲情に縛られる者が 'kaytyf' であることが示される。つまりこの老人が 'restelees kaityf' であるということは，地上の富の貪欲な追求者であり，パウロの言葉に従うと「五体の肉にある罪の法則」にとらわれて（captivantem）いる惨めな，価値のない，そしてそれは地獄の苦しみの相を呈する地上の放浪者の姿を表わすものである。

老人は杖で大地をたたく。母なる大地を中世人は「わたしたちは，何も持たず世に生れ，世を去る時は何も持って行くことはできない」（1テモ，6.7）というパウロの言葉や「わたしは裸で母の胎を出た，裸でそこに帰りましょう」（ヨブ，1.21）というヨブの言葉との連想で考えていたらしい。12世紀から14世紀にかけてのさまざまな神学解説書をふまえた一般信徒向け教理解説書 *Memoriale Credencium*（15世紀初期）によると，

> Seynt poul þat saiþ. Nouȝt we brouȝt into þis world: ne nouȝt schul we bere out of þis world. And of þe holy man Job þat saiþ. Naked y came fro my moder wombe: and naked I schal turne þider aȝeyne. þat is to vnderstonde. to þe moder wombe: þat is þe erthe þat kyndeliche is oure furst moder. God ȝeueþ and bynymmeþ as it is plesyng vnto god: so be it y do.[33]
>
> （大意：パウロの言葉に「わたしたちは，何も持たずに生れ，世を去る時は何も持って行くことはできない」，また聖なるヨブの言葉に「わたしは裸で母の胎を出た，裸でそこに帰りましょう」とありますが，これは母の胎に，ということです。すなわち本来我らの最初の母である大地のことです。神はご自分の好むように与え，奪われるのです。

それが定めです。）

とあるが，これは貪欲の戒めの件りでの発言である。母なる大地に帰るとは，もともと地上の万物は神によって与えられたものであるからには，人はこれを善用すべきであるが，結局は神の意志により無となって大地に帰ることになる。この老人はそれをよく心得ているふしがある。自分の金箱は返すからどうぞ元の無に帰していただきたいと母なる大地に願うのである。その金箱と交換に身にまとう ‘heyre clowt’ がほしいと願う。この ‘heyre clowt’ とは何だろう。‘hair shirts’ のことだろうが，文脈から推して経帷子（shroud）であるなら（*M. E. D.*, s.v. *clout*, 6〔c〕），彼は一日も早くそれにくるまれて大地に休みたい，と願っているのだ。しかしこの ‘heyre clowt’ が修道士や悔悛者の直接肌にまとう償罪の毛衣であるとすれば（*O. E. D.*, s.v. *hairshirt*; *haire*），[34] この老人は悔悛をすませることを望んでいることになる。Cupiditas のとりこになって生きつつ死ぬよりは，死ぬことによって霊的に生きたいのだが，それには悔悛が必要だということをよく心得ている。さればこそ三人のならずものに罪滅しをする（amende）なら今だぞ，と警告を与えることができるのである。ここで不思議なことにぶつかる。ではなぜ彼は悔悛もせずにまるで地獄の責苦を味わう「休みなき囚われ人」であり続けるのか。この老人の謎はここにある。彼の言葉をかりるとそれが「神様の御意志」であるからだ（as it is Goddes wille）。与えるのも奪うのもご自由な神がその機会を与えてくださらないのだ。一切を奪って元の母なる大地に帰ることをまだ許してくださらないからだ。

vi

老人は自分に悔悛が必要なことを知っている。そして罪の償いも必要であることを心得ている。その罪の償いを神の意志の続く限り（As longe tyme as it is Godde's wille）続けねばならないことも承知だ。ただしそれは「終りなき死」（deeþ wiþouten ende）であり，人は「いつまでも生きつつ死んでいる」（euer-more a man or a womman lyueþ〔þere〕dyenge）のだ。[35] 悔悛の毛衣を着て母なる大地の胸に戻って安らかになることを神がまだ許し給わぬのである。若者に軽蔑される中世の老人の常套表現で描写されている彼は（ful pale and welked），[36] Chaucer はそのように断言してはいないが，“Le Regret de Maximian”（Maximianus のエレジーの 13 世紀英訳） の語り手のように若き日には美しさ，自由な振舞い，奢りがあったことであろう。「もしお前さん方もこの世にとどまって長生きすれば，他人《ひと》がお前さん方にそういう振舞いをすることを望まんじゃろう」（Namoore than that ye wolde men did to yow/In age, if that ye so longe abyde....）（VI，746–47）という老人の若者への科白は，“Le Regret de Maximian” の最終スタンザの，もし自分が若がえったら，今自分を蔑んでいる連中の「髪を引っ掴んで，人気のないところで大人しくさせ，撲ちのめしてやる（ich hire heuede bi þe trasce/In a derne place,/To meken and to mange....）（268–70）[37] ほど強くはないが，老人の口惜しさがよく表われている。しかし彼は長く生きた。それゆえにこそ人の世の栄華の空しさも，そしてその栄華はフロリン金貨に象徴されるように生きつつ死んでいる生活であることも，またそれを後悔しても今となっては遅いことも，しかしそれゆえに，死ぬることによって真に生きるために悔悛が必要なことも，そしてそれには罪滅しの苦しさがつきまとうことも知っている。彼にできることは，極道者の三人の若者に警告を与えることである。老人の姿が若者への教訓として扱われることは，この時期の老いのエレジーの特徴でもあった。[38] そういう文脈でなら，老齢そのものが罪の象徴でもある。「今一番欲しいのは死，どうしてわたしを選んでくれない」（Deþ ich wilni mest,/Wi nis he me I-core?）（“Le Rregret de Maximian,” 212-13）という詠嘆も「キリスト様，教えてください。わしはこうして生きているよりいっそ死にたい」（Crist þou do me reed!/Me were leuere deed,/þen þus aliue to bee.）（259-61）というMaximianusの叫びも一種の警告である。14世紀後期の詩 *The Parlement of Thre Ages*[39] において〈老年〉（Elde）が〈青年〉（ȝouth）と〈中年〉（Midill Elde）に向って「わしをお二方の鏡とせられよ」（Makes youre myrrours by me.）（290）と言うのもその一例である。

この老人は若者に老人を敬まえと教える。死への道が罪の道（croked wey）であることにも注意を喚起した。〈死〉がオークの木の下にいることも（オークは死のシンボルであった），[40] そして，いずれ分ることであるが，その〈死〉というのは金貨の山であることも教えたことになる。それは暗に，それこそ「悪の根」（radix malorum）であることを教えたのである。彼は真理が何であるかを知っている。ただそれを実行に移せずここまで来た。聴衆はつとに数々の説教マニュアルをふまえた説教によって，cupiditasが「永遠に続く死」であり（þe deþ þat euer schal last）（*Memoriale Credencium,* p. 103），殺人（manslauȝt）につらなること（*Memoriale Credencium*, p. 101; *The Book of Vices and Virtues*, 39/21–25），悪しき死（euyl endyng）に終ること（*Handlyng Synne*, 6221–22），「悪魔の許にたった一人で行くことになる」（hyghly shal he go a-lone/To þe deuyl, body and bone.）（*Handlyng Synne*, 5387–88）ことも知っていたのだ。そしてその通りになった若者の運命に聴衆は小気味よい思いとともに，自らも粛然たる思いになる。

“The Pardoner’s Tale”における老人像の解釈は一筋縄ではいかない。一元解釈は無理である。確かなことはこの老人も作中の免償説教家と同様「金銭の欲は，すべての悪の根」（Radix malorum est cupiditas）ということを十分に承知して，しかもその戒めの実践を怠り，悔悛の機会を失なったため絶望の詠嘆を表白しなければならないのである。悔悛の秘跡の厳しさに対する過度に敏感な恐怖である。それが彼をして告白を遅延せしめてきた。[41] そこから来る己が救霊への絶望が彼の切なる願望と表裏になっている。それゆえ *The Middle English Sermons*[42] の著者も言うように「地上の束の間の快楽」（þe lust of a moment）と交換にそれにふさわしい罰が永遠につきまとっているのだ（þe payn dew þer-fore abideþ for-euer.）（275/16–17）。彼の罪はカインのそれのように「神の力と慈悲」（hys myȝt & hys mercy boþe）（*Handlyng Synne*, 12306）にとどかない。そして神が定めただけ（それはいつのことやら），罪滅しの生活としてのさまよいを続けねばならない。それはある意味でEverymanでもある。そして偶然出あった三人の若者に婉曲に忠告を与えたのだ。この見事な説話を披露した免償説教家自身も「金銭欲はすべての悪の根」(Radix malorum est cupiditas) ということは嫌ほど知っている（彼の説教のテーマはいつもそれなのだから)。ただぬけぬけと cupiditas を戒める説教をして自分は実践しないだけだ。若者に待ちかまえている運命も，免償説教家に待ちかまえている運命も，いずれこの老人の現状ではあるまいか（そこにこの作品のはらむアイロニもある)。生きつつ死に，死なき死という地獄の責苦さながらの生き方が待っているのだ。[43] 罪を犯すことによって罪という罰を受けて生き続けることになる。[45] 所詮それは人間の業《ごう》であるかも知れない。St. Augustinus の次の言葉に耳を傾けてみよう。さまよえる我等人間の共通項が見出せるであろう。「われわれは祖国においてしか幸福になれない旅人である」と St. Augustinus は考える，

> われわれはこの死すべき様の生において，「主から離れて巡礼して」(IIコリ，5.6) いるのであるが，そこでこそ幸せになれる祖国に帰ろうと願うならば，この世を，用いるべきであって，この世を享楽してはならない。[45]

けだし，この老人はかつてこの世を神のために用いずに享楽した caitif な（囚われた，惨めな，みすぼらしい，おどおどした，しかも欲深い)[46] さすらい人ではあるまいか。Chaucer は老人の姿に惻隠の情を感じているのであろうか。我らも，巡礼衆の仲間に三人のならず者と老人の説話を盛りこんだ，自分の説教の効果を信じて免償証をぬけぬけと売りつけて失敗する免

償説教家の最後の恥辱（宿の亭主に，お前の示す聖遺物を拝んで免償してもらうくらいなら，お前のふぐりを拝んだ方がましだ，とののしられる〔VI，946–955〕）に快哉を叫ぶことはあっても，この老人の「わしも行くところがあるのじゃ」（I most go thither as I have to go.）（VI，749）と今日もさすらい続ける姿に他人事ならぬ惻隠の情を感ずるのである。

注

1　C. O. Chapman, "*The Pardoner's Tale*: A Medieval Sermon," *MLN*, XLI (1926), 8; N. H. Owen, "The Pardoner's Introduction, Prologue and the Tale: Sermon and *Fabliau*," *JEGP*, LXVI (1967); R. P. Merrix, "Sermon Structure in *The Pardoner's Tale*" *ChR*, XVII (1982), 3.

2　この話は Antti Arme (Stith Thompson 英訳) の *The Types of Folk Tale* (Helsinki: Academia Scientiarum Fennica, 1928) の No.763 にも記録されていて，周知の民話であったらしい。

3　St. Augustine, *The Choice of the Will*, trans, R. P. Russell, The Fathers of the Church, new trans., Vol. 59 (Washington, D. C.: The Catholic University of America Press, 1967), p. 210.

4　John Speirs, *Chaucer the Maker* (London: Faber and Faber, 1951), p. 175; Phillippa Tristram, *Figures of Life and Death in Medieval English Literature* (London: Paul Elek, 1976), p. 177 et passim.

5　Phillippa Tristram, *ibid*., pp. 167f.; T. S. R. Boase, *Death in the Middle Ages: Mortality, Judgment and Remembrance* (London: Thomas and Hudson, 1972), pp. 104-7.

6　*New Catholic Encyclopedia,* Vol. IV (Wshington, D. C: The Catholic University of America Press. 1967) の 'Death (in the Bible)' の項参照。

7　W. Nelson Francis, ed. *The Book of Vices and Virtues*, E. E. T. S., OS, 217 (London: Oxford University Press, 1942).

8　Gustaf Holmstedt, ed. *Speculum Christiani*, E. E. T. S., OS, 182

(1923; rpt. New York: Kraus Reprint, 1972).

9　J. M. Cowper, ed. *Meditations on the Supper of Our Lord, and the Hours of the Passion by Cardinal John Bonaventura, drawn into English Verse by Robert Mannyng of Brunne*, E. E. T. S., OS, 60 (London: Routledge and Kegan Paul, 1941), pp. 437–38.

10　W. F. Bryan and Germine Dempster, eds. *Sources and Analogues of Chaucer's Canterbury Tales* (London: Routledge and Kegan Paul, 1941), pp. 437–38.

11　Arthur Brandeis, ed. *Jacob's Well*, Part Ⅰ, E. E. T. S., OS, 115 (London: Kegan Paul, 1900), 147/25–29.

12　Frederick J. Furnivall, ed. *Robert Brunne's "Handlyng Synne,"* Part Ⅰ, E. E. T. S., OS, 119 (London: Kegan Paul, 1901).

13　ここには一種のパロディの普遍的性格が見られる。彼等は公式の世界にまさに対応する自分たちの世界をたてているのである。

14　William B. Toole, "Chaucer's Christian Irony: The Relationship of Character and Action in the *Pardoner's Tale*," *ChR*, III, (1968), 40 . ここでの Erick Stockton の言葉とは同氏の "The Deadliest Sin in "The Pardoner's Tale," *Tenessee Studies in Literature*, VI (1961) への寄稿論文を指している。

15　*Handlyng Synne*, 6048.

16　*Ibid*., 6052.

17　免償説教家の自己暴露と彼の恥辱についての私見は拙著『カンタベリ物語—中世人の滑稽・卑俗・悔悛』（中央公論社，1984），138–142 頁を参照されたい。

18　A. L. Kellog and L. A. Haselmayer, "Chaucer's Satire of the Pardoner," *PMLA*, LXVI (1951), 251; Alastair Minnis, "Chaucer's Pardoner and the 'Office of Preacher'," *Intellectuals and Writers in Fourteenth-Century Europe: J. A. W. Bennett Memorial Lectures Perugia 1984,* ed. Piero Boitani and Anna Torti (Tübingen: Gunter Narr Verlag, 1986), pp. 100–101.

19　George R. Coffman, "Old Ages from Horace to Chaucer: Some Literary Affinities and Adventures of an Idea," *Speculum*, IX (1934), 255;

Phillippa Tristram, *op. cit*., pp. 9, 45.

20 Isamu Saito, *A Study of "Piers the Plowman" with Special Reference to the Pardon Scene of the "Visio"* (Tokyo: Nan'undo, 1966), p. 135.

21 田巻敦子「中世イングランドにおけるパードナーの研究」『キリスト教史学』第 41 集，1989，7.

22 G. L. Kittredge, *Chaucer and His Poetry* (Cambridge, Mass,: Harvard University Press, 1915), p. 215.

23 Boase, *op. cit*., pp. 84, 112, 114, 115.

24 M. P. Hamilton, "Death and Old Age in *the Pardoner's Tale*," *SP*, XXXVI (1939), 571ff.

25 W. J. B. Owen, "The Old Man in 'The Pardoner's Tale,'" *RES*, n. s. 2(1951),49–55.

26 George K. Anderson, *The Legend of the Wandering Jew* (Hanover: Brown University Press, 1965; 3rd rpt. 1991), pp. 18–19; Nelson Sherwin Bushwell, "The Wandering Jew and the *Pardoner's Tale,'' SP*, XXVIII (1931), 454.

27 Bryan and Dempster, *op. cit*., p. 437; *The Riverside Chaucer*, p. 909.

28 Lee Patterson, *Chaucer and the Subject of History* (Madison: The University of Wisconsin Press, 1991), pp. 415–18.

29 *M. E. D*., *s. v. croked* 4(c).

30 Derek Pearsall, "Chaucer's Pardoner: The Death of a Salesman," *ChR*, XVII (1983), 4, 363.

31 "The Form of Living," *English Writings of Richard Rolle, Hermit of Hampole*, ed. H. E. Allen (Oxford: Clarendon Press, 1931), p. 115.

32 William Langland, *The Vision of Piers Plowman: A Complete Edition of the B-Text*, ed. A. V. C. Schmidt (London: J. M. Dent, 1978).

33 J. H. L. Kengen, ed. *Memoriale Credencium: A Late Middle English Manual of Theology for Lay People*, D. Litt. Dissertation (Nijmegen: Katholieke Universiteit, 1979), p. 104.

34 Robert P. Miller, "Chaucer's Pardoner, the Spiritual Eunuch," *Speculum*, XXX (1955), 197; Lee Patterson もこの 'clowt' を 'clowt of penance' と解釈している (Lee Patterson, *op. cit*, p. 411.)。

35 *The Book of Vices and Virtues*, 71/26–28.

36 Alice K. Nitecki, "The Convention of Old Man's Lament in the *Pardoner's Tale*," *ChR*, XVI (1981), 1, 78.

37 Carleton Brown, ed. *English Lyrics of the XIIIth Century* (Oxford: Clarendon Press, 1932), p. 100.

38 Rosemary Woolf, *The English Religious Lyrics in the Middle Ages* (Oxford: Clarendon Press, 1968), p. 104; Phillippa Tristram, *op. cit*., p. 63.

39 M. Y. Offord, ed. *The Parlement of the Thre Ages*, E. E. T. S., OS, 246 (London: Oxford University Press, 1959).

40 F. H. Candelaria, "Chaucer's 'Fowl OK' and *The Pardoner's Tale*," *MLN*, LXVI (1956), 321–22; *The Riverside Chaucer*, p. 909. あるいは「イザヤ書」1.30 の，主に背いた者がたとえられる葉のしおれたオークのイメジが意識されたかもしれない。

41 Lee Patterson, "Chaucerian Confession: Penitential Literature and the Pardoner," *Medievalia et Humanistica*, n.s., No. 7 (1976), p. 166; Lee Paterson, *Chaucer and the Subject of History*, p. 41n.

42 Woodburn O. Ross, ed. *The Middle English Sermons*, E. E. T. S., OS, 209 (London: Oxford University Press, 1960).

43 老人が若者に「レビ記」19.32 の「白髪の人の前では起立し，長老を尊び云々」を引用した際，「レビ記」ではそれに続いて「あなたの神を畏れなさい。わたしは主である」とあるのにそれをオミットしたのはひとつには心理的に忸《じく》怩《じ》たるものが自分にあったからであろう。生きているのでもなく死んでいるのでもなく，永遠に第二の死に苦しみつつ，ただ「死」において死につつあるのだ。(L. O. Purdon, "The Pardoner's Old Man and the Leviticus 19.32," *English Language Review*, XXVIII [1990], 4)．

44 Alfred L. Kellog, "An Augustinian Interpretation of Chaucer's Pardoner," *Speculum*, XXVIII (1951), 465–66.

45 『キリスト教の教え』加藤武訳『アウグスティヌス著作集』第6

巻（教文館，1988），pp.31–32.

46　*M. E. D.*, s.v. *caitif* 1:2(a)(b).

2　イギリス中世文学における子供の“誕生”

i

サンタ・クロース（Santa Claus）は St. Nicolaus（d350）のことだが，中世後期以来子供の守護聖人として有名である。ミュラの司教で，祝日は十二月六日。サンタ・クロースという呼び名はオランダ語 Sint Nicolaas の訛りで，クリスマスの贈答の習慣と結びついて，オランダからの新教徒の住みついた北アメリカで，子供たちに深夜楽しいプレゼントをもってくる優しいおじいさんになってしまった。St. Nicolaus が，破産した貴族の三人の娘に人知れず深夜窓から三つの金塊の入った袋を投げ入れて結婚費用を調達してやった，という伝説に基づいているというが，もともと St. Nicolaus をその生涯で特色づけるものは小アジア地方で多くの異教徒に洗礼を授けた，というはたらきにある。それで普通彼は三人の裸の異教徒が入っているまるで盥《たらい》のような洗礼盤の側に立っている姿で描かれる。[1] 実はこの辺のところは複雑な経緯があった。そもそも中世のシンボリズムの共通理解として，なにかの事件に絡んだ聖人や英雄の姿は，当該場面の他の副次的人物たちよりもその身長が大きく描かれることになっていた。それで，やがてこの三人の異教徒たちが三人の子供と認知され，また 11，12 世紀の洗礼盤は大きな盥であって，それは幼児がある程度大きくなった時その中に浸される洗槽とよく似ていたものだから，[2] まるい盥もしくは桶の型をした洗礼盤がそれに似ている漬物桶と見なされた。そして次のような伝説が作られた。St. Nicolaus が飢饉の時ある宿に泊った。その宿のおかみは人食いの習性があったので，亭主がおかみの教唆で，客の Nicolaus に三人の幼児の肉を夕食に供することになり，幼児を殺して漬物《ピクルス》にしてしまった。Nicolaus は神のお告げによってこのことを知り，そのピクルスを食べないで，むしろ幼児を甦らせてしまった，というのである。また Nicolaus の業績の中で有名なローマの三将軍救済のエピソードがある。讒訴《ざんそ》されて塔の牢獄に幽閉され，死を目前にした三人が Nicolaus によって救われる。小さな塔頂からこの三人が頭を出している図が桶の中に立っている子供ととられたのかも知れない。このような入り組んだ伝説から Nicolaus と三人の子供という連想関係が仕上ったのではないだろうかと考えられている。[3] 子供は子供らしいあどけない表情が付されるということが前提としてあればこういう背丈による誤認はなかったはずである。しかしそういう写実的表現を重んじないというのが中世の一般的な表現形式である。近代以降のように，作者によって構成された虚構の世界と，把握可能なリアルな世界との間の相関関係は 'representative' でなく 'illustrative' であったのだ。Robert Schole と Robert Kellog はその共著 *The Nature of Narrative*（London: Oxford University Press, 1966）において，現実世界のレプリカを創造することによって総体的かつ説得的なリアリティを伝えるものを 'representative' な芸術と呼び，リアリティの抽象的側面を伝え

るものを 'illustrative' とするのである。'Illustrative' な芸術は様式的，約束的であり，伝統依存的傾向があり，多分に東洋的である。それに対して 'representative' な芸術では，むしろ伝統を経験に従属せしめ，ために経験的に現実を把握，再検討しようとする。そういうわけで 'illustrative' な芸術は表現の手段よりも表現すべき内容，目的に重きをおき，'representative' な芸術は新しい芸術的技法をむしろ求めることになる（pp.83-84)。

　このように中世では特に子供に子供らしい――たとえば愛らしいとか稚《いとけな》いといった――表現を与えることがなかった。そういう事実と，副次的意味を伝える大人が 'illustrative' な手法のために，子供の背丈のような小ささで表現された。小さければ子供だ，というわけで St. Nicolaus と子供との関係づけが行なわれたということである。「小さな大人」である。「小さな大人」といえば Philippe Ariés の *L'enfant et la vie familiale sous l'ancien régime*（アンシャン・レジーム期の子供と家族生活）を思い出す。中世では子供は「小さな大人」(le petit d'homme)[4] として大人の生活の中に組み入れられ，ほとんど子供として社会に愛らしい表現を主張するようには表現されない。それは中世芸術においては子供の不在は作者の器用さが欠けていたため，あるいは力量不足のゆえであるとは考えられない。ただ子供期にとって場所が与えられなかっただけだ，というのである。[5] 学校教育においても教師は特に子供を理解しようとも考えていなかったようである。'Little adults' として一人前になるように訓練されただけだった。[6] 13 世紀になって子供の姿が頻繁に描かれるようになるが，それでも「この子供たちもつねにその背丈以外には子供の特徴を有していない」[7]「背丈の低い大人」[8] であったと Ariés はしるしている。この Ariés の説をふまえるなら，すなわち表情は大人と変らなくても背丈だけで子供を表わしたとするなら，St. Nicolaus が洗礼をほどこした異教徒も，その危難を救ってもらった三将軍も，その図像から子供と誤認されたということも分る気がする。

しかし本当に，中世では子供自体に焦点があてられることはなかったのだろうか。森洋子『ブリューゲルの「子供の遊戯」―遊びの図像学―』（未来社，1989）にこの種の疑問が提出されている。ブリューゲルの「子供の遊戯」という一点の絵を中心として，遊びの図像を古代から近世にかけて，通時的，共時的に実に包括的にメスをいれた労作だが，ここで中世の子供像を論ずるにあたって，その当時まだ子供らしい感情表現やプロポーションの様式がなかったことを指摘しつつ，それにもかかわらず子供の可愛い姿がまったく不在でなかったことが豊富な作例で例証されている。

ii

それでは主としてイギリス中世（13，14，15 世紀頃）の文学作品に子供がどのように描かれていたのであろうか。物語や詩の世界では子供がいかにも子供であるという認識をどのように与えているのであろうか。また子供が文学作品の主要人物として登場することはあったのだろうか。

子守唄《ララバイ》などがあるならば，無心に眠る赤ん坊の描写が中心になることがあるかも知れない。また子供といえば聖母子を詠うような場合はまさにみどり児イエスが中心人物である。ここにすさまじい中世紀の子守唄がある。14 世紀のものと考えられている。イギリスの中世文学では残存する一番古い子守唄だと推察される。子守唄らしく「ねんねんころりよ，ねんころり」（Lollai, lollai）で始まるが，その第一連だけ引用してみよう。

Lollai, l⟨ollai⟩, litil child, whi wepistou so sore?
nedis mostou wepe, hit was iȝarkid þe ȝore
euer to lib in sorow, and sich and mourne euer,
as þin eldren did er þis, whil hi aliues were.
　Lollai, ⟨lollai⟩, litil chid, child lolai, lullow,
　In-to vncuþ world icommen so ertow![9]

（大意：ねんねんころり，ねんころり，坊やどうしてそんなに泣くの。坊やが泣くのももっともだ。お前が生きて悲しみ，痛み，もだえるのも前世からの因縁だ。ご先祖様が，生ある間にしてきたことを思えばね。ねんねんころり，ねんころり，坊やおやすみ，ねんころり。奇怪な世の中に生れてきたものだよ。）

さらにアダムの子孫たるお前以外の地上，水中の生きものは，それぞれなにがしかの善をもって生まれてきたものだが……，お前はこれからのことを何も知らない。「苦しみもて生まれ，苦しみもてお前は去るのだ」（Wiþ sorow þou com into þis world, wiþ sorow ssalt wend awai.）（18）「この世を信じるんじゃない，まさにお前の敵なのだよ」（Ne tristou to þis world, hit is þi ful vo....)（19），「それは悲しみを栄えに，栄えを悲しみに転ずるのだよ」（Hit turneþ wo to wel and ek wel to wo....)（21），お前はこの世をさすらう「巡礼」（a pilgrim），いやいや巡礼どころか「見知らぬ客」（an vncuþ gist）（31）なのさ，いずれ「死がやって来るよ」（deth ssal com）（27）といった調子である。なんと一種の「人生空し」の詩である。*Worcester Fragments* と呼ばれる12世紀の古文書にある教訓詩にも，栄えし人今いずこ，といった詠嘆が詠われているが，その中に「嬰児は泣きつつ生を受け，苦しみつつ世を去る」（hit cumeþ weopinde〔and〕woniende itwiteþ.）[10]という一節があるが，「人生空し」を詠う一種の常套表現だったのだろうか。Innocentius III（1160 - 1216）はその *De Miseria Condicionis Humane*[4]（人間の惨めさについて）で，人間の悲惨さを説き，妊娠，出産の汚れを論じ，嬰児の悲哀に言い及ぶ。「生れてくる前に死んだ方がましだ」（Felices illi qui/moriuntur antequam oriantur....），[13]「およそ人はこの世の悲惨を訴えるために生れてくる」（Omnes nascimur eiulantes ut mature miseriam exprimanus....），[14]「裸で生れ，裸で帰るのだ」（Nudus egreditur et nudus ingreditur....）。[15] このように嬰児というものを惨めな存在とみる思考法も中世にはあったことは確かだ。[16] Boethius（c480–524）の *De Consolatione Philosophiae*（哲学の慰め）．や Jean de Meun の *Le Roman de la Rose*（ばら物語）後篇などにも顕著に見られる中世に流布した無常（mutability）の思想の反映であろうが，それが子守歌にあらわれているということは奇怪である。こんな暗い子守唄が実生活で日毎に詠われていたとは思えない。もっと優しい子守唄が中世にもあったのだろうが，文字となって残存していない。この「ねんねんころりよ，ねんころり」の繰り返しのパターンはきっと世俗の優しい子守唄のものだったのであろうが，おそらく口伝だったので書きとめられることもなく消失し，興味あることに宗教抒情詩に転用されてそれが残っているのだ。[16] R. L. Greene 編の *The Early English Carols,* 2nd Ed.（Oxford: Clarendon Press, 1977）などを繙くとそれがよく分る。

キリスト教世界で母と子といえば，マリアとみどり子イエス，という風景を詠《よ》みこんだ詩ということになる。詳しい検討はここで避けるが，[17] たとえばそういう詩では，みどり子イエスは自分の受難と復活の次第を予見して母を慰める，という趣向になったりしている。イエスは愛らしい無邪気な幼な子というよりは，過去，現在，未来を見通す叡知の結晶で，小さな大人どころか，小さな万能者である。聖母子像のイエスも美術の世界では 14 世紀にもなると，かつての子供らしからぬプロポーションと威厳を具えた姿にもようやく母に甘えるポーズが加わり始めるということだが，14 世紀以後の中世宗教詩の聖母子の場合では幼な子イエスは大人なる読者（聴者）への福音の伝達者の姿勢をくずさない。聖母はむしろ励まされ慰められ，諭されるのである。

イエスが生誕後 8 日たって割礼を受けられる時（ルカ，2.21）のことである。その時の状況を縷々と新しい生命を吹きこんで記録したひとりの 13 世紀のフランシスコ会修道士による *Meditationes Vitae Christi*（キリストの生涯についての瞑想録）という文献がある。その情感誘引の描写はかなりの影響を与えたもので，そこでイエスが割礼の痛みにむずかる場面がある。14世紀の挿絵入りの版を英訳したもの[18] から引用してみよう。

> The child Jesus cries today because of the pain. He felt in His soft and delicate flesh, like that of all other children, for He had real and susceptible flesh like all other humans.
>
> (p. 44)

聖母もまた泣いた。すると驚くべきことにイエスは，もう泣かないでと言わぬばかりに小さな手を母の口元にもっていき，懇願しているようなジェスチアをとった。

> But when He cries, do you think the mother will not cry? She too wept, and as she wept the Child in her lap placed His tiny hand on His mother's mouth and face as though to comfort her by His gestures, that she should not cry, because He loved her tenderly and wished her to cease crying.
>
> (p. 44)

ここには「人間の穏やかな体温が感じられる」と Émile Mâle が記している。[19] 一瞬のジェスチアにみどり子の生態が捉えられているのである。しかし赤子が母を慰めるという発想は子守唄の場合ならただごとではない。

イエスが十二歳になった時，両親とともに過越祭のためにエルサレムへ赴く。そこで両親はイエスを見失う。実はイエスは学者たちに囲まれて話を聞いたり質問をしていた。そのシーンは「ルカによる福音書」2章，46節-47節にあるが，それが劇化されて中世のサイクル劇の脚本に残っている。残存している稿本群は16世紀から17世紀にかけてのものだが，14世紀に上演された。Chester劇の11番にこの場面が脚色されて文学作品として市民権を得ているが，その時のイエスと学者たちの問答を読んでみても，もはやイエスはまるで大人のように，父なる神と自分の二つにして唯一なる奥義を心得ている，と言うのである。学者たちは驚いて「どうです，何とふざけた少年」(Hearkes this child in his bourdinge.)[20] と発言している。これは呆れ顔をした大人の実感である。のちに「探したのよ」と母に言われても，これを受けるイエスの言葉はまさにメシヤとしての真理は口にするが，正直言って冷たいものだ。ここでも聖母は諭されるのである。ここにはもはや世のあどけない少年の言行はない。少年イエスという具体から抽象されたキリストの真理が語られるばかりである。

こういう少年や幼児の描き方は中世の諸聖人の描き方と軌を一にしているようだ。「老成した子供」(puer senex) といい聖人伝における一種のトポスであった。「超越の理想」(Transzendenzideal)[21] といわれ，年齢を越えた慧知的振舞いのことを指すもので，たとえば尊者Bede (673〔4〕-735) によればBishop Benedict (St. Benedictusとは別人) は幼少年時特有の「ばかばかしい楽しみ」(animum voluptati) には目もくれなかったそうだし，[22] St. Gregorius (c540-604) はその *Dialogus* (諸聖人の生涯についての対話)，第2部でSt. Bnedictusの伝記を綴るにあたって，彼が「年をはるかに越えていた」と伝えている。[23] St. Nicolausの場合も，生れたその日，産湯をつかわせようとすると，盥の中ですっくと立ったそうである。水曜日と金曜日の斎日には母の乳は一度しか吸わなかったといわれている。「幼年時代には，ほかの少年たちがよろこぶ楽しみごとや遊びには仲間入りしないで」[24] 熱心に教会に通ったという。けだし非凡というか，神童というか。

iii

では世俗の子供たちの場合はどうであったのだろうか。14世紀のイギリス文学を代表する Chaucer は子供をどう取り扱い，どう表現したのであろう。結論を先に言ってしまうようだが，Chaucer の文学の世界でも子供はどの作品においても，テーマに関与する中心人物であることはすくない。しかしただひとつ子供が中心人物として終始行動し，発言し，そしてその言動がテーマにかかわっている作品がある。*The Canterbury Tales* の中の “The Prioress's Tale” がそれだ。殉教話である。この子供はもともと世俗の子で，さる未亡人の独り子であった。上級生に教えてもらった降誕節の聖マリア最終交誦「救い主の聖なるおん母」（Alma redemptoris mater....）を学校の往き帰りに歌ってユダヤ人の憎しみをかい，殺されるという事件を扱っている。興味あることにはこの殉教話の語り手に擬せられている女子修道院長（Prioress）も，先程触れた St. Nicolaus に言及して，この幼児（七歳）の母親はつねづね我が子に聖マリア様を崇敬するように教えていた，という。学校の往き帰りにマリア像を見ると跪いて「めでたし聖寵充ち満てるマリア」を唱えるのであった。そこで語り手の女子修道院長は次のように発言する。

> But ay, whan I remembre on this mateere,
> Seint Nicholas stant evere in my presence,
> For he so yong to Crist dide reverence.　　(VII，513-15)
> （大意：わたくしがこの事を思い出しますたびに，聖ニコラス様が面前にお立ちになるのです。あんなに若くしてキリストを尊崇なさいましたもの。）

St. Nicolaus の幼児時代とこの七歳の少年を重ねるのである。だがこの七歳の少年は果して型どおり St. Nicolaus のように「老成した子供」として描かれているのだろうか。15 世紀初期の Lambeth MS. No.853 にある “The Mirror of the Period of Man's Life” を読んでみると，七歳は授乳期の次の時期とある。[25] また 15 世紀に *Ratis Raving*（鼠のたわごと）なる家庭の躾の指南書があるが，この中で人生の諸時期を七段階に分けている。七歳から十五歳までは理性が芽生える時期である。してよいことと悪いことの区別はつくが，まだまだ理性は若く弱いので，ボール遊びやゲーム，チェスなどをして，勤勉を好まない云々としている（また将来の職業や学校教育を始めるのにも，もっともふさわしい年齢であった。屋内の遊びも，棒があるとそれを馬にみたて，パン屑はこねてボートにしてしまうし，木の枝でお城をつくり，棒切れは剣になる）。[26] この少年はちょうどそういう年齢，要するに幼年期を脱して少年期に入った頃である。この子はキリスト教信者の子弟の学校に通っている。そこでの学科というのは歌や読み書きであったが，

Chaucer はその学校を ‘litel scole’[27]（VII, 495）としている。Ariés の言う ‘petite école’ を思い出す。そこではきちんと読み書きをするに先だって，確実に読むことができたかどうかは別として，詩篇や祈禱書によって読むことをおぼえる。くり返し暗誦することによって記憶のうちに典礼に定めてある種々の祈禱をそらんじるのである。[28] この幼児は学校で ‘litel book’ を習っていた。つまり ‘prymer’ を教わる段階であった（VII, 516, 517）。これは初等読本で，もっぱら宗教，躾の教育を建前として，まず十字のきり方から始め，アルファベット，悪魔祓いの方法，主禱文，信経，十戒，七大罪源へと入っていく手引書である。[29] まだまだ ‘so yong and trendre was of age’（VII, 524）であったのだが，こういう少年の殉教であるので，なにがなんでも痛ましく描かれている。この子はとてもいい子なのだ。母さんの言いつけをよく守り，聖母崇敬も怠らない。では St. Benedictus や St. Nicolaus のように老成した少年かというと，そうではない。大そう無邪気に描かれている。こういう幼児の殉教だからずいぶんペーソスを盛って語られている。Chaucer の時代もしくはその前後にも類作が多く知られているが，諸類作にはこの幼児は ‘puer’（子供）という情緒的に中立な名辞で表現されているが，Chaucer はこれを ‘this innocent’ と書き換えたり，執拗に ‘litel’ という形容詞をなんども付するという配慮をする。Chaucer は人生についてのバランスのとれた感覚をもった優しい詩人として知られているが，原話，類作の ‘puer’ だけでは不満であったのだろう。それにしてもそれだけでは小手先の仕事だ。よく流布した話であるゆえこの子の最後の殉教の勝利の約束は読者みな心得ている。それを好条件として翻案者としては日頃のこの子の子供らしい素直さ，一途さ，健気さ（したがってその死の痛ましさ）を強調しておいて然るべきである。次は一例であるが，この幼児が上級生にこの交誦を教えてもらうシーンがある。まだ初等読本《プライマー》しか習っていない彼は，ある日学校で上級生が「救い主の聖なるおん母」を詠っているのを耳にする。彼は「ものおじせず，じりじり近づいて行って」(he drough him ner and ner....)（VII，520)，意味は分らぬながらも最初の一行を覚えてしまう。上級生に歌の意味をたずねるが彼もまだ知らない。なんでも死ぬ時に救ってくださるマリア様の歌だそうだよ。そこでこの子は声をはずませて，

> "Now, certes, I wol do my diligence
> To konne it al er Cristemasse be went."　（VII，539-40)
> （大意：それじゃ僕，一生懸命，クリスマスが過ぎないうちに，全部おぼえよう。）

と言う。生活感覚に密着した写実的な少年の行為であり，科白である。Chaucer に先行するこの話の類作には，幼児のこうした一途さ，健気さ，無邪気さを垣間見させる窓口となるべき行為，発言は記述されていない。[30] Chaucer のこの幼児は子供としての生態をきっちり示している。

D. S. Brewer 氏に "Children in Chaucer" という論文がある。[31] 出来る限り Chaucer の少年，少女，幼児の登場する場面を拾って論じているが，つまるところ Chaucer の子供描写法は伝統的なものと，それに影響されない描写のコンビネイショ

ンであると発言している。[32] それもパセティックな描写によるリアリズムの効果を狙っているのだ，という。[33]

“The Man of Law’s Tale” でCustanceが生れたばかりのみどり児ともども海へ追放される。その時のシーンは次のように紹介される。

Hir litel child lay wepyng in hir arm,
And knelynge, pitously to hym she seyde,
“Pees, litel sone, I wol do thee noon harm.”
With that hir coverchief of hir heed she breyde,
And over his litel eyen she it leyde,
And in hir arm she lulleth it ful faste,
And into hevene hire eyen up she caste.　(II，834-49)

（大意：彼女の幼な子は泣きながら腕の中に抱かれていました。彼女は跪いて哀れな調子でその子に語りかけるのでした。「静かに，坊や，何も危害を加えはしませんよ。」こう言って彼女は頭からおおいをとってわが子の小さな目の上にかけてやりました。そして，腕の中で優しくあやして，それから天の方に目をあげたのです。)

ここには，みどり子そのものの動作を直接伝えるのでなく，母の身のこなしを通してその子の痛々しさが彷彿とするように感傷的に，それゆえにリアルに描かれている。ひとつの手法であろう。Ariésの言葉をかりると「母親の優しさに結びつけられている」。[34] 先程紹介した女子修道院長の話す七歳の少年についても，その母の行為が間接的に少年の可愛いさを増幅させる。一晩待っても帰ってこない。夜が明けると心配で顔を青ざめさせ，あちこち捜しまわる。子供が行ってそうなところを片っ端からたずねまわるのだ（VII，586–90；595–96)。Brewer 氏はここのところを “We do not feel with him; we feel with the mother.”[35] とコメントしている。この他に Virginia という娘（十四歳）が，悪裁判官の奸計によって操を捧げねばならない次第になった時，その父 Virginius は涙ながら彼女を殺すという話が “The Physician's Tale” にあるが，Virginia の言動が極めてリアルに，したがって哀れに描写される。父の首にしっかり抱きつき，涙滂《ぼう》沱《だ》とながし，「ととさま，わたくし死なねばならないの。お慈みも，救いもないのですか」(Goode fader, shal I dye?/Is ther no grace, is there no remedye?)（VI，235–6）と訴えるひと齣《こま》がある。しかしこれはすでに十四歳の娘で，もう当時なら結婚適齢期であろう。悪裁判官の意馬心猿を掻きたてもおかしくないが，頑是ない子供という訳にはいかない（普通，中世では女子の幼少年時代は十二歳までとされていた)。もっと頑是ない子供を探してみよう。

同じ *The Canterbury Tales* の中に “The Monk's Tale” というのがある。古来の悲劇的な話のアンソロジーの体をなしているが，ここにピサの伯爵 Hugelino（Ugolino）の話が紹介されている。誣《ぶ》告されて三人の子供とともに塔に幽閉され，子供ともども餓死する話だが，Dante の *Inferno*，第 33 歌にその原話がある。パンを求めて泣く子が痛ましい。Hugelino が「目を覚ますと，いっしょにいた息子たちが半ば夢の中でパンを求めて泣いている声が聞えた」[36] と Dante は記しているが，Chaucer はこの話をずいぶん縮めて翻案しているのにこのシーンだけはこだわって敷衍するのである。

> His yonge sone, that thre yeer was of age,
> Unto hym seyde, “Fader, why do ye wepe?
> Whanne wol the gayler bryngen oure potage?
> Is ther no morsel breed that ye do kepe?
> I am so hungry that I may nat slepe.
> Now wolde God that I myghte slepen evere!
> Thanne sholde nat hunger in my wombe crepe;
> Ther is no thyng, but breed, that me were levere.”
>
> (Ⅶ，2431-38)

（大意：ユゴリーノの三歳になる男の子が彼に向って言いました「父さん，どうして泣くの。牢番はいつぼくたちのスープを持ってきてくれるの。しまっておいたパンはもう一切れもないの。僕，お腹がへって眠れないよ。いつまでも眠っておれればいいのにな。そしたら腹ぺこがお腹の中にしのびこんで来ることもないのに。僕，パンよりほかに欲しいものは何もないよお。」）

状況を判断できない玩是ない三歳の幼児のおねだりである。Hugelinoの苦しみはそれによって増幅される。この後Hugelinoは悲しみのあまり腕を嚙んでいるのを見て，それを空腹のせいだと思いこみ，父に僕たちの肉を食べて，と申し出るのだが，こうした極限状態の悲惨さとHugelinoの無念の効果をChaucerは状況を理解できない幼児の生態を描写することによって強めている。Danteは Hugelinoを反逆者の群の中に置いている。だから彼の苦しみは道徳的な範疇においてであり，己れの憎悪する人物の頭蓋をかりかりと嚙んでいるその怖ろしさは道徳的な恐怖である。事実 Dante は Hugelino に因果応報のコメントを付している（*Inferno*，第 33 歌，81f)。Chaucer の場合は運命の転換による悲劇という文脈にのせられている。Dante にも Chaucer にも子供は登場するが，Dante の場合は子供たちは Hugelino の罰の巻添えであるが，Chaucer の場合は父子ともども気紛れな運命に巻きこまれたのである。Chaucer は自分の注ぐ目を Hugelino よりも子供たちに向けているような気配さえある。だからこそリアリスティックなペーソスが生れる。[37]

次に，Chaucer ではないが，1255 年にリンカーンの Hugh という少年が九歳でユダヤ人に殺された話を典拠にした民謡がある。[38] "Sir Hugh, or, the Jew's Daughter" として事件後から歌い続けられたらしい。F. J. Child の編んだ *The English and Scottish Popular Ballads*, Vol. III（Boston: Houghton Mifflin, 1888）に載っているが，幾つもある類作から Child が A と分類している歌によると，Hugh は友人たちとボール遊び[39] をしていて彼の蹴ったボールがさるユダヤ人の家に飛びこんだ。返してよ，とその家をたずねたところユダヤ人の娘に誘われ，家に入り，殺され，鉛を重しにして井戸に放りこまれる。少年たちの元気のよいボール遊びの模様が冒頭に詠われる。

1　Four and twenty bonny boys
　　Were playing at the ba,
　And by it came him sweet Sir Hugh,

And he playd oer them a'.

2 He kickd the ba with his right foot,
And catchd it wi his knee,
And throuch-and-thro the Jew's window
He gard the bonny ba flee. (Child, p. 283)

（大意：1 二十と四人の元気な男の子たちがボール遊びをしておった。そこにヒュー坊や通りかかる。そして皆と遊んだ。2 右足でボールを蹴っては膝で受けとめる。そのうちユダヤ人のおうちの窓の中へボールを飛ばしてしまった。）

注釈は必要ない。元気一杯の九歳の男の子の遊戯が描かれる。どうしよう，「ボールを投げて返してよ，ユダヤ人のお姉ちゃん。ボールを投げ返してよ」(Throw down the ba, ye Jew's daughter,/Throw down the ba to me!)（St. 4)。あたしの家まで取りに来なきゃ駄目。そこでのこのこ入っていって殺されるのだ。子供の溌剌たる遊び，疑うことを知らぬ無邪気さは後半の惨《むご》たらしい殺害と対照されてその悲惨な効果をたかめる。帰って来ない我が子に心配して深夜たまりかね，マントをはおって探しに出かける母親，

'Gin ye be there, my sweet Sir Hugh,
I pray you to me speak.' (St. 12)

（大意：「そこにいるなら，ヒュー坊や，お願い，声をかけておくれ。」）

この母の取り乱した様子は，先程紹介したChaucerの殉教幼児の話の場合でも同じである。

She gooth, as she were half out of hir mynde,
To every place where she hath supposed
By liklihede hir litel child to fynde;
And evere on Cristes mooder meeke and kynde
She cride.... (VII, 594-8)

（大意：彼女は，半ば狂ったように，我が子が見つかるかもしれないあらゆる場所に出かけました。そしてずっと優しい親切なキリストの御母にまるで叫ぶように祈りつづけたのです。）

子供自体の可愛い仕種の活写もさることながら，母親の情愛発露の描写を通して，その視点から子供の可愛いさが引き立てられている。

iv

総じてこの時期（14，15世紀）は，William of Occam（Ockham）（c1300-c1349）の唯名論の影響もあり，教会の信徒教化にも変化が起ってきた。概念や言葉による普遍的な教条的指針によるのではなく，憐憫，歓喜，恐怖，希望といった特殊な感情喚起に依存する。キリストの人性が問題となる。理性よりもハートが優先する。認識的，経験的，具体的な感覚によって事象を把握する。冷たい抽象性の強い教訓によってではなく，感覚世界の提示によって直接反応を要求するのである。文学を含めて芸術も，もはやメタファーや単なる媒体でない。特殊な情感喚起のイメージであり，具体的な要所要所の一点に集中する。概念は後退し，強い人間感情が優先する。Chaucer が物語を提供してもそれには歴然たる動かし変更しがたい典拠がある。しかしそれらはただ Chaucer にとっては普遍概念を示すにとどまり，興味を喚起される一点に出会うと彼は立ち止って経験的に，情緒的にそれに対応する。子供は，子供という概念や象徴だけですまされるものではない。ひとつの生きた生活反応を示すものである。中世後期のすぐれた詩人が原作に工夫を加える時，こうした姿勢が基本にある。子供はたとえ小さな大人であれ，大人の共同体の中に組みこまれた存在であれ，詩人はどんな片隅にでもすぐそれと気がつく子供ならではの生態を描き分けておく。

中世美術において「遊ぶ子供の姿がまったく“不在”ではなかった現象」[40] を文学の世界においても確認したことになるであろうか。

注

1　Wolfgang Braunfels, hrsg. *Lexikon der Christlichen Ikonographie*, Bd. 8 (Rom: Herder. 1976) p. 52.

2　フィリップ・アリエス，『〈子供〉の誕生——アンシャン・レジーム期の子供と家族生活』杉山光信，杉山恵美子訳（みすず書房，1980)，p.9.

3　G. G. Coulton, *Medieval Faith and Symbolism*. Harper Torch Books (New York: Harper and Brothers, 1958), pp. 281–82.

4　Philippe Ariés, *L'enfant et la vie familiale sous l'ancien régime* (Paris: Éditions de Seuil, 1973), p. 1.

5　フィリップ・アリエス，p.35.

6　Molly Harrison, *Children in History*, Bk, I (London: Hulton Educational Publications, 1965), p. 96.

7　アリエス，p.35.

8　同上書。中世では子供の存在をあまり気にしなかった形跡がある。Chaucer の The Wife of Bath は五回も次々と結婚生活をしているのに子供があったかどうかは触れられていない。Chaucer は彼女に子供がなかったという前提で話をしているのかも知れないが何の根拠もない。Margery Kempe（c1373-c1433）には John という夫との間に十四人の子供があったそうだが，彼等については彼女は触れていない（たった一人だけその罪業について祈っているが……〔*The Book of Margery Kempe*, ed. S. B. Meech, E. E. T. S., OS, 212, Oxford: Oxford University Press, 1940. pp. 221-22〕)。Heloise と Abelard の間には一人子供がいたのだが，これも二人の交換書簡の中では触れられていない。それらが子供への愛情の不足であるとは考えられないとすれば，中世の人々は現代人が考えるような仕方でそういう感情を示さなかったのかも知れない（Margaret Hallissy, *Clean Maids, True Wives, Steadfast Widows: Chaucer's Women and Medieval Codes of Conduct*〔Westport: Greenwood Press, 1993, pp. 160-70)。これは，中世では生れた嬰児はすぐ乳母（wetnurse）に渡されてしまう，という習慣のせいもあったと推察される（Shulamith Shahar, *Childhood in the Middle Ages*〔London: Routledge, 1990〕, pp. 74-75).

9　Carleton Brown, ed. *Religious Lyrics of the XIVth Century* (1924; rpt. with corrections, Oxford: Clarendon Press, 1965), No. 28, 1-9.

10　Joseph Clark Hall, ed. *Selections from Early Middle English, 1130-1250*, Part I: Text (1929; rpt. Oxford: Clarendon Press, 1953), p. 2.

11　Lotario Dei Segni (Pope Innocent III), *De Miseria Condicionis Humane,* ed. Robert E. Lewis. The Chaucer Library (Athens: The University of Georgia Press, 1978).

12　*Ibid*., p. 103.

13　*Ibid*.

14　*Ibid*., p. 105.

15　Shahar, *op. cit*., pp. 14–15; Joseph L. Mogan, *Chaucer and the Theme of Mutability* (The Hague: Mouton, 1968, pp. 63ff.. 幼児には優しさを，と要請する声もあった。John of Trevisa (1326–1420) の Bartholomaeus Anglicus (fl. 1230), *De Proprietatibus Rerum* の中期英語訳（1398）を見ると，“Alsa þey vsen to singe lullinge〔s〕 and oþir cradil songis to plese þe wittis of þe childe.” というような発言も見られるからだ（*On the Properties of Things: John Trevisa's Translation of Bartholomaeus Anglicus.De Proprietatibus Rerum*, Vol. II〔Oxford: Clarendon Press, 1975〕, p. 299)。

16　Siegfried Wenzel はその *Preachers*, *Poets*, *and the Early English Lyrics* (Princeton: Princeton University Press, 1986) の中で（p. 166)，13世紀中期の Kildare MS や 15 世紀の Worcester Cathedral MS. F10. fol. 100v. にもラテン語の説教の中にこの “Lollai, lollai....” の詩が引用されていることを検証して，本詩がポピュラーなもので説教に挿入されたものと考えている。

17　詳細は二村宏江「“Lullay, lullay, little child....”—中世英国宗教詩におけるララバイ」『同志社大学英語英文学研究』33，1–32（1983）を参照されたい。

18　*Meditations on the Life of Christ*, trans. Isa Ragusa (Princeton: Princeton University Press, 1980).

19　エミール・マール『ヨーロッパのキリスト教美術』柳宗悦，荒木成子訳（岩波書店，1980)，p.202.

20　R. M. Lumiansky and David Mills, eds. *The Chester Mystery Cycle*, E. E. T. S., SS. 3 (London: Oxford University Press, 1974), p. 213; 石井美樹子訳『イギリス中世劇集—コーパス・クリスティ祝祭劇』(篠崎書林，1983)，p.224.

21　Christian Gnilka が “Aetas Spiritalis....” という論文の中で使用した用語で，J. W. Burrow の *The Ages of Man: A Study of Medieval Writing and Thought* (Oxford: Clarendon Press, 1986) の中で紹介されている（p.95)。また ‘puer senex’ については Burrow，同書の pp.95–102，さらに Shulamith Shahar, *op. cit*., p. 16 も参照のこと。

22　Burrow, *ibid*., p. 98.

23　St. Gregory the Great, *Dialogue*, trans. John Zimmerman. The Fathers of the Church, A New Translation (Washington, D. C.: The Catholic University of America Press, 1959), p. 55.

24　ヤコブス・デ・ウォラギネ『黄金伝説』1 前田敬作他訳（人文書院，1979)，p.58.

25　F. J. Furnivall, ed. *Hymns to the Virgin and Christ*, E. E. T. S., OS, 24 (1868; rpt. New York: Greenwood Press, 1968), 60/66.

26　J. R. Lumby, ed. *Ratis Raving and other Moral and Religious Pieces in Prose and Verse*, E. E. T. S., OS, 43 (London: Türbner, 1870), pp. 57–8 ; Shahar, *op. cit*., p. 24.

27　Ariés, *op. cit*., p. 318ff.

28　*Ibid*.

29　G. A. Plimpton, *The Education of Chaucer* (1935; rpt. New York: AMS, 1971), p. 18.

30　Cf. W. F. Bryan and Germaine Dempster, eds. *Sources and Analogues of Chaucer's Canterbury Tales* (London: Routledge and Kegan Paul, 1941), pp. 447–85.

31　D. S. Brewer, *Tradition and Innovation in Chaucer* (London: Macmillan, 1982), pp. 46–53.

32　*Ibid*., p. 43.

33　*Ibid*., p. 50.

34　アリエス，p.37.

35　Brewer, *op. cit*., p. 52.

36　野上素一訳『ダンテ』世界古典文学全集 35（筑摩書房，1964)。

37　Theodore Spencer, "The Story of Ugolino in Dante and Chaucer," *Speculum*, IX (1934), 298; Piero Boitani, *The Tragic and the Sublime in Medieval Literature* (Cambridge: Cambridge University Press, 1989), pp. 20–55.

38　Chaucer の女子修道院長は自分の語る物語（七歳の少年の殉教話）を終えるにあたってこの Hugh に言及している。

39　St. Augustinus も子供時代にはボール遊びが大好きで勉強そっち

のけで，大人の遊戯にふけったことがあると述懐している（St. Augustine, *Confessions*, trans. Vernon J. Bourke. The Fathers of the Church. A New Translation (Washington, D. C.: The Catholic University of America Press, 1953, pp. 16-17〕)。大体七歳から十四歳の時代ははげしく肉体を躍動させるのを好む年齢であると考えられた（Shahar, *op. cit*., p. 26)。子供たちは川辺や池の側でよく遊んだが，町の子供たちは相当悪戯をしたらしい。聖パウロ聖堂の壁に巣を営んでいる鳩に石を投げたり，門前や境内でハンド・ボール遊びをしたり，ステンドグラスを傷つけたり，ということもあったという（Shahar, *op. cit*., p. 238; Elizabeth Godfrey, *English Children in the Olden Time*〔New York: E. P. Dutton〕, 1907, p. 73)。

40　森洋子『ブリューゲルの「子供の遊戯」―遊びの図像学』（未来社，1989)，p.436. 遊ぶ子供の姿について森氏は，13世紀後半や14世紀前半の時禱書や詩篇のような祈禱書の写本，また『アレキサンドロス大王物語』や『鷹狩りの書』のような世俗的写本などの，聖俗を問わずその余白にミニアチュールで各種の遊戯とも子供のそれとも見分けのつけられない遊びが描写されていることを指摘し，中世人が「子供の遊戯に対してある程度の観察のまなざしをもっていた」ことに注目している（pp.326-27)。また遊ぶ子供の姿ではないが，*Ancrene Wisse*の中に次のような箇所がある。神は驕慢を戒めるために，我々をしばらく見捨てられることがある。そして我々がそれを心許なく思った時に救いの手をさしのべてくださる，という趣旨の件りで，母が子供と遊んでいる図を作者は例として出している。母はしばらくわざと身を隠していると子供は独りぼっちになり“dame, dame”と言って泣き出す。と母は飛び出して来て，よしよしと抱きしめ，接吻をし，涙をふいてやる云々，というのだが，内包されている教条的意味は別として，子供の子供らしさ，母の母らしさがリアルに伝わってくる（*Ancrene Wisse,* ed. J. R. R. Tolkien, E. E. T. S., OS, 249〔London: Oxford University Press, 1962〕, p. 119)。

3　殉教の幼児—あわせて Madam Eglentyne の立場

i

Chaucer の “The Prioress’s Tale” は優しい情緒の溢れた作品である。七歳の幼児が上級生から教えられた降誕節の聖母マリア最終交誦「救い主の聖なるおん母」（Alma redemptoris mater....）[1] を学校の往き帰りに詠い続け，ユダヤ人の憎しみを買い，喉を掻き切られて殺される話である。死してもなお「救い主の聖なるおん母」を詠い続けるが，それは不思議な ‘greyn’（＝grain）（Ⅶ，665）を舌の上にのせてくださった優しい聖母マリアの功徳によるものであった。犯人逮捕，滂《ぼう》沱《だ》たる万人の涙の中での葬式と魂の昇天。哀感誘引という点からすると十分に成功した作品となっている。中世とはいってもこの時代は，もはや教会の信徒指導に際してのむき出しの教条的説得は後退し，むしろ恐怖，憐憫，想像といった日常生活の範囲内での具象的，感覚的な情緒的経験を媒介とした信徒教育というものが評価されてきた時代である。キリストの人性，マリアの遍在性，その個々人への，特に弱い恵まれない個人への情緒的惻隠と，それへの個人的反応などに配慮が行きとどく。Chaucer のこの作品はそういう同時代の精神構造の傾向をよく反映している。そしてペーソスを誘引させるためにいろいろの工夫もこらされる。そのひとつはこれは殉教者（martyr）の話といっても，幼児殉教者（child-martyr）の話として提供されているからでもある。この話は Prologue と本話（つまりクリスチャン少年の殺害）とに分れている，その Prologue の冒頭にひとつの祈りがある。主の御名の讃美，単に大人（men of dignitee）（Ⅶ，456）だけでなく「幼児の口からも」（by the mouth of children）（Ⅶ，457）その広大無辺さが讃えられます云々といった祈りであるが，これが「詩篇」8章，2節—3節（Vulgata）や『ローマ教会典礼書』（*Missale Romanum*）の「罪なき聖嬰児等殉教者の祝日」（The Feast of the Holy Innocents, Martyrs）（12月28日）のミサの入祭文のラテン語のパラフレイズであることは明らかである。「幼児の口から」（by the mouth of children）のところは ‘ex ore infantium’ の翻訳である。

語り手，女子修道院長（Prioress），マダム・エグレンティーン（Madame Eglentyne）は七歳の幼児の受難の話を語るに際してこの罪なき聖嬰児（The Holy Innocents）のことを意識している。‘Ex ore infantium’ という文言が，「罪なき」という概念を意識してさらにパラフレイズされている箇所があるからである。幼児の母親がわが子の行方を狂気のように探し求めて，ちょうどその殺害現場にさしかかった時，語り手の主への讃美「幼児の口からもその広大無辺さが讃えられます云々」が再びあり，その時「幼児の口から」が‘By mouth of innocentz’（Ⅶ，608）[2] となっている。その讃美に応えるかのごとく殺されて汚辱の穴に投げこまれた幼児の詠う「救い主の聖なるおん母」が朗々（loude）と鳴りわたる（rynge）（Ⅶ，613）。興味あるのはこの母親がその際「第二のラケル」（This newe Rachel）（Ⅶ，627）と呼ばれていることである。ここに再び語り手の聖嬰児への意識がうかがわれる。つまりヘロデ王に子供を殺された母親の嘆きを，その昔《かみ》のラケル嘆きに擬した「マタイによる福音書」2章，18節の記述である。ヘロデ，すなわち嬰児キリストを殺害するためにベツレヘムの二歳以下の嬰児の逆殺を命じたといわれるヘロデに，この七歳の幼児を殺した「呪うべきユダヤ人」（cursed Jues）（Ⅶ，599）[3] がなぞらえられ，「現代のヘロデの徒輩」（cursed folk of Herodes al newe）（Ⅶ，574）と慨嘆されているが，罪なき聖嬰児への強い意識である。語り手自身もなんどもこの幼児の死を言葉でもって殉教ととらえることを躊躇しない（Ⅶ，579，610，680）。さらにこの幼児は「ヨハネの黙示録」14章，3節—5節に詠われている童貞幼児が念頭にあってのことである。幼児の殺害者を「おお，現代のヘロデの徒輩よ」と呼んで慨嘆し，神の尊厳のかかわるところこうした殺人は必ず現れる，と断言してから語り手は自作中の幼児に対して「おお，殉教者よ」と呼びかけ，さあ「あなたは一つになって天の白い小羊に従って歌を歌うことができます」（Now maystow syngen, folwynge evere in oon/The white Lamb celestial）（Ⅶ，580–81）と言い，かつて偉大なる福音書ヨハネが誌したように「この小羊の前を歩み新しい歌を歌う者たち」（they that goon/Biforn this Lamb and synge a song al newe）（Ⅶ，583–84）は「いまだ女体を知らない者どもであります」（That nevere, flesshly, wommen they ne knewe）（Ⅶ，585）とつけ加える。「小羊」とは「ヨハネの黙示録」14章の ‘Agnus’ である。「新しい歌を歌う」というのは「黙示録」の十四万四千人の童貞たちが「新しい歌のたぐいをうたった」（cantabant quasi canticum novum）ことを想起させるし，彼等が「いまだ女体を知らない云々」は「黙示録」の「彼らは，女に触れて身を汚したことのない者である」(Hi sunt qui cum mulieribus non sunt coinquinati）から間違いなくインスピレイションを受けたものである。大人の自己抑制をした敢然とした殉教でなく，まだ何もこの世のことを知らない幼児はまさに「黙示録」の「神と小羊に献げられる初物として，人々の中から購われた者たち」のひとりであり，殉教者なのである。日々星は昇り星は沈む，と St. Ambrosius（c333-397）は言う。星が昇ると大地の耕作が始まる。それは「輝く明けの明星」（黙, 12.16）であり，蒔かれるのは穀物の種ではなく，殉教者の種である。その時ラケルは自分の子供たちのために泣く。これは彼女の涙によって浄められた子供たちを「キリストの代りに献ずることである」(pro christo offeret infatulos）と Ambrosius は罪なき聖嬰児の死を殉教と解釈するが，Eglentyne によって今話されるこの話において「救い主の聖なるおん母」を詠い続けるように聖母マリアがこの子の舌にのせた「種」(greyn) は，Ambrosius の言葉をかりるならば「殉教の種」(martyrum seges）であり，[4] まさにこの作品における涙の勝利のしるしであるとともに幼児殉教者への優しい浄めの涙である。[5]

この幼児の死が殉教であることの意識は，語り手が話を締めくくるに際して彼の死を今は天国にいるリンカンのヒュー (Hugh of Lyncoln）がかつてユダヤ人によって殺害された故事とくらべていることからも察しられる。「ああ，同じくいまわしき（cursed）ユダヤ人に殺害されたる少年リンカンのヒューよ，周知のごとくそれはついさいつころのことなれば，なにとぞ我らがために祈り給え」(VII，684–87）とあるからである。リンカンのヒューというのは語り手の言うように「ついさいつころ」(a litel while ago）ではないが，1255 年，ユダヤによって九歳で ritual murder として殺された殉教者のことである。Ritual murder とは一種の人身御供である。ユダヤ人がキリスト者の子供をしかるべき儀式のために殺すことである。もちろんそういうことを言いたてるのは偏見による根も葉もない中傷で，13 世紀以来教皇によって何度も警告が発せられてきた。[6] Hugh の場合，証拠なしにユダヤ人が処刑されたし，Hugh はリンカンという地方の教会によって殉教者とみなされてきた。たまたま Henry IIIの地方巡回のおり，リンカンで直訴があってこの事件は大仰に喧《けん》伝されてイギリス人の心に残ったものである。[7] それが民間口承されるバラッドに歌い続けられてきているという事実からも，素朴な哀感をこの事件が喚起し続けてきたことが分る。F. J. Child が “Sir Hugh, or, the Jew’s Daughter” と題したもののうちで A の分類に入れたものによると，[8] Hugh は友達とボール遊びをしていたが蹴ったボールがユダヤ人の家に入ってしまった。なんの疑うことも知らないで，誘われるままに家の中に入り，殺され，鉛の重しをつけられ井戸へ放りこまれる。ずいぶんペーソス豊かに歌われている。Hugh の母親の取り乱しが感傷を呼ぶ。入相の鐘が鳴り，一日の営みが終ってもわが子が帰って来ない（他家では子供たちは帰宅しているのに)。たまらずマントを取り出して捜索に出かける母親，いるなら Hugh 坊や答えておくれ云々。[9] 母の悲しみという点では Chaucer の場合でも母親は子供の帰りを待ちわびる。

This poure wydwe awaiteth al that nyght
After hir litel child, but he cam noght;
For which, as soone as it was dayes lyght,
With face pale of drede and bisy thoght,
She hath at scole and elleswhere hym soght.... (VII, 586-90)

(大意：このかわいそうな後家は，一晩中子供の帰りを待っていましたが，帰って来ませんでした。それで，朝の日の光がさすと，すぐに怖れと心労のために青ざめた顔で学校やその他の場所を探しました。)

一夜子供の帰りを待っても帰って来ない。青くなってあれこれ思いをめぐらせ，夜が白むや彼女は探しに出たのである。そして，

She gooth...
To every place where she hath supposed
By liklihede hir litel child to fynde.... (VII, 594-96)

(大意：彼女は……我が子が見つかるかもしれないあらゆる場所に出かけました。)

殉教者の幼さは，幼いがゆえに優しい母の嘆きによってその哀れさが増幅される。幼児殉教として有名なものはイギリスでは他に1144年，やはりユダヤ人によって残酷に殺されたWilliam of Norwich の十二歳での殉教があってよく民間に流布していた。殉教者が幼児または少年であることによって悲哀感，悲痛感が増幅される。一般に悲哀感というのは，同じく強い情緒的効果をねらっていても，悲劇感とは違って人物の受難に関しては受動的である。人物は被害者であり，その受難が共感を呼ぶ。もしその受難が理不尽であり不条理なものであるならより強い感情に揺り動かされる。だから，あどけなさとか無実ということが悲哀感を誘発する人物の必須条件である。戦う力のない弱さ，無力さに加えられる敵意ある力が強ければ強いほどその対照感から劇的に哀感がたかまる。この無力さ，弱さ，あどけなさということなら子供や少年の不条理な受難が効果的であろう。女子修道院長のこの話に一番近い類作 C グループ[10]の中で殺害された幼児に該当する人物がほとんど ‘puer,’ すなわち「子供」ですまされているのを，Chaucer はそれにことごとく ‘litel,’ ‘sely,’ ‘innocent,’ ‘yonge,’ ‘deere’ といった形容詞で随所に修飾しているのも哀感誘引のひとつの手段であろう。[11]

哀感誘引ということなら，この作品が聖母マリアの奇跡話でもあるということも当然のことながらその理由になっている。語り手の聖母への呼びかけが数え切れないほどある。第一，語り手女子修道院長は自分の語る話に聖母マリアのおん助力を呼びかけている（Ⅶ，483f.）。そういう呼びかけで重要なものは聖母は我らの思惑に先だってキリストへと我らを導いてくださる，という発言である。

Thou goost biforn of thy benyngnytee,

And getest us the lyght, of thy preyere,
To gyden us unto thy Sone so deere.　(VII, 478–80)[12]
（大意：あなたは，慈悲の心から，人の祈りに先行して，祈ってくださり，我らを優渥なるあなたの御子のもとに導く光を得てくださる。）

これは中世後期のマリア奇跡の本質部分をついている。12世紀通俗文学にあらわれる聖母マリアの奇跡の特徴は他の聖人のそれと違って，特定の物的遺物や場所と結びついていないことである。[13] ために人は個人の心の内部の問題として聖母に帰依することができる。聖母は遍在におわしてあまねく人間の心の中を見通しなさる。だから善男善女は聖母奇跡話中の人物の遭遇する事件を我がこととして読みこみ，その人物に容易に自己同化できるのだ。一定の階級や一国に限られることなく，およそ人とあらばいずこの人であろうが，どこでも誰でも聖母のお情けを受けることができる。その慈悲をいただく資格はただ帰依，献身だけ。そしてその奇跡は，マリアの母性ゆえに，弱い者，貧しい者，愛を受ける資格のない者にもしばしば起る。子供にも，か弱い未亡人にも，堕落修道僧にも，誓願を捨てた修道女にも，盗人にも，ユダヤ人にさえそのおん情けは注がれる。ただ日頃の帰依と悔悛があれば。そういう聖母マリアの奇跡話が数知れず語られ記述され，残っている。弱い，しかし日頃母の言いつけをまもってアベ・マリアの祈りを唱え，上級生に「救い主の聖なるおん母」を幼児らしくあどけないひたむきさで教授を願い，幼児らしく一途に学校の往復にそれを詠い続ける七歳の子に（C グループの類作とくらべると Chaucer における子供が一番年齢が低い）聖母マリアの慈悲が向けられないはずがあろうか。それが罪なき無力な幼児であればあるだけ，マリアの母性が向けられないはずがない。それは聖母マリアの娘，侍女としてのこの語り手修道女の優しさ（conscience and tendre herte）（Ⅰ，150）でもある。そういう意味で，この幼児殉教話，聖母マリア奇跡話は，[14] まこと女子修道院長 Madame Eglentyne にふさわしい話である。

ii

“The Prioress's Tale” で研究者を悩ませ続けてきた問題がある。それはこの話がカンタベリ巡礼一行の中でも女子修道院長 Madame Eglentyne のする話だ，ということに焦点が集っている。つまり *The Canterbury Tales* の “General Prologue” にそのポートレイトが紹介されたあの Eglentyne のする話としてふさわしいかどうか，ということだ。ふさわしいといえばこれほどふさわしいことはない。修道誓願をたて，キリストの心正しき天の花嫁，いわば聖母マリアの娘，召女として修道生活を送る女性が，聖母の奇跡話を語るわけだから。ところが問題は優しいはずのこの女子修道院長 Eglentyne の語るユダヤ人処刑の模様が余りにも情知らず，残酷であるのはどうしたことか，ということに関心が集中してきた。治安判事が直ちにかけつけて裁判も行なわず，

　With torment and with shameful deeth echon,
This provost dooth thise Jewes for to sterve

That of this mordre wiste, and that anon.
……………………………………………
Therfore with wilde hors he dide hem drawe,
And after that he heng hem by the lawe.　(Ⅶ, 628–34)

（大意：長官はこの殺人のことを知っていたユダヤ人を皆拷問にかけ，恥ずべき死を与えました，しかも直ちに。……それで，長官は彼等を荒馬に引かせ，法によって吊し首にしたのです。）

とある。拷問にかけて死刑にした。しかもすぐ（that anon）にである。直接の犯人は馬で引きずりまわし絞首刑にする，といったユダヤ人の扱いが，優しかるべき女子修道院長らしくないということである。

この問題は “General Prologue” で紹介された件の女子修道院長 Eglentyne の性格と関係をもってくる。慎ましく，賛歌もうまく，フランス語の心得もあり，テーブルマナーもよろしく宮廷風にかなっている。美しく，小動物に優しい。着こなしも隙がなく，珊瑚のロザリオを携え，それに金のメダイユ，というこの女性は，いろいろ過去，研究者によって取沙汰されてきた。概して，この女性への好意悪意は別として，当時としてははなはだ世俗的雰囲気をただよわせる当世風な修道女であることが指摘されてきた。こういう見方の草分けといってよいし，そしてそれに尽きるといってよい研究が今世紀始め，J. L. Lowes によってなされている。この女子修道院長は ‘the engagingly imperfect submergence of the feminine in the ecclesiastical’[15] だというのだ。その澄んだ瞳，かたちのよい鼻，小さな赤い唇，広い額等が宮廷の貴婦人の伝統的描写で，それが修道女に期待される起居振舞，風貌と微妙に不釣合を示すところにアイロニがあると Lowes は言うが，[16] 後年の Muriel Bowden や Jill Mann の読みも大同小異この線にそっている。Eglentyne はその身，墨染の衣をまとう身分でありながら世俗的な虚栄にも女性らしい興味があるらしいし，[17] 修道院の外の世界が気になって仕方がない修道女である。[18] そこには宮廷婦人と修道女の conflation がある。それは Chaucer の彼女への諷刺でもあるのだ。[19]

彼女は戒律や規則を何気なく犯しているふしもある。広い美しい額が魅力的だが，これとても，きまりどおりベールを眉の上まで下ろしていれば誇示できないはずである。定期の修道院巡察での司教への報告書にしばしばベールをあげている修道女について，けしからぬ，という報告があるのも現実にそういう修道女がいたということである。[20] Eglentyne は仔犬を数頭飼っている。同じように巡察の時の報告書に，さる女子修道院長が犬を飼っていて，その犬がいつも彼女の後をぞろぞろと追い，その吠え声がミサの妨げになる，と司教に報告されている事実をみても，[21] Eglentyne が規則もしくは戒律違反をしている気配がある。

そもそも Eglentyne は心優しい女性で（so charitable and so pitous〔Ⅰ，143〕; al was conscience and tendre herte〔Ⅰ，150〕)，ねずみが罠にかかっているのを見ても，また飼犬が撲たれたり死んだりしても，さめざめと泣かれた（wolde wepe〔Ⅰ，144〕; soore wepte〔Ⅰ，148〕）そうである。その優しさは日頃これらの仔犬を「ロースト肉，ミルク，上質の白パン」

(rosted flessh, or milk and wastel-breed)（Ⅰ，147）で養っていたことにもあらわれている。しかし数世紀にわたって重んぜられてきた St. Benedictus の修道院戒律では肉食は禁止であったはず。[22] また ‘wastel-breed’ は 15 世紀のロンドン市庁の記録によると，*demeine* と呼ばれる最高級のパンの次にランクされる上質の小麦パンで，[23] それ以下に小麦とライ麦の混合パン，ライ麦パン，カラス麦パン，さらにはそら豆，えんどう豆，糠などを交ぜた砂のようなパンまであったというから，[24] ずいぶんと上質のパンを仔犬の餌にしていたわけである。Eglentyne 自身も常食にしていたものであろう（彼女自身は粗食をくらい，犬にだけ馳走をしていたとも思われない）。St. Benedictus の戒律のⅣ，12 の「快楽を求めないこと」(delicias non amplecti）の違反だと言われても仕方がない。これほどの小動物への日頃の優しい心，そしてそういう動物が折檻された時の憐れみの涙，これが彼女の ‘conscience’（Ⅰ，142，150）なのである。[25] たしかに St. Benedictus の戒律に「愛を放棄しないこと」(caritatem non derelinquere）とあるが[26]その実践のつもりかもしれないし，修道の祖 St. Francesco の小動物や花々への愛を真似ているのかもしれないが，St. Thomas Aquinas も言うように，そもそも「友愛（amicitia）は理性的動物（rationales creaturas）に対してしか持たれえないものである。それはこうした被造物においてこそ愛しかえすということや生の諸々の活動を共にするということが可能」であるからだ。[27] Eglentyne の仔犬やねずみに対する優しい関心は一見他者の苦しみに対する共感のようにみえても，それは現実には「生の諸々の活動を共に」している隣人の苦しみ，というより動物，非理性的被造物（creaturæ irrationales）に向けられている。彼女のロザリオに下っているメダイユに彫られている「愛はすべてを征服する」(Amor vincit omnia）というモットーも，その「愛」(amor）が，もともと世俗の愛を指すにしろ，また当時は聖なる愛を指示するように用いられていたにしても，[28] その内容が極めて曖昧で，皮肉で，隣人への真の共感的愛（misercordia）のパロディとしてある，[29] ということも首肯できる。こうして，そもそも彼女の愛の精神がまがいもののそれであるなら，彼女の「優しい心」の発揮も語るに落ちるのであり，そのユダヤ人への酷薄な姿勢は本来の偏見に発する醜い心の仕組みで，彼女はこういう話をするのにふさわしいとも言えるのである。

それにしても，たといまがいものの愛であっても小動物に涙することのできる心根と，たとえ残酷な拷問や処刑が，世に仇なす者に対してであっても，それを平然と描写しうるということとの異和感が残る。世俗的な傾向を示してはいるが，ねずみの死に涙する女子修道院長には殺戮と拷問の話はふさわしからず，宮廷風の物語こそよけれ，とするKemp Malone[30] や，彼女の幾分ねじれた（warped）性格を指摘し，Chaucerの彼女へ向けた寛容さを指摘しながらも，修道誓願をたてた修道女の信心と，対ユダヤ人感情に見られる非寛容の偏狭な信仰（bigotry）との不釣合を指摘せざるをえなかったR. J. Shoeck, [31] 彼女の厳しさはその優しい心と相容れないとするE. T. Donaldson[32] なども，どこかでそういう不自然さに気がついていたのである。Muriel Bowdenに至ってはむしろ彼女のまがいものの優しさの不自然が，ユダヤ人に科される拷問をまったく平然として描く事実によって確認された，とさえ発言する。[33] むしろそれを敷衍すれば，こういう Eglentyne にこういう話はふさわしいとさえ言える。

ひるがえって “General Prologue” の Eglentyne を百パーセント弁護する Sister M. Madeleva の立場（Benedictus の戒律に逐一照しても彼女の起居振舞，衣服を修道生活にかなったものだとする）[34] にたっても，なおさら彼女のユダヤ人の残酷な処刑描写は修道女にふさわしくないことになる。[35] それに Madeleva はこの女子修道院長の話す幼児殺害の物語を論ずるに際しても反ユダヤ人感情には言及していないから，Eglentyne の残酷さには関心を示していないことになる。

こうして解釈は堂々めぐりをする。集約するところ，ねずみの死にも涙する Eglentyne には殺戮の話はふさわしくない，という Kempe Malone の発言，すなわち，

> …this tenderheartedness of hers does not go well with the story of a murder, much less the murder of an innocent child. A woman who weeps at the sight of a dead mouse is hardly the right person to tell a tale of throat-cutting and torture.[36]

のところで堂々めぐりをしているのである。たかがねずみや仔犬の死に涙するのが本来の ‘conscience’ であるのか。また庶民といえども人間さえ簡単に口にできない餌で仔犬を養っているのは女性本来の ‘conscience’ であろうか，という問いかけに整合性はあるにしても，その彼女もおそらく船上で打物とっ

ての激戦で優位にたつと敵を海路それぞれの故郷に送ってやった（つまり海に切って捨てた）というカンタベリ巡礼一行の船乗り（Shipman）の ‘conscience’ の無さ（Of nyce conscience took he no keep.）（I，398）には悲鳴をあげたであろう。[37] それが自然な情の動きだ。たしかにそれは世俗の女性の自然の心かもしれない。そういう目前の残酷さに悲鳴をあげる女性の感傷的な心の動きであろう。H. L. Frank も言うように女性特有の ‘whimsical, capricious, emotional, irrational, unconventional’[38] なものであるとも言える。

iii

そもそもこの話はその反ユダヤ主義（anti-semitism）のゆえに特にことあげさるべきものではないのである。14 世紀のイギリスのユダヤ人への反感は同時代の神学的解釈や現実生活のユダヤ人の起居振舞を認識したうえでの根拠あってのことではない。(第一ユダヤ人の ritual murder の習慣は 13 世紀にすでに述べたように再度教皇によって否定されているし，1290 年にはすでに Edward I がユダヤ人を国外追放したのは周知の事実である。）Eglentyne やその背後にいる Chaucer も，集団としてのユダヤ人を日常生活で認識しているわけではない。ユダヤ人が子供を殺すという俗信の確認は現実の経験ではないはずだ。反ユダヤ人感情は宗教的偏見，誤解にもとづくものだろうし，外の世界からやって来たものをまるで鬼や悪魔のように忌避する民衆的感情であろう。迷信にどっぷりつかっていた時代の人々の意識の中にある恐怖の情が客観化されてユダヤ人に託されたものであろう。[39] それはこの作品の類作群（もっと後年の）ユダヤ人の扱いを見ても分るし，聖史劇にもしばしばサディスティックなまでキリストをいじめるユダヤ人が平然と描かれていることからもうなずける。中世劇においてこれらのユダヤ人は決して現実のユダヤ人ではなく，非個性化されたポートレイトである。非個性化されているということは一般化されているということ。一般の人の一般的な俗信的恐怖が，ユダヤ人一般を忌避することによって除去されるのである。[40] そういう一般的なユダヤ人観をふまえているがゆえにこそ，この話におけるユダヤ人の処刑のむごたらしさもひとつの型として定着しているということで，特に取りたてて Eglentyne の残酷さのあらわれというわけでもない。

12 世紀のウエイルズの修道僧 Thomas of Monmouth による殉教少年 William of Norwich 伝によると，この 1144 年の ritual murder にかかわったユダヤ人の処刑は次のように誌されている。

> Since then it is certain...that the most blessed boy and martyr William was slain by the Jews, we believe that it was brought about by the righteous judgement of God that these same men, being guilty of so horrible a crime, suffered so prompt a retribution for such deliberate wickedness, and that the rod of heaven in a brief space of time exterminated or scattered them all.[41]

“The Prioress’s Tale” においてもこの幼児殺害にかかわったユ

ダヤ人が死刑になった。しかもすぐ（and that anon）とあるのも特に怪しむにたらない。Hugh of Lincoln の場合も，この事件のもっともポピュラーな文献，Matthew Paris（c1200-59）の *Historia Anglorum*（イギリス史）に首謀者の一人のユダヤ人 Copin の処刑を「馬の尻尾に縛りつけられ，処刑場まで引きずっていかれた」(he was tied to a horse's tail and dragged to the gallows.）と記しており，[42] またこの事件を扱ったほぼ同時代の *Annales de Burton*（バートン年代記）にも Jopin という首謀者が馬の尻尾にくくりつけられ，挙句のはて絞首された（tied to the tail of a horse, dragged a long way the streets...and hanged）という記述があるし，[43] さらに事件と同時代にアングロ・フレンチで語られたバラッドにも，犯人は息の絶えるまで町中馬に引きずられ，そのうえで絞首された，という件りがある。[44] こういうことをふまえると，「それで長官は彼等を荒馬に引かせ，法によって吊し首にしたのです」(Therfore with wilde hors he dide hem drawe,/And after that he heng hem by the lawe.)（VII，633-34）という “The Prioress's Tale” におけるユダヤ人処刑の記述も特にショッキングでもない。ユダヤ人記述のひとつのパターンに従ったまでである。

この作品の本質はそういう anti-semitism にあるのではない。女子修道院長 Eglentyne は最後にこの幼児の痛ましい死を殉教少年 Hugh of Lincoln の死に擬して，わたしたちもこの子に天国で逢えますように，と祈るが，それはこの話を殉教話と見立てている姿勢である。そのことはこの幼児を「ヨハネによる黙示録」の十四万四千人の天の小羊のお伴をする童貞（virgines）のひとりに見立てる姿勢からも了解できる。Eglentyne

が引きあいに出すHughの殉教の次第には聖母マリアのご介入はないが，このEglentyneの話は，もし聖母マリアの優しいご介入のエピソードが無ければ，作品として意味が無いのである。日頃，聖母マリアに帰依さえしておれば聖母はいつ，誰にでも応答される，いや祈りに先んじて慈悲をお示しくださる。そしておよそ人間的限界の世界を超越した勝利を無辜《むこ》なるものにお与えくださる。もしこの作品にモラリティありとせば，まさしくこの事実を例話（exempla）として我らのEglentyneは修道女としての公的な召命のままに巡礼一同に伝えたのである。いささか世俗のしみに染っているとはいえ，それは聖職者としての公的な声である。ただ小動物の死や折檻にも涙する優しさ，それは気紛れで理にかなったものでないかもしれないが，まさに女性としての優しさが幼児の死に涙することになったのである。したがってその幼児の死が痛ましく健気なものであるという効果が必要である。この子が無邪気で，一途で，かわいいということが優しい涙の誘発の要件である。Chaucerはそのように幼児を描いた。さればこそ聖母マリアもこの子の祈りに先んじて慈悲の手をさしのべられた。それは“General Prologue”に描かれた，聖にもつけず，俗にもつけないEglentyneの欲求願望である。幼児の母の嘆きをラケルの嘆きになぞらえたのは，彼女が幼児の母をラケルを通して，同じく嘆きの母である聖母に重ねることによって聖母の慈悲を引き出したのである。幼児の殉教を，当時の俗信どおりユダヤ人の暴虐による涙そそるものとすることによって，聖母のお情けを誘い出した。ユダヤ人はその効果のための引き立て役にすぎない。

Chaucerは幼児殉教話一般のもっている痛ましさという情緒

的効果を存分に利用して，また自らもその情緒的効果を意図的にたかめて，それを人口に膾炙《かいしゃ》している聖母マリアの奇跡話の中に織りこみ，聖母崇敬のテーマをモラリティとして出した。数ある類作の中でも，子供が生きかえるという奇跡話の類作系列に範を取らず，子供の死という悲痛さをもつ類作系列にその典拠を選んだ理由もそこにあるのかもしれない。

いずれにしてもこの作品は感傷性のたかい殉教話を素材にした聖母マリア奇跡話である。その感傷性がマリア奇跡話の生命であり，語り手の性格をよく物語っている。そしてそれはまたこの時代の好尚にもあっているのだ。すでに述べたように，14，15 世紀になって教会は信徒の教育を冷たい教条的指針によるのではなく，具体性の豊富な人間的憐憫，恐怖，歓喜，希望といった感情喚起に依存するようになってきている。キリストを描いてもその人性に焦点があてられる。つまり理性よりハートに，抽象よりも具体に，権威的教条よりも経験に訴えようとする。抽象を解読したうえで信徒の反応を期待するのではなく，直接反応を要求しようとする。[45] 受難を，奇跡を扱ってもそれを目の当りに見るという ‘experience’ が，四角四面な，ともすれば融通性を欠く ‘auctoritee’ に取って代りかけた時代であろうか。そうなると “The Prioress’s Tale” も Chaucer という才能によって生み出された時代の子でもある。

注

1　待降節から聖母お潔めの祝日（2 月 2 日）まで詠われる典礼交誦のひとつ。全文は，邦訳では「救い主の聖なるおん母，天の通路よ。あなたは変ることのない門，海の星。助けたまえ倒れても，まだ起きあがろうとする民を云々」。(『処女聖母マリアの小聖務日課』増補第二版，光明社，1965).

2　参考までに *M. E. D.* の与える名詞としての 'innocent' の語義を挙げておく。(a) A sinless person, guiltless person; (b) a harmless person, inoffensive person, someone not an enemy; (c) a guileless person, unsuspecting person; a naive, simple or foolish person; (d)? an inexperienced person, tyro; (e) a young child; esp. one of the Holy Innocents; (f) coll.: the innocent.

3　この 'cursed' は "The Prioress's Tale" では五度使用され（VII, 570, 574, 578, 599, 685），そのうち三つはユダヤ人に，ひとつはヘロデに，残りのひとつはカインへの形容詞として使われている。

4　Saint Ambrose, *Letters 1–91,* trans. Sister M. M. Beyenka. The Fathers of the Church, Vol. 26 (Washington, D. C.: The Catholic University of America Press, 1954), p. 269; Migne, J.-P., *Patrologiae cursus completus*, series Latina, 16 (Paris: 1845), p. 1139.

5　'Greyn' の象徴的意味の詳細については本書VI，4 において詳述。

6　"Ritual Murder," *The Catholic Encyclopaedic Dictionary*, ed. Donald Attwater, 2nd ed. (London: Cassell, 1949).

7　G. I. Langmuir, "The Knight's Tale of Young Hugh of Lincoln," *Speculum*, XLVII (1972), 459, 461.

8　F. J. Child, ed. *The English and Scottish Popular Ballads*, Vol. III (Boston: Houghton Mifflin, 1888), pp. 243–44.

9　Hugh の母親の痛ましさについては本書 IV，2 をも参照されたし。

10　Carleton Brown の調査では "The Prioress's Tale" の類作は 33 あり，それが，A，B，C のグループに分けられる。"The Prioress's Tale" は C グループに属する。(W. F. Bryan and Germaine Dempster, eds. *Sources and Analogues of Chaucer's Canterbury Tales*〔London: Routledge and Kegan Paul, 1941〕, pp. 447–85.)

11　VII，503，509，512，517，538，566，587，593，596，643，646，667.

12　同趣旨の発言は "The Second Nun's Tale" にもあるが（VIII，40–

56)，その典拠は Dante の *Paradiso*, xxxiii, 16-21 である。

13　Benedicta Ward, *Miracles and the Medieval Mind* (Philadelphia: University of Pennsylvania Press, 1982), pp. 164-65.

14　この作品が殉教話か，マリア奇跡話かということについては本書，IV，4 を参照。

15　J. L. Lowes, *Convention and Revolt in Poetry* (London: Constable. 1910), p. 60.

16　J. L. Lowes, "Simple and Coy," *Anglia*, XXXIII (1910), 440.

17　Muriel Bowden, *A Commentary on the General Prologue to the Canterbury Tales* (New York: The Macmillan, 1954), p. 98.

18　*Ibid*.

19　Jill Mann, *Chaucer and the Medieval Estates Satire* (Cambridge: At the University Press, 1973), p. 153.

20　G. S. Daichman, *Wayward Nuns in Medieval Literature* (New York: Syracuse University Press, 1986), p. 153.

21　*Ibid*., p. 28.

22　その 39 章に「四つ足の動物」(carnium quadrupedem) を食することをひかえよ，とある。(*The Rule of St. Benedict: The Abingdon Copy*, ed. from Cambridge Corpus College MS. 57, ed. John Chamberlin. Toronto Medieval Latin Texts〔Toronto: Pontifical Institute of Medieval Studies, 1982〕, 9, p. 49; ヌルシアのベネディクトゥス『戒律』古内暁訳，『中世思想原典集成』5，「後期ラテン教父」[平凡社，1993]，p.255).

23　Bowden, p. 99.

24　B. A. Henish, *Fast and Feast: Food in Medieval Society* (University Park: The Pennsylvania University Press, 1976), p. 155.

25　この 'conscience' は Chaucer 自身が 'tendre herte' と言い直しているので，*M. E. D*.の与える 'tenderness of conscience, solicitude, anxiety' (4)の意味をもつものであろうが，女子修道院長の性格描写はアイロニに満ちたものであるので 'The faculty of knowing what is right, esp. with reference to Christian ethics; the moral sense, one's conscience; awarenss of right and wrong; consciousness of having done something good or bad.' (*M. E. D*., 2〔a〕) の意味も当然寄り添っているだろう。

26　*The Rule of St. Benedict*, IV, 26.

27　『神学大全』第2冊，高田三郎訳，Qu.　20 art.　2,（創文社，1978），p.201.

28　*The Riverside Chaucer*, p. 805.

29　J. M. Steadman, "The Prioress's Dogs and Benedictine Discipline," *MP*, LIV (1956), 1, 5.

30　Kemp Malone, *Chapters on Chaucer* (Baltimore: Johns Hopkins Press, 1951). pp. 218-19.

31　R. J. Schoeck, "Chaucer's Prioress: Mercy and Tender Heart," *Chaucer Criticism*, ed. R. J. Schoeck and Jerome Taylor (Notre Dame: University of Notre Dame Press, 1960), pp. 249, 253.

32　E. T. Donaldson, ed. *Chaucer's Poetry* (New York: Ronald Press, 1958), p. 933.

33　Bowden, *op. cit*., pp. 99-100.

34　Sister M. Madeleva, *Chaucer's Nuns and other Essays* (1925; reissued, Port Washington: Kennikat Press, 1965), pp. 3-41.

35　Eglentyneの外見，衣裳，振舞の諸特徴を伝統的なマリア描写の意識的模倣で，必ずしもその世俗性の証拠とならないとするH. L. Frankの立場もあるが（"Chaucer's Prioress and the Blessed Virgin," *ChR*, VIII〔1979〕, 4, 359)，その場合は彼女の修道女としての召命による公的な立場が対ユダヤ人感情の表白であることを弁護することになる。

36　Malone, *op. cit.,* p. 218.

37　ちなみに *The Canterbury Tales*, Fragment VIIでこの "The Prioress's Tale" に先だった話は "The Shipman's Tale" であり，この女子修道院長と船乗りのする話を連続させることによって "General Prologue" における船乗りの考える 'conscience' と女子修道院長の意識する 'conscience' の比較をChaucerは意識したとも言えよう。

38　H. L. Frank, *op. cit.,* p. 359.

39　だからユダヤ人といえば 'false' であるし，'caytyves accorsed for evere' であり，'cursed　caytyves' と相場が決っていたわけである（William Langland, *The Vision of Piers Plowman: A Complete Edition of the B-Text*, ed. A. V. C. Schmidt [London: J. M. Dent, 1978], XVIII, 92, 93, 96).

40　Stephen Spector, "Anti-Semitism and the English Mystery Plays," *The Drama of the Middle Ages*, ed. Clifford Davidson and others (1934; rpt. New York: AMS, 1982), pp. 330, 338.

41　Thomas of Monmouth, *The Life and Miracles of St. William of Norwich*, ed. and trans. A. Jessopp and M. R. James, 2. 13, p. 97. (Benedicta Ward, *Miracles and the Medieval Mind*, p. 68 より引用)。

42　Matthew Paris, *English History*, Vol. III.: trans. J. A. Giles (1854; rpt. New York: AMS Press, 1968), p. 140.

43　Child, *The English and Scottish Popular Ballads*, Vol. III. p. 237.

44　*Ibid*., p. 239.

45　R. W. Frank, "The *Canterbury Tales* III: Pathos," *The Cambridge Chaucer Companion*, ed. Piero Boitani and Jill Mann (Cambridge: Cambridge University Press, 1986), pp. 144–45; C. P. Collette, "Sense and Sensibility in the *Prioress's Tale*," *ChR*, XV (1980), 2, 139–42.

4　幼児の舌におかれた ‘Greyn’ とは
—再び “The Prioress’s Tale” について—

This welle of mercy, Cristes mooder sweete,
I loved alwey, as after my konnynge;
And whan that I my lyf sholde forlete,
To me she cam, and bad me for to synge
This anthem verraily in my deyynge,
As ye han herd, and whan that I hadde songe,
Me thoughte she leyde a greyn upon my tonge.

(Ⅶ, 656-62)（下線筆者）

（大意：この慈愛の泉，キリスト様の美わしのおん母を僕はいつでもできる限り愛していました。僕が命をおとそうとする時，来てくださり，死に際にこの歌を詠うようにお言いつけになりました。それはお聞きのとおりです。詠いおわると，このお方は僕の舌の上に一粒の greyn を置かれたように思いました。）

七歳になる学童（litel clergeon）（Ⅶ, 503）が，ユダヤ人に喉を掻き切られても，聖母マリアが舌にのせてくだった ‘greyn’（=grain）の功徳で交誦「救い主のおん母」（Alma redemptoris mater）を詠い続ける。‘Greyn’ が取り除かれると彼は静かに（softely）（Ⅶ，672）息を引きとる。“The Prioress’s Tale” の顚末である。F. N. Robinson はその Chaucer 全集で（長く研究者の間で標準テキストとなっていたが），この ‘greyn’ を ‘pearl’ と注している。Pearl が聖母マリアの象徴として普く認識されていたという事実をふまえてのことである。[1] 教科書版として定評のある James Winny 編のこの物語の評釈でも ‘greyn’ を，清純のエンブレム，すなわち ‘a small pearl’ としているが，[2] おそらく Robinson の評釈をふまえたものであろう。L. D. Benson の新しい版では，しかし，Robinson のそれも含めた ‘greyn’ のさまざまな先行学者の解釈が紹介されていて，[3] この ‘greyn’ の象徴的意味解釈がまだまだ議論の余地を残していることを実感させる。

i

幼児が「救い主の聖なるおん母」を詠い続けることができるようにと‘greyn’が聖母マリアによってその舌の上に置かれたのであってみれば，‘greyn’は無条件に自分に帰依する人々に対して聖母マリアが示される優しいご介入のしるしで，この物語は聖母マリア奇跡話の一挿話として構築されているかのように思われる。しかし，もしこの物語が全面的にマリアの無際限の慈悲を顕彰するためだけのものであったとすれば，この幼児がマリアの慈悲によって生命を蘇らせる構想の方が望ましい気がする。げんにこの話の類話の中には幼児は奇跡的に土の中から無疵で掘り出されることになっている。現在この奇跡話の類話が三十三話想定され，Carleton Brown によって A, B, C として分類整理されている。[4] A グループは明らかにこの伝説の最も早い形をとどめていて，交誦詠唱が彼の遺体の発見につながり，聖母マリアのご霊現によって生を取り戻し，彼の甦りがユダヤ人の回心をうながす。グループ B でも構想はほとんど同じだが，幼児の母のエピソードは欠落している。C グループにおいてのみ（そして Chaucer の "The Prioress's Tale" もそのひとつ）幼児の生命は肉体的には甦らず，涙にかきくれた人々を残して息を引きとることになっている。グループ A と B は純粋のマリア奇跡話のタイプを残している。それらは中世のキリスト教視点からみると望ましい一種のハピーエンディングとなっている。しかし C グループは幼児がユダヤ人の ritual murder の犠牲になるという幼児殉教話の要素を採用している。Chaucer はおそらく自分の話の出所を C グループから選んだものであろう。"The Prioress's Tale" は，そういうわけで，単にマリア奇跡話だけでなく殉教の話でもあるのだ。'Greyn' の意味解釈の鍵をこの点に求めてみよう。

C グループに分類される類話の中で，四つの話はいずれも奇跡をあらわす効験をもつものが少年の口中に発見されることになっている。Brown 分類の C5（Vernon version〔Bodelian MS. 3738〕）では，それは 'A lilie flour, so briht and cler,' [5] C6 では（すなわち Chaucer の場合）は 'a greyn', C9（Alphonsus a Spina, *Fortalicium fidei*〔Basil, c. 1475〕），では 'a precious stone'（lapidem preciosum）[6], C10（Trinity College, Cambridge, MS. 0. 9. 38, fol. 37）では 'a white pebble'（lapillum album）[7] とある。どのような象徴的意味をそれらが抱い

ているにせよ，Chaucer の ‘greyn’ も含めてこれらのものが殉教話の論理を示唆しているかどうか検討してみることが必要であろう。

まず中世的立場にたって殉教の意味について考えてみたい。殉教者とは，キリスト教信仰の証しとして自分の生命を死にさらした人のことである。Clemens I（c30–c101）は，その『第一書簡』において，ペテロやパウロの受難に際しての忍耐に触れつつ，殉教者とは「不当な嫉妬のため，一，二度ならず数度の苦難に堪え，己が信仰の証しをたて，栄光の座に昇った人」のことだと言う。[8] Ignatius Antiochenus（d107）によれば，殉教者とはその試練と死によってキリストのまねびを完全に遂げた人の意である。[9] Origenes にとっては殉教とは，悪の力に対する勝利の証しと甦りの顕現であった。[10] Tertullianus（c160–c222）は殉教を第二のバプテスマだと考える。なぜなら，それは，およそ罪とし罪を除き，殉教者に永遠の天国を保障するものだからだ。[11] バプテスマということなら Origenes も殉教を血のバプテスマだとする。救い主がこの世を清め給うたように，殉教は多くのものを清めるからだ。[12] こう見てくると，殉教というものは，逆説的に言えば，死ぬことによって生きる，つまり肉体的な死によって霊的に永遠の生を得ることであろう。

三つの条件が殉教者に要求される。まずは肉体的な死を経験すること。次にその死が神の真理を求める生活に対して他者が抱く憎悪によってもたらされたものであること。最後に，死が護教のための自発的な受容たるべし，ということになる。[13] “The Prioress’s Tale” における幼児の死は上述の第一，第二の条件にはかなっている。第三の条件については幾分の問題なしとしない。この物語における幼児の死は自発的なものではなく，受身のもので偶発的なものである。しかし女子修道院長（その背後にはChaucerがいる）はそういう神学的厳密さには関心がないのではないか。14，15世紀における哀感誘引をこととするセンチメンタリズムは，それほどの戸惑いもなくこの幼児を殉教者として受けとめたのではないか。Chaucerも当然人々の殉教解釈に対する柔軟な姿勢に同調しているのではないだろうか。この最後の条件は等閑視してよいものではないが，イタリアのドミニコ会修道士 St. Cajetanus（1469-1534）が，人は睡眠中にも殉教を成し遂げることができるし，洗礼をまだ受けていない嬰児でも，その父母の信仰によって救われる，と譲歩していることも，[14] Chaucerより後年の神学者による主張ではあるが，殉教認定に関しては示唆的である（我々はここで，この幼児の母親が寡婦として常々我が子に「キリスト様のおん母を崇敬する〔Cristes mooder deere/To worshipe〕〔VII，510-11〕」ようを教えていたことも思い出したいところだ）。如上のことを考慮に入れると，教会が無《む》辜《こ》嬰児を殉教者の中に入れて祝日を設けることを躊躇しなかったこともうなずけるし，この女子修道院長もこの幼児を「ヨハネの黙示録」において小羊に従う十四万四千人の「女に触れて身を汚したことのない」「童貞」（virgines）（黙，10.4）にくらべることをあえてしたのであろう。彼女は詠う，

O martir, sowded to virginitee,
Now maystow syngen, folwynge evere in oon
The white Lamb celestial...

Of which the grete evangelist, Seint John,
...which seith that they that goon
Biforn this Lamb and synge a song al newe,
That nevere, flesshly, wommen they knewe.　(VII，579-85)

（大意：ああ，殉教者よ，純潔と結ばれて今やあなたは，心を一つにして，尊い純白の小羊のお供をして詠うことができるのです。かの偉大な福音伝道者ヨハネが……言っているように，女性の体に生涯触れたこともない者は，この小羊の前で全く新しい歌が詠えるのです。）

それでは “The Prioress's Tale” の他の三類話における幼児の舌にのせられた，それぞれ 'a lilie,' 'a precious stone'（lapidem preciosum), 'a white pebble'（lapillum album）の象徴的意味は何なのであろうか。それらは伝統的なマリア奇跡話に適用された殉教伝統育成にどのようにかかわっているのであろうか。'Lilie'（＝Lily）は清純のシンボルとして伝統的にキリスト，聖母マリア，他の伝説的処女母，聖人などの属性と考えられてきた。[15] 従って聖母マリアの慈悲のしるしとしてこの花を受けとめる姿勢は自然なものであろう。'Lily'のイメジはこの幼児の清純とマリアのそれとを関係づけるのに有効である。マリアの奇跡が中心的なトピックである伝説においてならばそれにふさわしいと言えるであろう。'Lily'はさらに永遠性，永遠の愛，甦りの象徴でもある。大地に埋まったままでその種は再び成長するからだといわれている。[16] それなら殉教の象徴としても適切であろう。しかし Chaucer の 'greyn' がとりもなおさず 'lily' であると考えるのは早計である。なぜなら，

'greyn' は穀物の種であり，他方 'lily' は花である。こんどは他の類話の 'precious stone' もしくは 'white pebble' を 'pearl' だと考えてみよう。'Pearl' はその単性（処女）生殖性（parthenogenesis）[17] のゆえに聖母マリアの属性と分ちあうものを持っており，Robinson が考えるように stone や pebble に代置された 'greyn' も 'pearl' のシンボルと結論するのもそれほど牽強付会《けんきょうふかい》でもない。"The Prioress's Tale" に殉教の要素はなくただ一筋に聖母マリア奇跡話だとする限りにおいてならば，'grain-equals-pearl' 説も可能である。

ちなみに中期英語詩 *Pearl*[18] の中に 'pearl' のイメジが無辜嬰児と関連づけられているところがある。二歳でみまかった一人の幼児（faunt）（161）がしばしば 'precious perle' と呼ばれる（4，48，82，192 etc)。エルサレムにおいて「いけにえの羊」（þe Lombe þe sakerfyse）（1064）に従う十四万四千人の嬰児の中に彼女が発見されるのである。しかし *Pearl* では 'faunt' が小羊に従う者としての資格を得たのは殉教者として殺されたからではなくて，純潔のまま汚れなく（Vmblemyst… wythouten blot）（782）みまかったがゆえである。*Pearl* の例は必ずしも 'grain-equals-pearl-equals-martyrdom' の説を支えるものではない。

'Greyn' はやはり穀粒であり，'pearl' は宝石真珠なのだ。それぞれがひとつのものとしての別個の実体を持っている。たとえ 'greyn' がなんらかの抽象概念を連想させ，それが 'pearl' のそれと同じであっても，それはこの両者がたまたま同一の属性を分ち持っているというだけのことである。だからといって 'greyn' 即 'precious stone' もしくは 'pearl' ということにはならないのではないか。‘Greyn’ は宝玉でもなければ石でもない。あくまで「一個の植物の種であり……小さく，固く，その形状まるいものである」（*O. E. D.*, s.v. *grain*)，またラテン語 ‘granum’ は「穀草の種」(the seed of a cereal plant)（*Oxford Latin Dictionary*, ed. P. G. W. Glare, 1982）である。問題はこの穀草の種がその植物という個有性のまま何を象徴しうるかということである。Sherman Hawkins はその “Chaucer's Prioress and the Sacrifice of Praise”（*JEGP*, LXIII〔1964〕, 4, 614–17）において，「マタイによる福音書」13 章からの二つのたとえ（13.31, 45）に触れて，‘grain’ と ‘pearl’ の共通性を説いている。ひとつは「天の国はからし種（grano）に似ている」であり，もうひとつは「天の国は次のようにたとえられる。商人が良い真珠（bonas margaritas）を探している云々」である。Hawkins はこの二つのたとえから ‘greyn’ は「神のみことば」(verbum Dei) を表している，あたかも「良い真珠」がそうであるように，と結論する。「天の国」はしかし，「マタイによる福音書」13 章では，さまざまの仕方で他のものにもたとえられているのである。ある場合には「パン種」(fermento) にも，別の場合には「網」(saegenæ) にもたとえられる。それぞれの属性だけを取りあげてくらべてみるならば ‘greyn’ は「パン種」や「網」にも共通すると言えないことはない。それなら他の多くのものでもよいわけだ。Hawkins は ‘greyn,’と ‘pearl’ の同質性を両者の同形性（Lily にはそれがない）を考慮に入れて（聖書におけるたとえの整合性も考慮に入れて）思いついたものか。それとも真珠やダイヤモンドを計る時の重量単位としてのグレインが頭にあったのかも知れない。

Paul E. Beichner は ‘greyn’ を ‘pearl’ と解釈することに躊躇している。なぜなら「もし，この霊現あらたかな ‘greyn’ が宝石もしくは ‘pearl’ であるとするならば，聖職者としての心性を持つほどの人ならば誰でも間違いなくそれを聖遺物として取っておいたろう」[19] と言うのである。げんに他の二つの類話（C9，C10）ではそうなっている。しかし “The Prioress’s Tale” では，‘greyn’ が少年の口から取り除かれると，もはやそれについての言及はなくなってしまっている。それに Chaucer は，どの箇所でも ‘greyn’ という語を宝石，もしくは ‘pearl’を含意するものとしては用いていない。Beichner はそれで，‘greyn’ とは ‘grain(s) of paradise,’ すなわち古くからある喉の清涼剤（*O. E. D.*, s.v. *grain*, 4参照）ではないかと考える。[20] したがってこのイメジは一般に母が喉の痛みを訴える我が子の苦しみをやわらげるために用いる薬と連動している。そう考えると，幼児の母の愛情は聖母の母性的愛情と重なってくるし，喉を掻き切られた幼児の痛みをやわらげる聖母のご介入ともとれる。この話を聖母奇跡話としてだけとらえるならば Beichner の所見ははなはだ示唆に富んでいる。

ii

語り手女子修道院長は，このユダヤ人に殺された幼児を殉教者と裁定している（VII，579，610，680）。さらに小羊に従う十四万四千人の童貞にたとえている。つまり「神と小羊に献げられた初穂として人々の中から購われた者」（黙，14.4）にこの幼児をたとえて，「今やあなたは心を一つにして，尊い純白の小羊のお供をして詠うことができるのです」と言うのだ。そのうえこの幼児を「同じようにいまわしいユダヤ人に殺された」（slayn also/With cursed Jewes）（VII，684–85）巷間有名な幼児（少年）殉教者 Hugh of Lincoln とくらべるのである。[21] もし “The Prioress’s Tale” がマリア奇跡話という原型に導入された殉教話としても解釈可能とすれば，‘greyn’ もその線に沿って意味を解かれねばならない。今この幼児は神と小羊に献げられた初の収穫（primitiæ）として購われた無辜嬰児の一人になぞらえている。彼の魂は天国にある（Ther he is now, God leve us for to meete!）（VII，683）。それはより高き秩序に身を委ねたのであり，悪の力に対する輝しき勝利である。‘Greyn’ は聖母マリアの慈悲のしるしとしてだけでなく，殉教を通しての勝利の証しとしても理解可能である。

Chaucer と同時代に，アウグスティヌス会の修道士，サフォークの Osbern　Bokenham（1392–1477）という人がいて *Legendys of Hooly Wummen* という著書がある。[22] Jacobus a Voragine の *Legenda Aurea*（a book clepyd goldene legende）（282）に依拠した聖女伝拾遺であると言っているが，その St. Agatha の項で Bokenham も，彼女の殉教を ‘greyn’ の比喩で語るところがある。執政官 Quintianus によって与えられた苦しみをむしろ喜びとしてとらえている。

“For þis I wyl þou knowe certeyn,
That, lych as þe nobyl greyn whete,
Tyl yt be weel trosshyn & bete
And from þe chaf be partyd so clene

> That no fylth þer-in be sene,
> It ne shal be put in-to þe garnere
> Of þe lord; & so in lych manere
> May not my soule, depuryd from vyce
> Entryn yn of gloryous paradyce
> By palme of martyrdam to þe place
> But þou my body do al to-race
> Wyth þi tormentours ful dylygently.”
>
> (8570–81)（下線筆者）

逐語訳ではないが，Sheila Delany の現代英語訳を付しておく。

> For good wheat isn’t stored in the lord’s granary until it is threshed and beaten and separated from the chaff and made clean; similarly my soul can’t enter the place of glorious paradise by the palm of martyrdom until you destroy my body with your torturers and purify my soul from vice.[23]

あたかも ‘greyn’ がもみ穀から打たれ脱穀され主の穀倉に収納されるように，Agatha の魂は執政官に打たれ拷問されることによって天国に収納されるのである。彼女のこの堅忍の記述は *Legenda Aurea* に描かれる同じ場面からの翻案である。Bokenham における ‘greyn’ は *Legenda* の ‘triticum’（threshed grain of wheat）であろうし，‘By palme of martyrdam’ とあるところは，まさしく *Legenda* の ‘cum palma martiri’ の英語によるパラフレイズである。[24]

殉教との関係でのこの比喩はつとに St. Augustinus の著作に

もあらわれている伝統的なものである。その *In Joannis Evangelicum Tractatus*（ヨハネによる福音書論）において St. Augustinus は，受難者の叫びに触れつつ次のように説く。すなわちこの叫び声は一人の人間のものではない。信仰あつき者はもみ穀（paleas）の中で呻く「多くの grain（grana）」であり，あまねく世界に散らされたものであるからだ。[25] 同様の比喩は *Sarum Breviary* の無辜嬰児殉教者の祝日（12月28日）の第二晩課の中にもある。[26] そこでの応誦は次のごとくである。“Jacet granum oppressum palea,/justus caesus pravorum framea./Caelum domo commutans luta.” (The grain lies crashed from the chaff, the just man is felled by the sword of the sinner, changing his house of clay for heaven.)[27] 無辜嬰児殉教者の祝日の次に続くのが，カンタベリのトマスの祝日（12月29日）で，無辜嬰児の第二晩課は行列がカンタベリのトマスの祭壇にたどりつく時に唱される。その続誦の中に次のような一節がある。“Martir vitae donatus laurea/Velt granum purgatum palea./In divina transfertur horrea.” (The martyr, given the laurel wealth of life, is, like the grain purged from the chaff, transported into divine granaries.)[28] ここにも ‘greyn’ の比喩，すなわちもみ穀が打たれ天の新しい生命の王国に移されるという発想が見られるではないか。[29]

iii

この話の語り手女子修道院長は，ベツレヘムのすべての嬰児殺戮を命じたヘロデに言及して，幼児の母の嘆きを「もういない」子供たちのために嘆くラケルの悲しみ（マタ，2.18）にくらべている。そもそもラケルの嘆きは，もともと「エレミヤ書」31章，15節にあるもので，それが「マタイによる福音書」の2章に援用されているのである。息子たちの死へのラケルの嘆きについてSt. Ambrosius（c333–397）は農耕の比喩をかりて評釈し，蒔かれたものは文字通り穀物の種ではなく，実は殉教の種（martyrum seges）で，ラケルの子供たちへの嘆きは「キリストのために彼女の涙で洗われた子供たちを捧げる」（... ut lacrymis ablutos suis, pro Christo offeret infantulos）行為である，というのだ。子供たちを失ったことはむしろ一種の勝利であったのだ。[30] これはおそらくヘロデに殺された無辜嬰児のことが頭にあっての釈義であろう。女子修道院長もまた，すでに考察したように，この殺された幼児を無辜嬰児になぞらえ，「ヨハネの黙示録」14章，16節をパラフレイズして，殉教者はいつまでも小羊に従う童貞者にまじって「新しい歌」（a song al newe）を詠うことだろうと感動的に述懐している。幼児は今や意気揚々と，地上におけると同じように，天国においても新しい歌を詠うことが約束されているのだ。幼児は詠う，

> 救い主の聖なるおん母，天の通路よ。あなたは変ることのない門，海の星。助けたまえ倒れても……。
> （Alma Redemptoris Mater, quæ pervia cæli
> Porta manes, et stella maris, succurre cadenti....）[31]

聖母マリアは我らが倒れても助けてくださる。なぜなら，彼女は「天の通路」（pervia cæli）であるからだ。マリアが幼児の

舌の上に ‘greyn’ をおのせになった行為は殉教の種を蒔かれた行為なのだ。ひとたび‘greyn’が除かれるや，幼児は「良い種」（bonum semen），「御国の子」（filii regni）として（マタ，13.38），十四万四千人の天国における童貞の仲間入りをして「天の通路」を通って「新しい歌」を（canticum novum）（黙，14.3）詠うことになる。幼児が地上にて詠う「救い主の聖なるおん母」は天国における「新しい歌」への「通路」なのである。[32] 殉教が，Origenes も言うように，勝利のしるしであるなら「新しい歌」は勝利の歌であろう。中世の釈義では「歌」（canticum）は永遠なるものへのよろこびのあらわれであり，信仰の，愛の，聖寵のしるしであるのだ。[33] 外典「マカバイ，II」の 7 章に，おそろしい拷問に堪えた末，異教の王のもとで殉教する七人の兄弟の話がある。[34]「永遠の新しい生命」（æterne vitæ）（7.9）への甦りを信じて息を引きとるのだ。彼等は「神が再び立ち上らせてくださるという希望」を期待している（spem expectare a Deo, iterum ab ipso resuscitandos）（7.14）。彼等の母親はわずか一日のうちに七人の息子が惨殺されるのを直視しながら，主に対する希望のゆえに，喜んでこれを耐えたのである（7.20）。Origenes はこの母親の堅忍に言い及び，それを神への愛という力であるとする。「主は〔彼女の〕砦，〔彼女の〕歌」であるからだ。[35] St. Bernardus によれば，歌は「得られたる勝利」（pro obtentu victoriae）のために詠われる。[36] 七歳の幼児の歌は殉教の歌（canticum）であり，新しい勝利への道を開くものである。‘Greyn’ はその「新しい歌」が詠われる天国への「通路」として幼児の舌の上にのせられた。「天の通路」としての聖母マリアがそうしたのである。‘Greyn’ は幼児に，単なる犠牲者，受難者としての地位から，キリスト者の行為の顕彰者，殉教者の資格を与えたのだ。こうして “The Prioress's Tale” は聖母奇跡話の中に組みこまれた殉教話としての存在証明を十分に主張することができるであろう。

注

1 F. N. Robinson, ed. *The Works of Geoffrey Chaucer*, 2nd ed. (London: Oxford University Press, 1957), p. 736.

2 James Winny, ed. *The Prioress's Prologue and Tale* (Cambridge: Cambridge University Press, 1975), p. 736.

3 *The Riverside Chaucer*, p. 916.

4 W. F. Bryan and Germaine Dempster, eds. *Sources and Analogues of Chaucer's Canterbury Tales* (London: Routledge and Kegan Paul, 1941), pp. 447-50.

5 *Ibid*., pp. 473.

6 *Ibid*., p. 479.

7 *Ibid*., p. 482.

8 *The Apostolic Fathers,* Vol. Ⅰ, ed. and trans. Kirsopp Lake. The Loeb Classical Library (London: Heinemann, 1912), p. 17.

9 F. X. Murphy, 'Martyr,' *The New Catholic Encyclopedia*, Vol. IX (Washington, D. C.: The Catholic University of America Press, 1967).

10 *Ibid*.

11 *Ibid*.

12 Origen, *An Exhortation to Martyrdom*, *Prayer*, *First Principles: Prologue to the Commentary on the Song of Songs*, *Homily XXVII on Number*, trans. Rowan A. Greer (New York: Paulist Press, 1976), pp. 61-62.

13 T. Gilby, 'Theology of Martyrdom,' *The New Catholic Encyclopedia*, Vol. IX.

14　*Ibid.*

15　'Lily,' Ad de Fries, *Dictionary of Symbols and Imagery* (Amsterdam: North-Holland, 1974); James Hall, *Dictionary of Subjects and Symbols in Art* (London: John Murray, 1974).

16　Ad de Fries, *ibid*.

17　'Pearl,' Ad de Fries, *ibid*.

18　*Pearl*, ed. E. V. Gordon (Oxford: Clarendon Press, 1953).

19　Paul E. Beichner, "The Grain of Paradise," *Speculum*, XXXVI (1961), 303.

20　*Ibid*.

21　Hugh of Lincoln については本書 IV, 3 をもあわせて参照されたし。

22　*Legendys of Hooly Wummen*, ed. Mary S. Serjeanston, E. E. T. S., OS, 26 (London: Oxford University Press, 1938).

23　Osbern Bokenham, *A Legend of Holy Women,* trans. Sheila Delany (Notre Dame: University of Notre Dame Press, 1992), p. 166.

24　Jacobus a Voragine, *Legenda Aurea* resensuit de Th. Graesse (Dresden, 1890; rpt. Osnabrück: Otto Zeller, 1969), p. 171.

25　*In Joannis Evangelicum Tractus, CXXIV, Patrologiae cursus completus*, ed. J. -P. Migne, series Latina, 35, 1438; St. Augustine, *Tractates on the Gospel of John, 1-10*, trans. John Rettig. The Fathers of the Church, 78 (Washington, D. C.: The Catholic University of America Press, 1988), p. 154.

26　Nicholas Maltman, "The Divine Granary or the End of the Prioress's 'Greyn'," *ChR*, (1982), 2, 164.

27　英訳は Maltman, *ibid*., 164 による。

28　英訳は *ibid*., 165 による。

29　筆者は J. C. Werk 氏の "On the Sources of the *Prioress's Tale*" (*Medieval Studies*, XVIII〔1955〕における所見，すなわち 'greyn' は 'the most worthless grain of seed of sand as compared to eternal existence with God' (219) だとする説には賛同しがたい。同氏によると 'greyn' はもはや価値のない地上のものとして幼児の舌から取り除かれたのである。した

がって幼児の歌も 'The eternal symphony of praise which sounds to God who is everlasting' にくらべれば，ただの 'brief burst of song' にすぎないのということになる (219)。'Greyn' はしかし，筆者の考えるところでは，幼児を刺激して交誦を詠わしめ，彼をまさに 'eternal symphony' へと導くきっかけとなるものであったのだ。

30　Saint Ambrose, *Letters 1-91,* trans. Mary M. Beyenka. The Fathers of the Church, A New Translation, 26 (Washington, D. C.: The Catholic University of America Press, 1954), p. 269; Migne, *Patrologia Latina*, 16, 1139.

31　『処女聖マリアの小聖務日課』増補第二版（光明社，1965)，p.98.

32　Andrey Davidson もこの交誦における「天の通路」に注目しそれを 'the open door to heaven' と解し，聖母の母性を強調しその役割を 'intermediary between the ordinary person and the Lord of the heaven' であるとする。しかしこの一句を殉教との関係で特に注意を喚起しているわけではない。女史の第一義的関心はこの交誦のテキストと調べの出所とその適性にある（"*Alma redemptoris mater*: The Little Clergeon's Song," *Studies in Medieval Culture*, IV〔1974〕, 3).

33　David Chamberlain, "Musical Signs and Symbols in Chaucer: Convention and Originality," *Signs and Symbols in Chaucer's Poetry*, ed. J. P. Herman and J. J. Burke, Jr. (Alabama: The University of Alabama Press, 1981), pp. 58-59.

34　*The Apocrypha*, translated out of the Greek and the Latin Tongues. The World Classics, 294 (London: Oxford University Press, 1926).

35　Origen, *op. cit.*, p. 59.

36　*S. Bernardi Opera*, Vol. Ⅰ. *Sermones super Cantica Canticorum*, ed. J. Leclerq, C. H. Talbot and H. M. Rochais (Romae Editiones Cistercienses, 1957), p. 6; Bernard of Clairvaux, *On the Song of Songs*, Ⅰ, trans. Kilan Walsh (Kalamanzoo: Cistercian Publications, 1981), p. 14；聖ベルナルド『雅歌について(1)』山下房三郎訳（あかし書房，1977)，p.20.

5 Business 考―聖セシリアの殉教

Chaucer の “The Second Nun’s Tale” に ‘bisynesse’ という言葉がこの話の Prologue に三度出てくる（Ⅷ, 5, 24, 98)。また ‘bisy’ も Prologue を含めると二度使われているし（116, 195), ‘bisily’ も一度あらわれる。さらに言葉を変えて類似語で ‘bisy’ の実態がなんども強調される。いずれもこの第二の修道女の語る Cecilie 伝の目的なり意味，さらには Cecilie 自身のアクションにかかわる言葉として意識的に使用されている形跡がある。

i

現代英語 ‘business’ とは言うまでもなく ‘busy’ という形容詞に，名詞を形成する ‘-ness’ をつけたものである。そして ‘busy’ は英語としては OE（古期英語）‘bysig’ に発する。‘Business’ はだから ‘busy’ であることだ。この現代英語では慣用的に「忙しい，多忙な」という意味をもつ ‘busy’ は ME（中期英語）ではどのように使われていたのか。便宜上 *M.E.D.* によって検してみよう（s. v. *bisi*）。

> 1 Of persons : engaged or involved in an activity, occupied; fully occupied, busy….

2 Diligent, assiduous; devoted (to a task or duty), industrious.

3 (a) Intent (upon sth.), desirous, eager; (b) of warriors: eager to fight, bold.

4 Solicitous, attentive; concerned; anxious, fearful, worried.[1]

等を意味する形容詞である。その文例の一部として次のような文献例があげられている。

(1) (c1395) Chaucer CT. Cl. E. 1029: He gan to calle Grisilde, as she was bisy in his halle. a1400 Cursor (Trn-C) 14089: Martha was hosewif sikerly, Aboute her seruyse ful bisy.

(2) (c1395) Chaucer CT. Mch. E. 2422: For ay as bisy as bees Ben they〔women〕, vs sely men for to deceyue. a1425 Wycl. Serm. 2. 57: Men shulden on holy daye be bisye to make good preieris.

(3) (a) a1425 (a1400) PConsc. 1233: þe world es ful of mysdoers...þe whilk er bisy...To nuye men.

(4) c1390 (a1376) PPl. A (1) (Vrn) 8. 103: I schal sese of my sowynge...Ne aboute my lyflode so bisy beo no more!

（下線筆者）

およそこれらの整理された意味の分布は，「多忙な」「活動的な」といった意味を共通分母としてふまえているようである。

それが，与えられた文脈で直観的に分類され，さまざまに理解されていく。おもしろいことに「みつ蜂のように 'bisy'」というポピュラーな比喩は，上記引用(2)におけるように性悪女の欺瞞性にも，また実は聖女 Cecilie の行動にも 'lyk a bisy bee, withouten gile'（Ⅷ, 195）のように適用されているのである。[2] *Pierce the Ploughmans Crede*[3] では怠惰な托鉢修道士を雄蜂（dranes），すなわち，せっかくみつ蜂の集めた蜜を食べつくす雄蜂にたとえているが，この場合のみつ蜂の「労働と誠実」（trauaile and trewþ opon erþe）（720）が 'bisynesse'（727）と規定されている。John Capgrave（1393-1464）の *The Life of St. Katharine of Alexandria*[4] では，Katharine を責めるため鉄釘をうった車輪の拷問具を発明するアレクサンドリアの悪市長は，そういう機械を発明した自分の働きを "Thus haue I deuysed in my besy thought...."（380/1268）（下線筆者）と得々と皇帝の御前で披露する。「ルカによる福音書」11 章，40 節以下にあるエピソードで，「よりよい方を選んだ」ベタニヤのマリアと対比されるその姉マルタ（イエスをもてなすのに忙殺されている）は，すでに *M. E. D.* の文献例で見たように *Cursor Mundi* の作者によって世俗のことで「心配して心をつかう」'bisy' な女性として紹介されている。このように 'bisy' はその文脈によって善悪聖俗いろいろ使いわけられている。

では 'business' の場合はどうであろうか。ほとんど同様の意味群が 'business' の場合にも配分されている。元来 OE においても 'bisgu' は「仕事」「骨折り」「なやみ」などの意味に用いられたもので，[5] ME の 'bisynesse' も *M. E. D.* の用例によると（s.v. *bisinesse* 1; 3〔a〕; 4〔c〕; 2〔b〕），

a1425 Cursor (Glb) 28748: Fasting and gude bisines Gers a man fle lustes of fless. a1450 (?c1348) Rolle FLiving 90/37: Thurgh lang travell and bysines to loue Ihesu Criste.
（下線筆者）

とある時のビジネスと，

(a1387) Trev. Higd. 3. 287: Yf þou weddest a wif, þou schalt have grete besynesse. ?c1425 Hoccl. RP (Roy) p. 1: The restles besynesse The whiche this troubly world hath ay on honde.（下線筆者）

とある時のビジネスでは，おのずからその意味の相違に気がつくのである。OE の時代も含めて，ME の時代は，語の意味は辞書的に分類されたものが基本にあって，作文の場合それを利用するのではなく，語はなにはさておきまず使用され，そこでさまざまな意味が共鳴しあって概念は複雑になってくる。要するに「多忙」で，「熱心」な営為の対象なり関心が，聖の範疇に属するか，俗の世界に属するかによって文脈上の意味が変ってくる。

それでは Chaucer の唯一の聖女伝 “The Second Nun’s Tale” では，この ‘bisynesse,’ 特に ‘bisy’ がもともとどのようなラテン語をふまえた語であるのかを簡単に見ておく必要があるだろう。中世では主にラテン語で伝わったこの伝記に片手落ちなからしめるためである。

ii

Chaucer の Cecilie 伝の典拠は必ずしもはっきりしないが，二つの写本に記入されている Chaucer もしくは写字生の注解[6]から判断して，Jacobus a Vorgine の *Legenda Aurea* が詩人の念頭にあったらしい。[7] その翻訳，という姿勢が Chaucer にある。Chaucer が Cecilie の献身ぶりを聖 Urban の口を借りて叙するに際して，‘lyk a bisy bee.../Thee〔Christ〕serveth....’（VIII，195）（下線筆者）としているが，Jacobus の *Legenda Aurea* の当該箇所にあたってみるとここは ‘quasi apis tibi argumentosa deseruit’[8] とある。「argumentosa なみつ蜂のようにあなたに仕えて云々」である。ここでは形容詞 ‘argumentosus’ が問題となってくる。はたしてこれを ‘bisy’ と訳していいものであろうか。そもそも ‘argumentosus’ はどのような意味をもっているのであろうか。P. G. W. Glare の *Oxford Latin Dictionary*（1982）によると ‘abounding in subject-matter’ という意味が与えられていて，‘bisy’ と訳すのに困難があるようである。では中世ラテン語ではどのように用いられたのであろうか。J. N. Niermyers の *Mediae Latinitatis Lexicon*（Leiden : E. J. Brill, 1976）によると，‘capable in argument’ と ‘aiming at a thing’ という意味が配されていて，後者の意味が ‘bisy’ に近い。R. E. Latham の *Dictionary of Medieval Latin from British Sources*（London: Oxford University Press, 1975—）では，a）assidous, busy; b）persuasive, plausible, convincing; c）ingeniously contrived 等の意味が与えられ，特に a）の意味では，

わざわざみつ蜂の性質をあらわす形容詞（epithet of bee）とただし書きがついている。こうなると「bisy なみつ蜂のように Cecilie は云々」という Chaucer の表現のもとになっていたかも知れない Jacobus の「argumentosa なみつ蜂のように云々」という成句における 'argumentosus' の訳語は 'bisy' としてもさしつかえがないようである（げんに *The Riverside Chaucer* ではそう結論している）（p.945, Ⅶ, 195 の 'bisy bee' への注）。ところが Du Cange の *Glossorium Mediae et Infimae Latinitatis*, unveränderter Nachdruck der Ausgabe von 1883–1887（Graz: Akademische Druck-U. Verlagsanstalt, 1954）はこの 'argumentosus' に 'ingeniosus,' つまり 'ingenious' の意味を与えていて，いわゆる 'bisy' の意味を見出すことは困難である。しかもそれに聖女セシリア童貞殉教者の祝日の聖務の文言よりの用例を示しているし，他の文献からもみつ蜂と 'argumentosus' な属性とのアナロジーを実証している。こうなると，「argumentosa なみつ蜂のような Cecilie」は「ingenious なみつ蜂のような Cecilie」ということになってくる。さらに Jacobus の別の説教集（*Sermones aurei*, ed. Rudolph Cultius, 1760）に，Cecilie に関する説教が別途にあり，そこで彼女の五つの属性が説かれているが，そのひとつの属性がみつ蜂のそれにたとえられて，'argumentosa' であるとしている。そしてその理由は両者とも 'sagacitas'（sagacity）をもっているからだと説明する。[9]

こうして中世ラテン語の意味から入っていくと，Cecilie は必ずしも 'bisy' なのではなく，'ingenious,' 'sagacious' でもあるわけだ。すくなくとも中世ラテン語によって描写される

Cecilieは必ずしも「懸命で，忙しい，勤勉な」だけでなく，「鋭敏にして，才能のある」営みに明け暮れする処女聖女と読みとることも不可能ではない。[10] それほどこの 'argumentosus' の意味は曖昧であり流動的である。ただChaucerのCecilie伝ではどうか。おそらくChaucerはJacobusをふまえてCecilieの性格づけをし，'argumentosus' を母国語 'bisy' に移しかえて己れのCecilie伝に採用した。[11] 'Bisy' もしくは 'bisynesse' のMEにおける意味はすでに検証したとうりである。以下 'argumentosus' がいったんChaucerにより 'bisy' と訳された，ということをふまえて「みつ蜂のようにbisyな」Cecilieの 'bysinesse' を追いかけてみる。すなわちラテン語文献によって 'argumentosus' であったCecilieの属性が，ME文献では 'bisy' なCecilieと限定された（15世紀のOsbern Bokenhamの *Legendys of Hooly Wummen* ではすでにこのシーンの 'argumentosus' にあたるところは 'besy' となっている)。[12] すくなくとも英語文献ではCecilieは 'sagacious' であったり 'ingenious' であったりでなく，'bisy' ということに定着した。それで 'bisy' なCecilieの 'bysinesse' は英語文献，特にChaucerのCecilie伝ではどのように機能しているのであろうか。

iii

"The Second Nun's Tale" のPrologueに 'bysinesse' という言葉が三度出てくることはすでに述べた。

1 'leveful bisynesse'（Ⅷ, 5），2 'my feithful bisynesse'（Ⅷ, 24)，3 'lastynge bisynesse'（Ⅷ, 98）である。

1 ‘leveful bisynesse’はPrologueの冒頭部分にある。

The ministre and the norice unto vices,
Which that men clepe in Englissh Ydelnesse,
That porter of the gate is of delices,
To eschue, and by hire contrarie hire oppresse—
That is to seyn, by leveful bisynesse—
Wel oghten we to doon al oure entente,
Lest that the feend thurgh ydelnesse us hente.

For he that with his thousand cordes slye
Continuelly us waiteth to biclappe,
Whan he may man in ydelnesse espye,
He kan so lightly cache hym in his trappe,
Til that a man be hent right by the lappe,
He nys nat war the feend hath hym in honde.
Wel oghte us werche and ydelnesse withstonde.

（Ⅷ，1–14）（下線筆者）

（大意：悪の代行者にして養い手，英語で怠惰と呼ばれている逸楽の門の番人。これを避け，その反対のもの，すなわち規にかなった勤勉によってこれを押えることこそ我らが専心なすべきこと，それは悪魔が怠惰によって我らをとらえることのないように，であります。

というのは，その者は巧みにあざなわれた綱によってたえず我らをとらまえんと待ち伏せをし，人が怠惰にふけっているのを見つけるや，いとも容易に罠でとらえるのです。人は着物の裾を摑まえられるまで，悪魔の手中におちいったことに気がつかないのです。我らは励みましょう，怠惰に抗《あらが》いましょう。)

すなわち ‘ydelnesse’ や ‘slouthe’（VIII, 19）の反対行為（contrarie）として言及されている。[13] ‘Ydelnesse’ に対抗するためによく働く（Wel oughte us werche）ことが要求される。つまり，安眠をむさぼり飲食にふけり他人の汗してつくったものを貪る（VIII, 20–21）悪魔の誘いとしての肉の楽しみ（delices）を抑えるのに ‘bisynesse’ をもってせよ，という文脈で使用されている。それがキリスト者として正当に許された（leveful）‘bisynesse’ である。それで人々がこの ‘ydelnesse’ におちいって破滅しないように Cecilie 伝を手本（ensample）（VIII, 93）として翻訳のうえ提供する，という語り手の前口上が冒頭に来る。

2　‘my feithful bisynesse’ も Prologue の聖母マリアへの祈願の直前に出てくる。

And for to putte us fro swich ydelnesse,
That cause is of so greet confusioun,
I have heer doon my feithful bisynesse
After the legende in translacioun
Right of thy glorious lif and passioun,
Thou with thy gerland wroght with rose and lilie—
Thee meene I, mayde and martyr, Seint Cecilie.

（VIII，22-28）（下線筆者）

（大意：大いなる破滅の因《もと》であるかかる怠惰を避けるために，わたしはここに，かの『黄金伝説』（legende）に従って，そなたの栄ある生涯と受難を正しく伝えんと翻訳によってわたしの忠実な仕事を果しました。薔薇と百合よりなる花環をつけたあなた，そうです，処女にして殉教者たるあなた，聖セシリヤのことを言っているのです。）

聖人の列伝（Jacobus の *Legenda Aurea*）から Cecilie の輝かしい一生と受難の次第の翻訳（translacioun）というビジネスを ‘feithful bisynesse’ だと語り手は言うのである。この ‘feithful’ というのは「忠実な」という意味をもつとしても，それは原典の語句に一言一句「忠実な」という意味でなく，語り手修道女も，

For bothe have I the wordes and sentence
Of hym that at the seintes reverence
The storie wroot, and folwen hire legende....

（VIII，81-83）（下線筆者）

（大意：わたしは，聖人への崇敬の念からこの物語を書いた方の言葉も真意も二つながら心得て，その伝記に従うのでありまして……。）

とことわるように，「聖人への崇敬の念からこの物語を書いた方」，つまり Jacobus の言葉や霊的な真意（sentence）に従ったというのであるから，この ‘feithful’ は霊的に高き存在に対

して忠実な，すなわち「敬虔な」「真摯な」という意味に近い（*M. E. D.*, s. v. *feithful* I〔a〕参照)。さすればこの ‘bisynesse’ も，語り手修道女の，神に仕えるという職掌的存念に忠実なビジネスということになる。それがこの Cecilie 伝翻訳の仕事，すなわちビジネスであるわけだ。

3 ‘lastynge bisynesse’ は，やはり Prologue で，語り手が Cecilie という名前のエティモロジーをいろんな角度から分析する箇所に出てくる。そのひとつに，Cecilie は ceci プラス lia，すなわち ‘hevene’ と ‘Lia’ と二つを合成した語だ，という件りである。

> Or elles Cecile, as I writen fynde,
> Is joyned, by a manere conjoynynge
> Of “hevene” and “Lia”; and heere, in figurynge,
> The “hevene” is set for thoght of hoolynesse,
> And “Lia” for hire lastynge bisynesse.
>
> (VIII, 94–98)（下線筆者）

（大意：また，セシリアというのは，ものの本にあるのですが，「天」(hevene) と「道」(Lia) の合成によったもので，ここに比喩的には「天」は聖なる思いを，「道」は彼女の永続的な働きを表わしています。）

‘hevene’ は ‘hoolynesse’ を意味し，‘Lia’ (actual life) は ‘lastynge bisynesse’ のことであるという。この名前の語源分析は Jacobus のひそみにならったもので，Jacobus では ‘Lia’ は ‘assiduam operationem’ によって盲人を導くことだ，という発

言になっている。[14] つまり 'assiduous operation' ということが Cecilie の属性のひとつである。[15]

さて，こうして検証してくると，'bisynesse' は，ひとつには 'roten slogardye'（Ⅷ，17）としての 'ydelnesse' や 'slouthe' の反意語，すなわち「勤勉」と読みとれる。同じ *The Canterbury Tales* の中の "The Physician's Tale" における Virginius の娘，清浄無垢の乙女（Virginia）の，'slogardye' を追い払う 'bisynesse'（Ⅵ，56–7）と同質のものと見てもよいだろう。

次に，'bisynesse' は語り手修道女にふさわしい敬虔な仕事でもある。これは *The Legend of Good Women* において Alceste によって弁護される若き日の Chaucer の仕事，すなわち神のおきてを推進し，無知な人をよろこんで神に奉仕させ，その御名をあがめるための 'besynesse'（G，412）と同質のものである（ただしここでは愛の殉教者を語るビジネスである。しかし Alceste は Chaucer の 'besynesse' として Boethius の翻訳や Cecilie 伝の執筆もその中に入れている〔G, 412–16〕)。

最後に，'bisynesse' は Cecilie の 'lastynge' かつ 'assiduous' なはたらきであり，それは作品の中でダイナミックな登場人物 Cecilie の属性にかかわるものであるのでこの属性について考えてみたい。実は，この最後の属性によってはじめてビジネスは，Cecilie にとっては，単にキリスト者を 'ydelnesse' や 'slouthe' からまもるはたらきから，他のキリスト者に積極的にはたらきかける活動へと転じていくからである。[16]

iv

Cecilieの，単にはたらきでなくはたらきかけという行動性は物語の中で実現される。そもそもCecilieの名前の語源分析をすると，そのひとつに，‘hevene’ と ‘leos’ の組みあわせも考えられる（これもJacobusに従っている）。‘leos’ は ‘people’ であって，Ceciliaは「民の天」(the hevene of peple〔＝celum populi〕）として（VIII, 104),

> [As] hevene is swift and round and eek brennynge,
> Right so was faire Cecilie the white
> Ful swift and bisy evere in good werkynge....
>
> (VIII, 114–116)（下線筆者）
>
> （大意：天が，その動きすみやかに，そのかたち円く，かつ，燃えているように，うるわしの純白のセシリアは，その良き行いにおいて，すみやかに，かつ忙しくありました。）

であることが期待された。聖UrbanはCecilieのはたらきを，

> “Lo, lyk a bisy bee, withouten gile,
> Thee serveth ay thyn owene thral Cecile.
>
> “For thilke spouse that she took but now
> Ful lyk a fiers leoun, she sendeth heere,

As meke as evere was any lomb, to yow!"

（VIII，195–99）（下線筆者）

（大意：「見よ，休みなきみつ蜂のごとく，一片の邪心もなく，あなたの侍女セシリアは，あなたに仕えるのです。彼女が選んだ花婿を，猛きライオンの如き人でありながら，今子羊のごとく柔和な人として，ここにあなたの御許に送りました。」）

と評するし，Cecilie の感化で回心した Valerian は妻 Cecilie の意を体して弟 Tiburce に，

"So shaltow seen hem [=two crowns], leeve brother deere,
If it so be thou wolt, withouten slouthe,
Bileve aright and knowen verray trouthe."

（VIII，257–59）（下線筆者）

（大意：「もし怠惰な心なく，正しく信じ，まがうかたなき真理を知ることを望むならば，弟よ，そなたはその二つの王冠［薔薇と百合の］を見ることになろう。」）

と諭す。Cecilie は Cecilie で，Tiburce に，

Tho gan she hym ful bisily to preche
Of Cristes come, and of his peynes teche....

（VIII，342–43）（下線筆者）

（大意：それから彼女は熱心にキリストの到来と苦難について教えました。）

Cecilie は最後に首胴ほとんど皮一枚でつながっている有様の時でさえ，なおも，

> [She] nevere cessed hem the feith to teche
> That she hadde fostred; hem she gan to preche....
>
> （Ⅷ，538-39）（下線筆者）
>
> （大意：彼女は自分が育んできた信仰を人々に教えることをやめませんでした。彼等に説いたのです……。）

それほど積極的であった。この ‘never cessed’ という最後の Cecilie の行動の表現は，冒頭部分ですでに用いられている。すなわち

> She nevere cessed, as I writen fynde,
> Of hir preyere and God to love and drede,
> Bisekynge hym to kepe hir maydenhede.
>
> （Ⅷ，124-26）（下線筆者）
>
> （大意：わたしがものの本で読んだのでは，彼女は決して祈りをやめるこも，神を愛し怖れることもやめませんでした。自分の処女性をお守りくださいと。）

とあるところだが，この冒頭の祈りは，わが処女を守らせ給え，という慎ましいが消極的な祈りのビジネスである。[17] これが最後に劇的な経験を経て積極的に「信仰を教える」（the feith to teche），つまり，はたらきかけとなるのだ。単に夫との同衾をさえ拒んで処女を守るという姿勢から，開かれた世界へのビ

ジネスへと展開していくのである。結婚という人間と人間の（男女の）関係を，自己と神という関係に昇華させた殉教の次第である。

Bokenham の *Legendys of Hooly Wummen* においても，Cycyle が「祈りをやめなかった」（neuer cecyd...From preyer）（203/7460–61）ことが冒頭にあり，終局部分にも半死半生の状態においてさえ「教えを決してやめなかった」（neuer cecyd of holy techyng）（224/8240）とあるのと軌を一にしている。Bokenham は Chaucer のものを読んでいたそうであるから（3/83–93），Chaucer の Cecilie 伝に従ったという憶測もできないことはないが，Bokenham 自身がなんども自分の話の出典についてことわっているように Chaucer 同様，共通に Jacobus に拠ったものであろう。[18] Jacobus を中心とする聖女 Cecilie 伝のひとつの型が 14，15 世紀にイギリスで形成されつつあったと考えられる。

この物語の語り手修道女は聖女 Cecilie の伝記を翻訳することに尽瘁《じんすい》した。その貞潔の誓願のままに，貞潔の Cecilie の殉教に至るまでのビジネスを伝えるのを自分のビジネスとしたのである。そういう意味で，語り手のビジネスも，Cecilie のビジネスもまさに 'leveful,' 'lastyng,' 'feithful' なビジネスであったわけだ。

v

ところで 'bisynesse' という言葉の意識的使用について Chaucer の他の作品の場合をも簡単に検してみたい。

“The Second Nun’s Tale” に続く “The Cannon’s Yeoman’s Tale” にも ‘bisynesse’ が錬金の術にうつつをぬかすカノン僧のビジネスとして言及される（VIII，1212)。ところがカノン僧のそれはまさに Cecilie のそれと正反対のものである。錬金術という「うつろいやすい術」(slidynge science)（VIII，732）によって他人を「騙し」(ape)（VIII，1313)，「破滅に導く」（brynge folk to hir destruccioun)（VIII，1387）カノン僧のビジネスと，「貞潔という献身」(devocioun of chastitee)（VIII，283）によって人に教えを説き，「天上の浄福」(blisse above)（VIII，281）に導く Cecilie のビジネスの相違は *The Canterbury Tales* の枠の中ではアイロニカルに対照されている。[19]

また，人に福音を説くのをビジネスとしながらその背徳性によって「手や舌をせっせと動かして」人を中傷する免償説教家のビジネス（Myne handes and my tonge goon so yerne/That it is joye to se my bisynesse.)（VI，398–99）は，同じビジネスでも，同時代の聖職の世界にあるもののビジネスの表裏の現実を物語っている。

さらにビジネスといえば，*Troilus and Criseyde* では，その第三巻，1413 行に，Troilus と Criseyde の夜を徹しての愛撫を「一夜は歓楽と専心に過された」(It was byset in joie and bisynesse....）とあるのがアイロニカルである。Troilus と Criseyde はやがて夜明けを迎え，「夜明けの歌」(*aubade*）を交しあうのだが，伝統的にこの「夜明けの歌」，は夜のくつろぎから昼の仕事へと誘う朝を呪う歌であって，それがしばしば恋人同志の交す *aubade* に転用され，夜の（閨《ねや》での）仕事《ビジネス》と朝のくつろぎの発想へと逆転するのである。Troilus は Criseyde

と別れたあとすぐベッドにもぐりこんでぐっすりと眠る。'bisynesse' という言葉の多義性を，Chaucer は目くばせして冗談の中で使っている。[20]

"The Miller's Tale" に登場する Nicholas と Alisoun の情交が「楽しみとなぐさみのビジネス」(bisynesse of myrthe and of solas)（Ⅰ，3654)，としるされ，しかもそれが Alisoun の亭主，大工 John が昼間のビジネス（wery bisynesse)（Ⅰ，3643）の疲れでぐっすり眠っているすきに，というのであるから，コミカルなアイロニカル・コントラスがある。同様な効果は "The Shipman's Tale" にある。ある商人がブルージェで忙しく（bisily)（Ⅶ，302）している留守に，彼の妻と修道僧が「夜っぴいて歓楽の忙しい時を過した」(In myrthe al nyght a bisy lyf they lede....)（Ⅶ，318）ということになる。

Chaucer は，この 'bisy,' 'bisily,' 'bisynesse' という言葉の多面な，しかし言わず語らずの共通の意味を前提として，いろんな機会に融通よろしく使用する。もともと Chaucer は，カノン僧や免償説教家，Nicholas と Alisoun や商人の妻と修道僧の性行為の場合のように言葉のアイロニカルな使用はお得意である。しかし，Cecilie のビジネスの場合はそういうアイロニは稀薄，というより皆無に近い。「多忙」「活動」「仕事」「熱心」「勤勉」「努力」，こういったビジネスの共通的含意が，当事者と第三者の間の現実認識のずれの狭間に使用されて，そこから状況的，あるいは言葉のうえのおかしみや嫌悪をもよおさせるようなアイロニの効果は稀薄だというのである。

アイロニの効果というのは作家，詩人の工夫である。そういう意味で Chaucer による聖女 Cecilie のビジネスの扱いには工夫が稀薄である。そこに聖人伝としての特質がある。

vi

そもそも聖人伝の類は，キリスト教社会の動かしがたい聖なる共通の真理を，言うなれば単一のテーマを伝えるのが究極目的であろう。そこに個人のアイロニという距離をおいて個人的見解を，遠まわしにではあっても，介在させることは，人間の経験世界の複雑さを読みこんで，単一なるテーマ伝達を妨げることになる。

ここで *The Canterbury Tales* の中で同じように翻訳に近い，貞女 Custance の受難と最後の安心の生涯を扱った “The Man of Law's Tale”（受難はあっても最後に殉教の死はないので厳密な意味では聖女伝ではない）と，“The Second Nun's Tale” をくらべてみよう。

この作品も，どちらかと言えば，constancy という単一テーマを伝える作品で，アイロニの斧を鋭ぎすまして翻案，執筆すべきものではない。しかし，この “The Man of Law's Tale” では Custance が初夜を迎えるシーンの描写などは，Cecilie のそれとは，はなはだ異った扱いが見られる。Cecilie の新床について叙する件りは，結果的には霊の結合としての初夜となるのであるが，実に直截にそっけなく次のように紹介される。

> The nyght cam, and to bedde moste she gon
> With hire housbonde, as ofte is the manere....
>
> （VIII，141-142）

（大意：夜が来ました，そして，世の作法どおり，彼女は夫と臥所へ行かなければなりません。）

Jacobus においても ‘as ofte is the manere’ に該当する箇所を除いてはおおよそ同じである。[21] Jacobus に従ったという Bokenham においても「ヴァレリアンとセシリアはそれから奥の部屋に入りました」（Valeryan & Cycyle to her chaumbyr went þo.”（204/7485）ですませている。ところが “The Man of Law’s Tale” では同じ偕老同穴の契りに至るシーンは，

They［Alla & Custance］goon to bedde, as it was skile and right;
For thogh that wyves be ful hooly thynges,
They moste take in pacience at nyght
Swiche manere necessaries as been plesynges
To folk that han ywedded hem with rynges,
And leye a lite hir hoolynesse aside,
As for the tyme, —it may no bet bitide.　（II，708-14）

（大意：二人は〔アッラとクスタンス〕は当然のこととして寝所へ赴きます。妻というものは十分に聖なるものでありますが，夜には，指輪を贈られて結婚した夫の快楽に必要なことも堪えなければならないし，しばらくは彼女の聖性も少し脇へおかなければならないのです。これ以外仕方がないのです。）

とある。遠慮ぶかい表現だが，大胆な内容である。貞女といえ

ども初夜での身体の契りは本人の意志いかんにかかわらず避けて通れないという現実と直面するのだ「夜には必要なことは堪えねばならぬ」(moste take in pacience at nyght/Swiche manere necessaries) とか「それ以外仕方がない」(it may no bet bitide) というような言葉に女性を快楽の対象として見る男性側の肉体的優越性を，すべて心得ている，妻帯者もいる聴衆に目くばせしているような気配がある。[22] そうしたアイロニが語り手の心算として表白されている。この箇所は，この話にもっとも近い類作と目されている Nicholas Trivet (1258–1328) のアングロ・ノルマン語で書かれた Constaunce の伝記では，「王は……その乙女と結婚した」[23] とさりげなくあるところである。同じ話を *Confessio Amantis* で扱った John Gower も，この箇所に関しては「彼（ウエイルズの司教）は結婚を実現させた」(He hath fulfild the mariage.)（II，909）ですませている。[24] Chaucer においてはしたたかに彼自身の個人的見解によって敷衍された跡が明らかである。この種の個人的斧の跡が Cecilie 伝には稀薄であるということだ。

およそルネッサンス期も含めて古い時代の創作は大なり小なり翻訳，翻案という性質をおびていて，特に中世では作者はあえて，個人の工夫という努力をしたとしてもそれすら否定する姿勢を持していた。たとえキリスト教の伝統であろうと，異教的世界の素材であろうと，神の声であろうと，人の声であろうと，過去にすでに知恵を結集して語られているのである。だからその権威はくつがえすわけにはいかない。そういう意味で，後年の作家がそれらの素材を取りあげて物語る時は，大なり小なり翻訳の要素をもつ。「著者」(auctor〔＝author〕) は St.

Bonaventura（1221-74）によると，そういう動かしがたい伝承や言葉を裏づけるために（ad confirmationem）に自分の手を加えるだけである。[25]

“The Clerk’s Tale” における忍耐の Grisilde の話にしても，Chaucer はそれを Petrarca から採った，と断言する。そしてかなり Petrarca に忠実に伝えるのだが，Petrarca のものにあった冒頭のアペニン山脈やヴィゾー山（その麓にこの話の事件が起る）の地誌のことは当面無関係（impertinent）（IV，54）として省いてしまう。それはそれでよろしい。しかし最後にはせっかく伝えられた auctor たる Petrarca の話の本質（mateere）（IV，55）とは正反対の Chaucer の声を Clerk に託して，Petrarca の authority を confirm するのではなくて，夫婦関係についての当代の現実にてらした自分の意見を confirm してしまうという芸当を見せる。せっかく忍耐の貞女 Grisilda の話を真面目に語ってきかせたのに Clerk は最後になって「ここで一言，皆の衆」と言葉を継ぎ，近頃はひとつの町にでも Grisilda のような婦人は滅多にいない，試されるとすぐめっきがはげる，と慨嘆し，されば世の女中衆よ，謙譲などおよしなさい，おかみさんたちは夫にひと言ひと言口答えをしてやんなさい，というようなことを言って，人妻たちの悋気や金使いの荒さ，浮気という現実を，女性にそれを勧めるというかたちで暴いてみせる（IV，1177-1212)。Grisilda に託されたこの Clerk の女性観は Chaucer の抱いた女性の理想像である。最後の女性への勧めも同じく Chaucer の現実の女性観なのだ。Chaucer は Grisilda の話を素材として，理想の忍耐の妻の話を翻訳したが，現実の世の他人妻との間に存在するアイロニカルな対照をここで示したのである。

vii

このように原話に変更や手を加える，ということだけでは，Cecilie 伝においても Chaucer が原典と目されるものに改変を加えた跡はわずかながらないことはない。ひとつには原話を縮めるということでそれをする。Jacobus の *Legenda Aurea* における Valerianus と Tyburtius の二兄弟に対する教訓の詳細や，もうひとつの，特に "The Second Nun's Tale" の後半部分の典拠と考えられ，longer recensions として知られている二，三の Cecilie の殉教伝の中でもっとも代表的なものを Mombritius（15 世紀のミラノの学者）が *Passio Sanctae Ceciliae Virginis et Martyris*（処女殉教者聖セシリアの殉難）として編んだ古い資料などとくらべても,. この二兄弟の伝道活動の委細を Chaucer は省略している。[26]

概して Chaucer の Cecilie 伝では，他の類作にくらべると，Valerian や Tiburce の回心後の業績への言及が省略されているか簡略化されている。たとえば *Legenda Aurea* では Tyburitus が Urbanus によって洗礼を受けてから Almachius に尋問されるまでの二兄弟の業績がかなり記録されている。彼等が毎日天使を見たこと，主に願うたことが叶えられたことなどは Chaucer にもあるが，殉教したキリスト者を葬ったこと，財産を貧しい人に分ち与えたこと等は省かれている。[27] また裁判官と兄弟の対話の詳細も Chaucer では全く記述がない。（Bokenham〔7899ff〕，Mombritius〔Bryan and Dempster, p. 677〕，また Carl Horstman 編 *The Early South-English Legendary or Lives of Saints* (1887) の補遺に翻刻されている13世紀の Cecilie 伝にもこの対話はちゃんと収録されているが〔1466ff.〕)。

もともとこの二人の兄弟はかなり人間的個性をもった人物として登場したのである。Cecilie の夫たる Valerian は，Cecilie の保護者がまこと天使でなければ彼女を殺すと断言する (Ⅷ, 167-68)「荒々しいライオン」(a fiers leoun) (Ⅷ, 198) のような人物であったし，弟の方は異教の当局から要注意人物とされている Urban の許へ出かけることに身の危険を感じ，それを口にする素直な人間的臆病さを表白しうる人物である (Ⅷ, 310-15)。そういう人物の回心や行動の実例が，この話の後半では単に Cecilie の影の中に入ってしまう。二人の，Cecilie への異常なまでの従順さだけが Chaucer の話の中では一貫している。すべてが Cecilie の「みつ蜂のごとき」ビジネスの中に吸収されている。この簡略化がラテン語原話の繰り返しによる冗長さをひきしめて「劇的効果をたかめる」と評価する向きもあるが,[28] Chaucer はたしかに，彼自身がこの第二の修道女に語らせているように，「手短か」(short) に，しかも「完全」(pleyn) に (Ⅷ, 360)，「結論だけを短かく話す」(To tellen shortly the conclusioun) (Ⅷ, 394) ことによってカンタベリ巡礼という旅の途上でもあり，聴衆の関心を Cecilie の周辺の人物のビジネスでなく，もっぱら Cecilie のビジネスに絞らせて，そもそも説話のもつ単一な例証性の「実」を採り，「穀」を捨てる姿勢を，この話の原話や類作の語り手のそれ以上に示した，と解することもできる。

viii

ところで，翻訳者たる第二の修道女（実はChaucer）が，省略や簡略化だけでなく，片言隻語を追加することによってある種の効果を狙っている場合が決してないでもない。たとえば長官Almachiusとの教義問答の箇所で，Cecilieの科白に，Mombritiusでは「あなたの質問はおろかな（stultum）始まり方をしています。それはひとつの質問で，二つの答えが得られるとみなしていることです」[29] とあるところを，Chaucerは

> “Ye han bigonne youre questioun folily,”
> Quod she, “that wolden two answeres conclude
> In o demande; ye axed lewedly.”　(Ⅷ, 428-30)
> （大意：あなたは一つの質問に二つの答えを含ませて愚かに質問なさったのですから，無知なおたずねをなさったのです。）

と訳している。「愚かに」(folily) に質ねた，と一度言って，それを再度「あなたは無知なたずねかたをした」(ye axed lewedly) と念を押すのだ。これは一例であるが，Almachiusの愚とCecilieの叡知との対比が強く認識されるところだ。こうした原典への片言隻句の追加も，基本的には「もとの作者の伝えしまま語る」(as myn auctour seyde, so sey I.)（*Troilus and Criseyde*, II, 18）姿勢からほんのわずかはみ出した部分である。神の御心にかなうならば加筆も辞さない（Have any word in eched for the beste....)（*Troilus and Criseyde*, III, 1329）というかねての Chaucer の姿勢の一端であったろう。

Chaucer は，*The Canterbury Tales* における自己の分身たる同名の巡礼 Chaucer 作 “Tale of Melibee” を語るに際して，聖書の中のキリストの受難を引きあいに出してこう言う。福音史家たちの伝える記事は皆同じだ，それぞれ違った話し方をしていてもその「真意」(sentence) は同じだ，と言うのである（VII，943–52)。だから ‘sentence’ についてはこれから話す Melibee の話でも，もとの話（tretys）（VII，963）とは変らない。ただ諺を多用して「わたしの話を効果的にしたい」（enforce with th’effect of my mateere）（VII，958）とことわる。ただその素材は昔から語られたもの，すなわち古来の authority なのだ。つまり Chaucer の自作への態度は中世の翻訳（案）家としてのそれである。Cecilie 伝を提供する姿勢にも似たところがある。原典を翻訳するにあたって「言葉とセンテンス」（wordes and sentence）（VIII，81）を伝えるというのである。しかし Cecilie 伝の翻訳にあたっては Chaucer は「この話を巧妙に仕上げる」(This ilke storie subtilly to endite....)（VIII，80）努力はしなかった，と語り手にことわらせている。もともと中世の文学作品では，脱線や話の叙述の前後変更，閑話休題などということが，「話を巧妙に仕上げる」こつであったのだから，Cecilie 伝ではそういうことをしない，と言うのである。「言葉とセンテンス」というのが Cecilie 伝を披露するに際しての Chaucer の一義的関心で，これに忠実に一貫したいというのだ。語り手の人生を見るアイロニカルな距離感を，人物や状況や筋の運びの間に介入させて，話を仕上げることはしない。だから，‘bisynesse’ という言葉の使用にも *The Canterbury Tales* の中の他の物語におけるようにアイロニの影を示さなかった。この修道女は自作が「翻訳」(translacioun)（Ⅷ, 25）[30] であることにむしろ誇りをもっている。それが ‘feithful’ なビジネスであるからである。単一の「センテンス」だけが入ってくるのが目的で，誤解やら，行間の微妙なヨミが入ってくるような隙をみせないのが，聖女伝を語る修道女のビジネスとしての「翻訳」なのである。そして語られるのが，Cecilie の「多忙で」「熱心な」妥協のないビジネスである。

“The Second Nun’s Tale” は，*The Canterbury Tales* というさまざまな (sondry) 人の語る物語集において，キリスト教社会における語り手の所与の職掌的機能に忠実な (feithful) ひとりの女性が語る物語である。だからこの第二の修道女も「さまざまな人」の一員としてのビジネスを果し，ビジネスに終始した Cecilie の話をしたのである。つまりカンタベリへの途上で，各人が手もちの話をする，それがビジネスである。第二の修道女はあくまで修道女として，他の巡礼衆の ‘idleness’ にいささかの抵抗として，‘sentence’ に仕える ‘solace’ という芸術の存在を伝えることによってそのビジネスを果した。ただしそのビジネスは，物語を彼女の声で語るのではなく，教会の声，中世のキリスト教共同体の声で語ることであった。それが中世の詩人の伝統的なひとつの職分（ビジネス）でもあったのだ。[31] 曖昧さや皮肉だけが Chaucer の得意業ではない。

注

1　*O. E. D.* では 1，2 の意味が 1a に，2 の意味が 4b に obsolete として，3 の意味が 6 に，これも obsolete として配分されている。*M. E. D.* ではこれ以外にも 5 として ‘Of activities or conditions: (a) active, busy (life); vigorous (fighting); persistent (negotiations); (b) constant, vigorous (effort); ...’ という説明が与えられているが本文(1)—(4)の意味の配分に尽きていると考えてあえて引用しなかった。

2　Ⅷ, 195.

3　W. W. Skeat, ed. *Pierce the Ploughmans Crede* (Oxford: Clarendon Press, 1906).

4　Carl Horstman, ed. *The Life of St. Katherine of Alexandria*, E. E. T. S., OS, 100 (London: Kegan Paul, 1893).

5　*An Anglo-Saxon Dictionary*, ed. J. Bosworth and enlarged by T. N. Toller (1893; rpt. London: Oxford University Press, 1954) 参照。

6　“*Inteprectacio nominis Cecilie quam ponit Frater Jacobus Januensis in Legenda.*” Cf. W. F. Bryan and Germaine Dempster, eds. *Sonrces and Analogues of Chaucer's Canterbury Tales* (London: Routledge and Kegan Paul, 1958), p. 668.

7　*Legenda Aurea* との関連については G. H. Gerould “The Second Nun's Prologue and Tale,” Bryan and Dempster, p. 658. 参照。本項においては *Legenda Aurea* からの引用は上揚書に翻刻されたものによる。

8　Bryan and Dempster, p. 672.

9　J. L. Lowes, “Chaucer and the Seven Deadly Sins,” *PMLA*, XXX (1915), 294.

10　前田他訳の『黄金伝説』4（人文書院，1987）によるとこの箇所は Urbanus の科白として「たくみな蜜あつめの蜂として云々」（傍点筆者）とあって（p.285），‘ingenious’ の意味が採用されている。

11　13 世紀の南部方言で書かれた Cecilie 伝では（Carl Horstman, ed. *The Early South-English Legendary or Lives of Saints*, E. E. T. S., OS, 87〔London: N. Trübner, 1887〕, pp. 490–96），この Urban の科白がないので，‘argumentosus’ がどう意識されたか明らかでない。Aelfric の Cecilie 伝（W. W. Skeat, ed. *Aelfric's Lives of Saints*, Part Ⅳ, E. E. T. S., OS,

114,〔London: Kegan Paul, 1900〕, pp. 356-77）にもこの箇所はない。Caxton の *Legenda Aurea* の英訳（*The Golden Legend or Lives of the Saints*, ed. F. S. Ellis, Vol. VI〔London: J. M. Dent, 1900〕, pp. 247-53）では 'busy' と訳されているが（p.249），Chaucer より後年のことになる。

12 Osbern Bokenham, *Legendys of Hooly Wummen*, ed. M. F. Serjeanston, E. E. T. S., OS, 206 (London: Oxford University Press, 1938), p. 206.

13 中世後期のイギリスのいろいろな文献で，'bisynesse' は 'sloth' の反対行為としてしばしば取りあげられる。14 世紀の William of Shoreham の七大罪源を詠った詩の中の Sloth の件りで，Sloth は神と隣人への意識的な義務の怠りであり，人が 'besynesse' をなおざりにする時におこるとしている（"De septem mortabilis peceatis," St. 92-93, *The Poems of William of Shoreham*, re-ed. M. Konrath, E. E. T. S. ES, 86〔London: Kegan Paul, 1902〕）。また John Mirk の *Festial* (ed. by Theodor Erbe, E. E. T. S., ES, 96〔London: Kegan Paul, 1905〕）の第 30 説教（過越の祭について）に，過ぎこすの解説中，悪しき生活より過ぎこして，正しい生活に入れ，と説く件りで 'out of sloth into holy bysines'（130/35）ともある。15 世紀初期，John Audley という人の残した詩の中でやはり七大罪源を扱った一篇に，それぞれの罪源に対する反対徳を列挙する件りに，'Aȝain slouþe take beseness.' とある（E. K. Whiting, ed. *The Poems of John Audley*, E. E. T. S., OS, 184〔London: Oxford University Press, 1931〕), 182/120)。14 世紀中期のヴァーノン写本の小詩集の中では大カトーの対句集の英訳が収録されていて，それに，Sloth を避けざるにおいては霊肉ともに破滅すると説く文脈の中で，"Ʒif þou ne wolt sleuþ forsake/ Wiþ ful gret bisynesse...." とあるのもその一例である（F. J. Furnivall, ed. *The Minor Poems of Vernon MS*, Part II, E. E. T. S., OS, 117〔London: Kegan Paul, 1901〕, 538/425-26)。

14 Bryan and Dempster, p. 671.

15 Osbern Bokenham もその *Legendys of Hooly Wummen* において Cycile の語源分析を行なっているが，Jacobus に従ったと言って（201/7387)，この 'Lya' を 'steedfastnesse in good work'（201/7402）としている。

16　"The Clerk's Tale"においても Grisilde の働きに関して 'bisynesse' が使用されるのは，最終の Part VIに入ってからである（1008, 1015)。すなわち彼女の忍耐が単なる受身のそれから，積極的な行動的奉仕へと移ってからである。すなわち Walter 侯が新しい妃（実は Walter と Grisilde の間に生れた王女）を迎えるのに，欣然として召使を督促して奉仕するという（そしてそれは最後のどんでん返しの至福の直前），まさに無償の，しかし，はたらきかけとしての忍耐のビジネスを遂行する時である。

17　15世紀初期の信徒向の神学解説書に *Memoriale Credencium* というのがあって，その中の純潔を論ずる件りで，"Whan hire maydenhod is y lore hit nyl neuer be recouered. And þerfore hit schuld as a grete tresour be kept with grete busynesse." (153/14-17) とある時のビジネスも同質のものであろう（J. H. L. Kengen, ed. *Memoriale Credencium,* D. Litt. Dissertation (Nijmegen: Katholieke Universiteit, 1979).

18　Jacobus ではこの最初の「祈りをやめなかった」にあたるところは "non...oratione cessabit" (Bryan and Dempster, p. 671) とあるが，最後の「教えをやめなかった云々」はない。しかし Mombritius には "... non cessauit omnes mulieres quas enutrierat...." (Bryan and Dempster, p. 684) とある。

19　J. E. Grennen, "Saint Cecilia's 'Chemical Wedding': The Unity of the *Canterbury Tales*, Fragment VIII," *JEGP*, LIV (1966); 柴田竹夫「Chaucer の *Canon's Yeoman's Tale—ignotum per ignocius* をめぐって」『主流』46（同志社大学英文学会，1985)，10-12.

20　Cf. John Scattergood, "The 'Bisynesse' of Love in Chaucer's Dawn Songs," *Essays in Criticism*, XXXVII (1987), 702.

21　"Venit autem nox in qua suscepit una cum sponso suo cubiculi secreta silencia...." (Bryan and Dempster, p. 672).

22　Cf. Roger Ellis, *Patterns of Religious Narrative in the Canterbury Tales* (London: Groom Helm, 1986), pp. 153-55.

23　"le rey Alle...esposa la pucele...." (Bryan and Dempster, p. 172).

24　G. C. Macaulay, ed. *The Complete Works of John Gower*, Vol. II (Oxford: Clarendon Press, 1901).

25　J. A. Burrow, *Medieval Writers and Their Work: Middle English Literature and its Background 1100–1500* (Oxford: Oxford University Press, 1982), p. 30. A. J. Minnis は *auctor* を次のように簡潔に規定する。“... the term *auctor* denoted someone who was at once a writer and authority, someone not merely to be read but also to be repeated and believed.” 中世の grammarians によると，*auctor* はラテン語 *agere* (to act or perform), *augere* (to grow), *auieo* (to tie), とギリシャ語 *autentim* (authority)にその淵源をもっている，というのだ (*Medieval Theory of Authorship: Scholastic Literary Attitudes in the Later Middle Ages* 〔London: Scolar Press, 1984〕, p. 10). なお St. Bonaventura の考える *auctor* については，Minnis も同書 pp. 94–95 で解説している。

26　“The Second Nun’s Tale” の sources については Bryan and Dempster, pp. 667–71; S. L. Reames, “The Sources of ‘Second Nun’s Tale,’” *MP*, LXXVI (1978), 111–134; S. L. Reames, “The Cecilia Legend as Chaucer Inherited It and Retold It: The Disappearance of an Augustinian Ideal,” *Speculum*, LV (1980), 1, 38–57 等を参照。なお S. L. Reames は，こういう扱いによって回心への周到な準備のすすめ，人間の功徳と聖寵との相関関係というもともとこの話の前半部の中に顕在していた Augustinus 的聖寵の理念が薄れたと考える。

27　Bryan and Dempster, p. 164; Caxton, p. 250; 前田他訳，pp. 289–91 等参照。

28　P. E. Beichner, “Confrontation, Contempt of Court, and Chaucer’s Cecilia,” *ChR*, VIII (1973–74), no. 3, 203.

29　“Interrogatio tua stultum sumit initium: quæ duas responsiones una putat inquisitione concludi.” (Bryan and Dempster, p. 682).

30　*O. E. D.* によると ‘translation’ には ‘Removal from earth to heaven, *orig*, without death, as the translation of Enoch; but in later use also said *fig*. of the death of the righteous’ (I, 1, c) の意味がある。Cecilie のビジネスは生きて死んでいる地上衆生を死ぬことによって生かせる ‘translation’のビジネスでもあったわけだ。そして彼女自身も ‘translate’ したのである。R. A. Peck, “The Idea of ‘Entente’ and Translation in Chaucer’s *Second Nun’s Tale*,” *Annuale Mediaevale*, (1967), 17–36 参照。

31　"The Second Nun's Tale" を中世聖人説話との関係で論じたもので，斎藤勇「中世説話の世界とチョーサ」『中世イギリス文学と説教』（シリーズ「中世英文学シンポジウム」第3集）（学書房，1987）；『イギリス中世文学の聖と俗』（世界思想社，1990），pp.27–85を参照いただければ幸甚である。

6　*Ancrene Wisse* における窓のイメジ

i

「窓」とは何だろう。もちろん建築物の側面にうがたれた開口部分のことである。それによって外光を取り入れたり，建物の内から外を，外から内を眺める仕組になった建築物のひとつの工夫である。*O. E. D.* によって ‘window’ を検してみると，比喩的表現としては ‘Applied to the senses or organs of sense, esp. the eyes, regarded as inlets or outlets to or from the mind or soul’（4, a）とある。つまり心や魂の内外への開口部分で，人間の感覚器官，特に目を比喩的にあらわす語として使用される。*O. E. D.* はその文献初例として Richard Rolle of Hampole（c1295–1340）の *Psalter*, cxviii, 37 よりの “We syn with oure eghen when we couayte thynges þat we see, and swa ded cummys in at þe wyndous of our wittes.”（下線筆者）をあげている。つまり目の窓から我らが欲望するものが来入するのである。C. Horstman 編の *Yorkshire Writers: Richard Rolle of Hampole and his Followers*, Vol. II（London: Swans Sonnenschein, 1896）における上記の用例に該当する箇所ではここのところは “Turn min eghen, þat þai fantomes ne se; In þi wai quiken þou me.”（下線筆者）（p. 252）とある。目は空しきもの

(fantomes) の入ってくる感覚器官なのである。*O. E. D.* はさらに諺的表現として ‘To open a window’ に ‘to give an opportunity for’ の意味を与え，また ‘To throw the house out at (the) window’ の例を ‘to make a great commotion, turn everything topsy-turvy’ (4 b) と解説している。目は（心の）乱れの導入部である。

O. E. D. は ‘window’ の上記比喩的意味の文献初例を Richard Rolle に帰しているが，もう少し早く使用されている例がある。それが実は *Ancrene Wisse*（修道女心得）(13 世紀前期)[1] において “hwa se wule hire windowes witen wel wið þe uuele: ha mot ec wið þe gode.”（下線筆者）(T 34/29) とあるところである。つまり邪悪なるものに対して「窓」を守るものは善きものに対しても守る，という趣旨である。ここでも ‘window’が正邪を含めた諸事の導入口としての扱いがみられる。

ところが，*Ancrene Wisse* ではこの「窓」という概念には ‘window’ よりも ‘þurl’ という語が頻繁に使用されているようである。*O. E. D.* によって再びこれを検してみると，見出語は ‘thirl’ で（*M. E. D*）も同じ)，廃語として ‘An apurture or opening in a wall or the like: e.g. a door or window in a house....’ (2) と説明され，さらに比喩的にも用いられたとことわって，文献初例として *Ancrene Riwle*（修道女の戒律）（つまり N 写本）から二つの用例を示している。

> þe kerneaus of þe castle. beoþ hire huses þurles. ne aboutie heo nout vt et ham. leste heo þes deofles quarreaus habbe

amid-den þen eien er heo lest wene.（N 26–27）（下線筆者）
（この箇所は A 写本では欠落している）

(The battlements of the castle are the windows of her house. Let her not lean out from them lest the devil's bolts strike her between the eyes when she least expects it.)（S 26）

O. E. D. からのもうひとつの用例も *Ancrene Riwle* からであるが，[2] *Ancrene Wisse*（すなわち A 写本）の当該箇所を引用してみると，

… ʒef ei mon bit to seon ow: easkið him hwet god þer of mahte lihten. for moni uuel ich iseo þrin. and nane biheue. ʒef he is meadles: leueð him þe wurse. ʒef ei wurðeð swa awed þat he warpe hond forð toward te þurl clað: swiftliche ananriht schutteð al þat <u>þurl</u> to and leoteð him iwurðen.
（T 51）（下線筆者）

(... if any man asks to see you, ask him what good could come of it, for I see many dangers in it, and no good. If he is very insistent, distrust him the more. If he is mad enough to stretch out his hand towards the curtain of your window, shut the window immediately and leave him.)（S 42）

とあるところである。いずれも「窓」を目との関係でとらえている件りである。前者は城の狭間の外を見るな，それは家の

「窓」にひとしい，悪魔の石弓が貴女の眉間に当る。敵はいつ攻めてくるか分らない，という文脈だし，後者は会いに来た人物に処する態度についてである。人がカーテンに手を突っこんだら，窓をピシャリと閉めなさい，というのだ。前者の城の狭間の比喩は，8 世紀のフランスの修道僧 Defensor が師の命によって *Liber Scintillarum*（火花の書）として聖書と教父の著者からの抜粋を集めた戒訓集のアングロ・サクソン語訳（11 世紀）[3] にも使われており，城（ceaster）の ‘þyrl’ が開かれたままであったらいかに敵側にとって有利であるか，そこから敵が入ってくる。それは肉の欲求（flæsces gewillunga）を引き入れる，という訓戒である。

人間の五感が悪しき，空しきものの導入口であるという考え方は古く St. Augustinus もその *Confessiones* において，視覚や聴覚，飲食の楽しみとともに反省している（BK. X，31 章–35 章）。特に目については，

> … the eyes are the chief agents for knowing among the senses, it has been called concupiscence of the eyes in holy Scripture.[4]

とあるところだ。*Ayenbite of Inwyt*（良心の呵責）（1340）[5] の中では，五感の守りを説く件りで，やはり目，（汚れを聞く）耳，（悪を扱う）手，（芳香を嗅ぐ）鼻，（贅沢を許す）口をリストアップし，それらを一括して悪魔が魂に忍びこむのを許す「家の窓」としている（þise byeþ þe vif gates of þe cité of þe herte/huerby þe dieuel geþ in ofte ine þe vif þerles of þe house....)（204/7-9）（下線筆者）。さらに 14 世紀の説教師のハンドブックである *Fasciculus Morum*（掟の束）でも，我らは訓練を受けない視覚を抑制しよう，目（occuli）は我らの魂を傷つけるのにもっとも敏感であり，五感のうちで目はもっとも弱いものとして目の危険を最重要視している。[6]

ii

Ancrene Wisse も五感との関係で，この窓／目のイメジを多用する。しかもその大部分は *O. E. D.* の二つの文例も含めて，いわゆる *Ancrene Wisse* の第二部 “Her Beginneð oþer dale of þe heorte warde þurh þe fif wittes.”（これより五感による心のまもりについての第二部始まる）とある部分である。そもそも五感のうちで目は St. Augustinus によって感覚による知識のもっとも主たる作因としてとらえられたし，14 世紀中期の *Ayenbite of Inwyt* でも五感知覚の最初に視覚（zyȝþeihð）を論じる（204/4）。*Anerene Wisse* では ‘ehþurl’（目の窓）として提示される。ダビデが「わたしは心挫けています」（詩，40. 13）と言ったのは何故だろう。彼の心はどこから逃げ出したのでしょう。それは “... ed his ehþurl. þurh a sihðe that he seh þurh a bihaldunge....”（「見ることにより，視覚を通して，つまり，彼の目の窓からです」）（T 30）（下線筆者）というのである。この ‘bihaldunge’（beholding）というのはバテシバの故事に言及したものである。彼女はヘテびとウリアの妻であったが，その美しさにダビデは魅せられ誘惑した。彼女が妊娠してしまったことを知ったダビデは夫のウリアを激戦地に送って

戦死を余儀なくさせた（サム下，11)。これは「主の御心に適わなかった」（サム下，11.27）と旧約聖書では誌されている。彼女が水を浴びているところをダビデに見られたことが原因となっている。おもしろいことに，この ‘bihaldunge’ の主体はダビデであらねばならないし，主の御心に適わなかったのはダビデの行為である。しかし *Ancrene Wisse* の作者はその罪の大半をバテシバに帰している。

Alswa Bersabee þurh þat ha unwreah hire idauiðes sihðe: ha dude him sunegin on hire.... (T 33)
(Bethsabee also, by unclothing herself before David's eyes, caused him to sin with her....) (S 24)

つまり女が自分の行為で（たとえ気がつかなくとも）聖なる王，預言者ダビデを誤らせたということになる。このことは目の危険について，このバテシバの例に先だって，エバ，ディナの例を同じ趣旨で紹介しているところからも窺われる。

エバは禁断の木の実を美しいと見た（vidit)。そしてそれを夫アダムに与えたのである。その見たこと（bihaldunge）が人祖の永劫の罪につながった。だから親愛なる姉妹よ，「あなたがたが男性を見る（bihaldest）時は，エバと同じ立場にいるのです」（T 31)。ここで *Ancrene Wisse* の知られざる作者は，誰かとエバの架空対話を披露してみせる。

A Eue went te awei þu warpest ehe o þi deað: hwet hefde ha iondsweret? Me leoue sire þu hauest woh. hwerof chalengest tu me: þe eappel þat ich loki on: is forbode me to eotene and nawt to bihalden.（T 32）

(“Ah, Eve, turn away. You are casting your eyes upon your death,” what would she have answered? “But, dearest master, you are mistaken. Of what are you accusing me? Iam forbidden to eat the apple at which I am looking; I am not forbidden to look at it.”)（S 23）

食べてはいけないが，見ては悪い，とは言われなかったわ，というわけだが，[7] これはエバの屁理屈である。エバはここでは凡そ女性なるものの体現なのである。「愛する姉妹よ，エバには娘が沢山いて，彼女等がその母に習って云々」(O mine leoue sustren as eue haueð monie dehtren þe folhið hare moder....)（T 32）という発言があるからである。すべての女性はエバの娘として，エバの感覚に対する弱さを受け継いでいる。彼女の依怙地，彼女に発する性の衝動，女性はその罪深き肉体に閉じこめられている。故に女性は訓練されねばならない。これらは中世の男性を中心とする宗教的権威側からの女性観として定着していた。女性の感性を読むのは男性であった。男性によって書かれた三人の修道女姉妹の諸事心得書たる *Ancrene Wisse* もその例外ではないであろう。エバはその目に従って（efter hire ehnen）（T 32）移っていき，目から楽園の林檎へ，林檎から地上へ，地上から地獄へと飛び，夫とともにそこに溜まり，その子孫が永遠の死へと進む方向を開いたのだ，と論ずるのだ。これは「およそ心弱き女性」(euch feble wummon）（T 32）への警告である。

ディナの場合はどうであろう。レアとヤコブの娘ディナはある日外国の娘に会いに出かけた，というのである。「創世記」34章，1節の記述ではそこで土地の首長の息子シケムに見初められ凌辱を受けた。それがもとで大殺戮の事件が起る。ここで興味あるのは *Ancrene Wisse* の語り手は，彼女が男性を見た（biheold wepmen）（T 32）とは言ってないが，すべての災いのもとは彼女が「自分の方に〔シケムの目〕をとめさせたために起った」（dude of þat ha lette him leggen ehnen on hire）（T 32–33）ものだ。また「女性の仇な目について警告するために」（forte warni wummen of hare fol ehnen）（T 32）聖霊がこのような例を書物に書かせたのだ，と言う。もとカルトジオ修道士であった Adam of Dryburgh（12世紀後半から13世紀の人）の *De Exercito Cella*（御堂の管理について）にもディナについての発言がある。「彼女は男性を見るためでなく女性を見るために外出したのである……ところが彼女自身見られてしまった。これが彼女の災いとなった云々」（Dina egressa est, et egressa est ut videret, non quidem viros, sed mulires…et ipsa ad magnum malum suum visa est.）[8]

Ancrene Wisse より後年13世紀カンタベリ大司教 J. R. Peckham（c1240–c1290）の教令（1281）を基にして編纂された逸名子の信徒向きの神学マニュアル *Memoriale Credencium*[9] にディナがひとつの悪例として紹介されている記事がある。淫慾への対策を論ずるに際して，処女性の等閑視への戒めの件りで，そのひとつとしての「ディナがしたように外歩きをすること，すなわち宿からその国の女性を見に外出したこと」

（bodilich walkyng aboute as did Dina...þat walked out of hir jnne to se wymmens of þe cuntrey）（152/22–23）を戒めるところだ。また12世紀のサン・ヴィクトルのHugo（1096–1141）もディナの例をみだりに外出することへの訓戒例としている。玄関から外へ出ることを肉体の境を越えることとしてその危険について論ずる件りで，ディナはその内も外も清かったが，その心なさ（non habens cor）のゆえに誘惑されたというのである。特に見ることについて論じてはいないが，愚かしくも外出した，ということが眼目になっている。[10] St. Bernardusもその *De Gradibus Humilitatis et Superbia*（謙遜と傲慢の段階について）においてディナについて発言している。古川勲氏の訳（あかし書房，1980）で紹介しておこう。

> ディナ，あなたはなぜ異国の娘を見ようとしたのか，なぜ？　なんのために？　ただあなたの好奇心を満たすためではなかったのか。あなたはきっと「わたしは何気なく彼らを見ていただけです」と答えるであろう。だがあなたは敵からただ何気なく見られていたのではない，あなたはふとした好奇心にかられて彼らを眺めていたのだ。あなたのあの好奇心が，単なるでき心ではすまされず，のちになってあなた自身のため，兄弟たちのため，また敵どものためにも，あれほど有害な機会になろうとはだれが予測し得たであろうか。(84頁)

これは好奇心の害についての章での発言であるが，「罪は心の窓である五官をとおして人の心にはいってくる」（古川訳，82

頁）という前提がふまえられている。ディナの例は13世紀末の作品と推定される *Gesta Romanorum*（ローマ人の話）にも出ている。第166話にチェスについての記事がある。その王妃の駒の意味について叙する箇所で，王妃の駒（霊魂を寓している）は常に王の側にいるべきだ，というのである。飛びはねたりしないでゆっくり歩む，という。自己の行動範囲にとどまるべきだ。その例として「ディナは，彼女の兄弟たちの家にいた間は貞操を保っていたが，よその土地見たさに外出したとたんに，シケムの若者に犯されてしまったからである」。[11] ここでも処女喪失は男の罪としてよりは，女性の迂闊さへの応報という扱いがみえる。[12] それでは女性の生来の弱さという，つまり肉的存在である，という考え方を *Ancrene Wisse* との関係で考えてみよう。この作品の作者の女性への姿勢を見るためである。

iii

この出歩くということでは，ずいぶん旅，彷徨の経験をもっていたという Chaucer の *The Canterbury Tales* における The Wife of Bath を直ちに想起する。彼女の何番目の夫であったろうか，彼女が出歩くことをたしなめる。彼女によると，お友達のところへ行ったり，男友達のところへ遊びに行ったり（walke or pleye）（III, 245）すると，何の罪もないのに（withouten gilt）（III, 244）お前さん（夫）は大そう怒る，というのである。また四旬節《レント》がやって来ると，晴着をつけて歩きまわって一軒一軒訪問する（for to walke...／ Fro hous to hous)（III，546–47）と彼女は豪語する。第五番目の夫 Jankyn に夜な夜な女性嫌悪の本を朗読される。その中で妻が玄関から外を見た，というだけで夫は彼女を離婚したという話を紹介され，Wife は大そう男の横暴に激怒する。しかしこの妻の行為はまさに当時としては言語道断の行為であったのだ。たとえば結婚ということを考えてみよう。それは女性が父の管理下から夫の管理下に移ることなのである。父はそれまで娘を家の中にとじこめておく，囲いこんでおく，といってもよい。それは一種の保護である。滞りなく将来の夫の許にとどけるまでの家長としての義務であるといってもよい。およそまともな婦人は（処女も未亡人も含めて）その囲いこみから出て外をうろつくことは許されない。自由に出歩くということは 'sexually available' であることを公然と示すことに他ならなかった。[13] およそれっきとした処女がどんな公の席でも自分を見せるということはレイプ覚悟のうえでさえある。古くは Tertullianus がその *De Orationes*（祈禱について）の中で "If you are virgin, avoid the gaze of many eyes. Let no one look in admiration upon face. Let no one realize your deceit."[14] と説いている。「自分の家に足の落ち着くことがない」そして「街に出たり，広場に行ったり」（箴，7.10–12）するさまよえる女はどんなに卑しめられたか。父や夫の保護からの逸脱行為であったのだ。そういうきっかけを作るのが窓であった。「窓」は保護されたスペースと外界の相互作用の場であり，まさに Margaret Hallissy も言うように "The window was indeed a tempting locale."[15] である。

前述した *De Gradibus Humilitatis et Superbia* において St. Bernardus は次のように発言している。

> 死が罪によってこの世にはいって来たように，罪は心の窓である五感をとおして人の心にはいってくる。(古川訳，82頁)

St. Bernardus のこのことばは，およそ人たるものの五感にからんだ好奇心を戒める文脈の中での発言であった。*Ancrene Riwle* の作者もこの St. Bernardus のことばをかりて心の窓の危険を訴えている。そして人々は死，つまり肉体の死を閉め出そうとしているのに，

> ... an ancre nule nout tunen hire eiþurles aȝein deað of helle and of soule. and mid gode rihte muwen eiþur-les beon ihoten eilþurles. vor heo habbeð idon muchel eil to monion ancre.　(N 27)（下線筆者)[16]

> (... an anchoress will not close the windows of her eyes against the death of the soul in hell. The windows of the eyes may rightly be called windows of sickness, for they have brought much sickness to many an anchoress.)
>
> (S 26–27)

と締めくくる。St. Bernardus の場合は傲慢の第一段階としての好奇心についての談義である。*Ancrene Wisse* ではもっと具体的かつ現実的目標をもって語られている。修道女が直面するはっきり限定された危険が念頭にある。窓から外を見ることによる，言いかえれば異性に窓から彼女らを見る機会を与える結

果としての処女喪失に言及しているのだ。修道女庵室の「窓」，修道女の「目」，そして彼女等のそこから飛び出そうとする衝動，そういうものに対する戒めは，修道女たちの霊的生活が確固たるものからほど遠く，かつての荒野の修道士の理想はもはや置き忘れられていることに起因する，と Linda Georgianna は指摘する。[17] もちろん語り手は，今，自分が諭している三人の姉妹がそのような誘惑的なまなざしを送る女性ではないことは重々心得ているし，また彼女たちには関係のないことだ，とことわってはいるが（T 30），そこには弱き女性，ということを修道女への戒めの中で悪例として誌しているという意図が見える。

「窓」（þurl）の外を見るということは，心の窓を通して外の世界に目を向けることである。すなわち窓は目（ehþurl）なのである。目はそこから魂も肉体も出て行く窓である。エバも，バテシバも，ディナも実は窓から飛び出したのである。作者はそれを特に女性の例をとり，修道女への戒めとしている。なにがなんでも女性が悪いのである。修道女が女として潜在的に内包している女性の肉的弱さ，それが前提となっている。中世の男性の観想者たちも，St. Bernardus も，サン・ヴィクトールの Hugo も，男女にかかわらず神学的見地からおよそ人たるものの生のあり方を説いたのだが，*Ancrene Wisse* の作者は中世における階級意識の中でも特に女性に内在する生理に視点を据えている印象を受ける。だからこそその肉性を招じ入れる窓に注意しろと繰り返す。抽象的思弁に弱いとみなされていた女性には，まず具体から入っていかねばならない。そこで *Ancrene Wisse* の作者は「窓」（ehþurl）というイメジの具体的用法から説くのを好む。「姉妹たちよ，できるだけ窓へ愛着をもたないで」(mine leoue sustren þe leaste þat ʒe eauer mahen luuieð ower þurles....)（T30)。窓はすべて小さく（nearewest）せよ。カーテンを二重にし，内外とも白い十字架のついた黒い布地のこと。黒いというのは真の太陽であるキリストがあなた方を黒くして外界にとって価値なきものとなし給うため。白というのは純潔をあらわす。黒は目に悪くない，風にも強く，すけて見えない。色も褪せにくい，とその実用性が強調され，そして再度「居間の窓はどちら側からも固く閉じておくように」(lokið þat te parlures beo on eauer euch half feaste....)（T 30）と *Ancrene Wisse* の作者は誌すのだ。

iv

窓は確かに第一義的に見ることにかかわりをもつ。従って五感を論ずるに際しても，作者はまず視覚から入っていき，窓のイメジを多用した。しかし窓は単に見る，見られるだけの機能を果すのではない。窓は話すことにもかかわる。どうしても居間の窓（parlurs þurl）（T 35）のところに行かねばならない時は，侍女に訪問者が誰かを確認させること。どうしても会わねばならない時でも，「聞くだけ，ずっと黙ってなさい」(hercnið hise wordes and haldeð ow al stille....)（T 35)。さらに，教養を誇ったり教戒がましいことを言うのではない，よい評判をとろうと思うでない。だから教会付属の庵室の窓で誰とも話さないこと。

Vt þurh þe chirche þurl ne halde ʒe tale wið namon: ah beo reð þer to wurðmunt for þe hali sacrement þat ʒe seoð þerþurh. and neomeð oðerhwile to ower wummen þe huses þurl. to oþre: þe parlur. Speoken ne ahe ʒe bute ed tes twa þurles. （T 37）（下線筆者）

（Do not hold a conversation with anyone through the church window, but reverence it because of the holy Sacrament which you can see through it. Use the house window sometimes for speaking to your women; for other people, that of the parlour. You should not speak to anyone save at these two windows.）（S 30）

と実に具体的である。中世では大抵の場合独住修道士の住家は教会に接続しているか，その管区内にあった。修道女の場合も原則的には独住であったが，複数でそれぞれ別個の部屋を与えられて住まう場合もあったというし，侍女も住んでいた。この三人の姉妹の住居にはおそらく狭い窓が二つあったのだろう。教会へ開いている窓と，居間の窓がある。教会への窓はそこから秘跡を眺められるようになっていた。彼女等は祭壇上の聖櫃を見つつ祈ったのである。普通の会話は居間の窓が使われ，それらは格子窓になっていた。[18] *Ancrene Wisse* の作者は主に五感の入口としてこの二つめの窓を問題にしているのである。誰か親しい客が訪ねてきても侍女に応接させなさい。時には許可を得て窓をあけ，二三度好意を示す身振をしなさい。しかし修道女は普通の家庭婦人とは違って，時にはそういう礼儀が悪い結果を生むことがある，と言う（T 37）。

窓は聞くことにもかかわる。悪い話は聞かないでおこう「必要とあらば窓をしっかり締めましょう」（ʒef ned is: spearren ower þurles....）（T 43）。無益で，下品で，有害な話，たとえば陰口，お追従，こういうものに耳を傾けないように窓を締めておくことである。世に「粉挽き小屋と市場と鍛冶屋と女子修道院から噂話がもちこまれる」（From mulne and from chepinge. from smiððe and from ancre hus me tidinge bringeð.）（T 48）という諺があるが，もっとも世俗と隔離されているはずの女子修道院が無駄話（chaffle）（T 48）の恰好の場所と結びつけられるのは誠に残念だ（sari）（T 48）と *Ancrene Wisse* の作者は公憤を漏らすが，この諺の引用はいろんな土地の話をきかせるかささぎ女（rikelot）（T 48）のお喋りには修道女は耳を閉じよ，と説いた文脈中のものであり，ここにも修道女を女性の生態と結びつけている気配が見られる。[19] 窓（女子修道院の）について興味ある Linda Georgianna のコメントがあるので引用しておこう。

> A cacophony is heard through the churchyard window: the cries of merchants, the laughter of dancers and children, the flattery of friends, the gossip of maidservants. All opportunities for touching are concentrated at the windows.[20]

告白について解説する第五部で，告白者はその罪に至る具体的状況をこと細かに明らかにすることが要求される。罪に至る具体的状況をさらけ出すのである。誰と，どこで，いつ，どのように，なんど，なぜ（Persone. Stude. Time. Manere. Tale. Cause.）.（T 163-64）[21] そのうち場所に関する告白について *Ancrene Wisse* の作者は三姉妹にその告白の見本を提供する。[22]

Sire þus ich pleide oðer spec ichirche. Eede o Ríng i chirchȝard. biheold hit oþer wreastlunge. and oðre fol gomenes. spec þus oðer pleide biuoren worltliche men. biuoren recluse in ancre hus. ed oþer þurl þen ich schulde. neh hali þing. Ich custe him þer. hondlede him i swuch stude: oðer me seoluen. I chirche ich þohte þus. biheold him ed te weouede.

（T 163）

（"Sir, I played or spoke thus in church," "joined in the dance in the churchyard," "watched it, or the wrestling and other foolish sports," "spoke in such a way or was frivolous in front of men in the world," or "in front of a recluse in an anchorhouse," or "at another window than where I ought to have been," or "in the neighbourhood of something holy." "I kissed him in such a place," or "touched him in such a place," or "myself." "In church I thought in such a way," "looked upon him at the altar."（S 141）

明らかに女性の生態より導き出される罪が列挙されている。「所定以外の窓辺」（ed oþer þurl þen ich schulde）というのは居間の窓のことであろう。ダンスに加わったのも，庵から外に出たからであり，くだらない遊びを見物したのは窓からであう。男を見たのも窓からにちがいない。視覚から忍びこむ女性の心理をふまえた女性独特の誘惑への反応が列挙されている。もちろんこの書が直接に修道女に与えられているのであってみれば，いわば女性が読者という前提があるからには，その俗の概念は女性の日常の生活心理をふまえようとすることは当然であるかもしれないが，女性に関する中世の共通概念が *Ancrene Wisse* の作者にもあるようである。

庵室に厳然として存在する窓，物理的窓，それは修道女の住居と外との境界なのである。そこから見ることも見られることもできる家の構造物のひとつである。そしてそれは同時に修道女の内なる魂と世俗をつなぐ穴であることも間違いない。五感，特に外界の感覚的受け入れ口である目の機能を窓のそれとして解釈すること，それは比喩的解釈である。窓は象徴的には俗の観念の導入口でもある。だから窓を締めろという諭しは，目を閉じ外なる世界を忌避し，内なる自分を見つめろということだ。さもなくば心の目で神が見えなくなる（ha ne mei iseo godd mid gastelich sihðe....）（T 49）。心は神の部屋（godes chambre）（T 49）。感覚が外に向けられれば向けられるほど内に向けられることが少くなる（eauer se þes wittes beoð mare isprengde utward: se ha leasse wendeð inward.）（T 49）。目の感覚への警告は修道女が目を内に向け，心の目で神を見るためのものであった。窓のイメジは聖の世界と俗の世界の間に横たわる一種の客観的相関物として提供されているのである。このように窓のイメジは中世人にとっては公的に定着したイメジ，すなわちV. A. Kolveの言葉をかりれば，人々にとって ‘images possessing public meaning’[23] のひとつであったのだ。*Ancrene Wisse* の作者は特に女性の生態をふまえて一人の父と一人の母より生れた三人の修道女姉妹にこのことを徹底させたのである。

注

1 *Ancrene Wisse* は13世紀前期に書かれたものと推定される。三人の姉妹の修道女にキリスト教の秘儀を説いたもので，一般に *Ancrene Riwle*（修道女戒律）として知られているがこれは1853年にJames Mortonが *Ancren Riwle* と題し，中期英語に現代英語を対訳してCamden Societyから出版したものである（1968年にAMS Pressが翻刻している）。やがてAncrenがAncreneという属格になって *Ancrene Riwle* という題名で流布している。しかし中期英語版写本ではっきり題名が銘記されているのはCambridgeのCorpus Christi CCCCMS. V402（普通A写本と呼ばれている）だけで，この写本の冒頭に “Her beginneð ancrene wisse....”とある。WisseはOE形容詞wis（wiss）が名詞化してME wisseとなったもので（阿波加清志「*Ancrene Wisse* の表題」『三重大学人文学部文化学科研究紀要「人文論叢」』第5号，1988参照），J. R. R. Tolkienの編纂がある（*Ancrene Wisse*, E. E. T. S. OS, 249, London: Oxford University Press, 1962）。他にBritish Library, Cotton MS, Nero A. xiv（N写本と呼ばれる）をMabel Dayが編纂したものもある（*Ancrene Riwle*, E. E. T. S. OS, 225, London: Oxford University Press, 1952）。本書では引用にあたってTolkien版 *Ancrene Wisse* の場合は（T頁数），Day版 *Ancrene Riwle* は（N頁数）のような要領で典拠を示した。なお現代英語訳には *The Ancrene Riwle*, trans. M. B. Salu (Notre Dame: University of Notre Dame Press, 1955) があるが，本書では中期英語引用の下にカッコでくくってSalu訳を掲げた。その場合は（S頁数）の体裁を採った。

Ancrene Wisse の執筆事情については，Yoko Wada, ‘*Temptation’ from Ancrene Wisse*, Vol. I, Institute of Oriental and Occidental Studies, 18 (Osaka: Kansai University, 1994), ixvff.を参照のこと。

2 *M. E. D.* においても *Ancrene Riwle* からの用例が初例も含めて断然多い。なお ‘thirl’ はOE ‘þýrel’ でBosworth and Tollerによると，‘A

hole made through anything, an appurture, orifice' とある。特に比喩的用法あり，とはことわっていないが，窓が敵（feondum）の侵入口であるという用例を，Defensor, 140, 6（Defensor については注 3 を参照）より文献例としている。（ちなみに OE 'þurh' は対格支配の前置詞として 'marking motion into and out at the opposite side' を伝えるものである〔'þurh,' A, I, local, (1)〕。〔Cf. An *Anglo-Saxon Dictionary*, ed. Joseph Bosworth enlarged by T. Northcote Toller, 1898; rpt. London: Oxford University Press, 1954〕）。すべてゲルマン系の語である。フランス語からの 'fenester' は 13，4 世紀にも英語として用いられていたが，現在では廃語である（*O. E. D.*, s.v. *window*）。

3　*Defensor's Liber Scintillarum with an Interlinear Anglo-Saxon Version*, ed. E. W. Rhodes, E. E. T. S., OS. 93 (1889; rpt. New York: Kraus Reprint, 1987), p. 140.

4　*Augustine's Confession*, trans. V. J. Bourke. The Fathers of the Church: A New Translation, Vol. 21 (Washington, D. C.: The Catholic University of America Press, 1953), p. 308.

5　*Dan Michel's Ayenbite of Inwit*, *or Remorse of Conscience*, ed. Richard Morris, E. E. T. S., OS, 23 (London: N. Trübner, 1866).「エレミヤ書」9.20 に「死は窓から這い上がり/城郭の中に入り込む」という一節があるが，15 世紀初期の信徒指導用の説教集 *Jacob's Well*, Part I, ed. Arthur Brandeis, E. E. T. S., OS, 115 (London: Kegan Paul, Trench Trübner, 1900)はこの聖句を五感の誘惑への戒めの例としている（1/18–2/1）。

6　Siegfried Wenzel, ed. and trans., *Fasciculus Morum: A Fourteenth Century Preacher's Handbook* (University Park: The Penssylvania State University Press, 1989), 652/52.

7　これと同巧異曲の問答は St. Bernardus の *De Gradibus Humilitatis et Superbia* にもあるが，*Ancrene Wisse* の作者の数々の St. Bernardus への言及から推察して，その影響は考えられる。同書には古川勲氏の訳（あかし書房，1980）があるが，その第 10 章，30 参照。

8　Alexander Barratt, "Anchorite Aspects of *Ancrene Wisse*," *Med. Aev.*, XLIX (1980), 1, 43, 55n.

9　*Memoriale Credencium: A Late Middle English Manual of Theology for Lay People*, ed. J. H. L. Kengen. D. Litt. Dissertation (Nijmegen: Katholieke Universiteit, 1979).

10　Hugo の *De Arte Morali* にこうした記述があるが，Elizabeth Robertson, *Early English Devotional Prose and the Female Audience* (Knoxville: The University of Tennessee Press, 1990), p. 56 における引用文の間接引証である。

11　『ゲスタ・ロマノールム』伊藤正義訳（篠崎書林，1988），第 166 話，p.684。（伊藤氏は H. Oesterley 版〔1872〕に拠っておられる）。J. H. Herrtage 編の E. E. T. S. 版中期英語訳にもチェスの言及（Harl. 7333，第 21 話）があるし，C. Swan の現代英語訳（W. Hooper 改訂版，1876）にも第 166 話として同様の言及があるが，ディナについて触れるところはない。

12　ちなみにディナの見習うべきは聖母マリアである。*Memoriale Credencium* に “For maydonus hit befalliþ for to be in stillenesse and in close. as oure lady seynt Marie was. þo þe aungel come to hire þat founde hir in a derne chaumbre and not stondyng ne walkyng in stretus.” (153/7-11) という記述があったり，*Ancrene Wisse* の作者もみだりに聖母が外出なさらなかったことを指摘して，“Vre leoue leafdi ne leadde ha anlich lif? ne fond te engel hire in anli stude al ane? nes ha nowher ute: ah wes biloken feste. for swa we ifindeð.” (T 84) と発言していることも注目しておいてよいだろう。

13　Margaret Hallissy, *Clean Maids, True Wives, Steadfast Widows: Chaucer's Women and Medieval Codes of Conduct* (Westport: Greenwood Press, 1953), p. 47.

14　Tertullian, *Disciplinary, Moral and Ascetical Works*, trans. R. Arbesmann, E. J. Daly and A. Quasin. The Fathers of the Church: A New Translation (New York: Fathers of the Church, Inc., 1959), p. 180.

15　Hallissy, *op. cit.*, p. 92.

16　‘eil’ は harmful, loathsome, grievous の意（*M. E. D.*）。したがって ‘eilþurles’ は wordplay である。

17　Linda Georgianna, *The Solitary Self: Individuality in the* “*An-*

crene Wisse" (Cambridge, Mass.: Harvard University Press, 1981), p. 64.

18　Preface to *The Nun's Rule*, mod. James Morton with Intro. by Abbot Gasquet. Medieval Library (London: Chatto and Windus, 1926), xvi，xx; Elizabeth Robertson, *op. cit*., p. 27; Graciela S. Daichman, *Wayward Nuns in Medieval Literature* (Syracuse: Syracuse University Press, 1986). p. 113.

19　*Ancrene Wisse* の作者もかなり影響を受けたであろう12世紀後期のシトー派の Ælred of Rievaulx の *De Institione Incrusarum* においても，独住修道女の庵の扉は締めておかるべきだと説かれている。観想生活の邪魔になるからだ。しかし厄介なことにまだ窓というものが残っている。そこはお喋りの場である。女性訪問者が罪深い気晴しと偏見を持ちこんできて，修道女の心を乱す場である，と言っている（Barrat, *op. cit*., 35)。

20　Georgianna, *op. cit*., p. 64.

21　ちなみに，教会側としては，できるだけ修道女の非を隠したがったといわれている。女子修道院内の醜聞はしばらく秘されていた。もっとも修道女が懐妊したような場合は隠しきれなかったという。そういう時は相手の男は女子修道付司祭であることが多かったとされている。そういうことが司祭巡察記録に誌されいるのである（Daichman, *op. cit*., pp. 8, 10, 169n)。

22　ちなみに修道女はキリスト教伝統において非常に複雑な存在で，その伝統の中にはめこまれながらも，権威ある座に着くことは拒否されていた。もちろんラテン語の素養もなかったとされている。彼女等の告白は巡察司祭に頼らねばならなかった。

23　V. A. Kolve, *Chaucer and the Imagery of Narrative: the First Five Canterbury Tales* (Stanford: Stanford University Press, 1984), p. 65.

V　英文学巡礼マルジナリア
—ひとつのバイオグラフィア・リテラリア—

1　斎藤勇先生のこと

小学校も六年生（1940年）のある日，担任の先生がご自分のデスクに私を手招きされた。当時先生はしきりに英語を勉強しておられたようである。「君と同姓同名の文学博士で立派な人がおられる。君も立派な人になるんだよ」と軽く平手で坊主頭を叩かれた。結局立派な人にはなれなかったが，これが東京帝国大学教授・英文学者斎藤勇博士（1887–1982）との初めての一種の出会いであった。

中学生（旧制）時代，新学年のたびに，新しい英語の先生が名簿を読みあげて私のところへくると，「ウム？」と小首を傾げる。そしてつくづく私の顔を覗きこみ，英語をしっかりやるんだよ，ということになる。どうも何かがあると先生の名前が私を追っかけてくる。先生はその『イギリス文学の特質』という著書の中で，英語の綴りや発音が簡単でないというくだりで，ことのついでに私に触れて，日本の人名地名も実に分りにくい，自分の「勇」は「たけし」と読むので，もし素直に「いさむ」と読めば，同学のこととて「先方に迷惑をかけるかもしれない」と暗に私のことを気遣って発言されている。かつて新聞のあるコラムで「同姓同名のよしみある人よ幸あれ」と書いてくださったし，1978年，帝国ホテルにおける日本英文学会五十周年記念式典での講演でも拙著『中世のイギリス文学』に触れられた。光栄であった。迷惑なんてとんでもない，と言いたいところだが，いろいろ笑えない事件が同姓同名のよしみでついてまわった。

先生の同僚，後輩，弟子筋にあたる方々から私宛に寄贈書が届けられる。みな著名の人々である。私ごときに贈呈してくださるはずはないので出版元に問いあわせると，間違いでした，失礼しました。つづいてどうぞその書物はそちらの斎藤勇先生のお手許にご所蔵してください，とくる。執筆依頼が頻々と舞いこんできた。一度などはなんと英学回顧というテーマではないか。まだ一介の英学書生にそういうものは書けるはずはない。やはり間違いだった。『英語青年』からウイックリフ訳聖書について二頁分という注文があったので，またまたと思って連絡してみると，こんどは確実に「いさむ」への依頼であった。これは「たけし」先生の領域だがなあと思案しつつ，おどおど書いた原稿が『英語青年』（1963年9月号）に掲載された私の初めての文章である。愉快なのは日本英文学会の年度会費の受領証が届いたこと。実は私はその時点でまだ会費納入を怠っていたのである。

学生の頃，斎藤勇先生の『英詩鑑賞』が読みたくて探したが，戦後，書物が入手難でまともに金銭でも買えない。古本屋で，やはり当時不足していた何かの食糧品と交換したように思う。訳文流麗すぎて，うまいなあとは思いつつ，生活の実感や，美文に不慣れの青年の美意識に直接訴えないので，どの訳も同じ調子でしか迫ってこない。若かったから胸にこたえるような感激を期待していたのだが……。それに解説の文章もあくまで具体を離れず，気のきいた言いまわしもなく，淡々として起伏がないのでもの足らなかった。それでも，厳しいキリスト者としての先生のきっぱりとした名訳に心を引かれるところもあって，そのうちのひとつが先生の訳文のままわが座右銘となった。古い岩波文庫にブラウニングの『サウル』の翻訳がある。その断ち切るような簡潔な訳にとびついて今も諳んじている箇所に，「これなり——人を高むるのはその為すところにあらず，為さんと欲するところ」(Tis not what man Does which exalts him, but what man Would do.) というダビデの確固たる信念の発言がある。結婚式で新郎新婦に送る激励文記入の色紙に，よくこの詩句を書く。

後年，大学で英文学史を講ずるようになった。当然先生の『イギリス文学史』を参照した。私はもともと英文学史の類をマニュアルのように扱って，通読しない。ところがこの際というので通して読んでみて，その該博かつ正確な知識に圧倒され，これは及ばないと思った。一見無味乾燥な事実の羅列のようにみえながら，斎藤先生の没個性を貫かれた個性が滲み出ている。今，私の専門分野のラングランドの項などを読んでみると，この詩人の改革的精神を指摘してウイックリフと並べて「近代への一路」とされているのなどには異論はあるが（私見によればラングランドは，改革者といわんよりはむしろ保守的な詩人である。ただその激しい言辞のため，よく宗教改革の先駆者として読まれる)，これはプロテスタントとしての先生の解釈で，一度はちゃんと中世詩人ラングランドを読まれた証拠である。華麗な言葉によるごまかしのない，先生個人の英文学史である。脚注を多くつけて，しかもそれを大事に扱っておられるのも先生の姿勢である。もはやこのような独力による英文学史はあらわれないであろう。

私は父親の跡を継いで日本画家になるものと思っていた。ところが時あたかも太平洋戦争酣《たけなわ》で，日本は戦局すこぶる不利であった（1944 年頃）。今美術学校の学生などになれば戦争に駆り出される。同じ戦で死ぬなら，同姓同名の著名な英文学者を意識して頑張り，結局中学校での得意科目のひとつになっていた英語でも勉強して死のう，と思いなしたのである。なんだかんだと言いながら，斎藤勇（たけし）先生のお名前を先達としてここまでやってきた。よろず，先達はあらまほしけれである。

2　英語と遊び

英語だけは，中学生（旧制）時代（1941–45）せっせと勉強した。別に少年に確固たる理由があったわけではない。斎藤勇《たけし》先生の名前も意識したが，なんといっても横文字の醸しだす異国情緒に刺激された。またアメリカ帰りの池田君という友人が見せてくれた，美しい挿画いりの英語で書かれた少年冒険小説まがいのものを手にとって「読めるの？」と尋ねてみたら「ウン」と言う。「すごい。」英語に上達すればこういうものが読める。およそ理由や動機とはそういう単純なものである。一年生の時には森巻吉編 *New Light Readers*（編者は旧制第一高等学校の校長だった人らしい）というのを教わった。これは今から思えばなかなか教育的配慮が行き届いた教科書で，最初の方の文章は今でも諳んじている。おきまりの “It is a pen.” ではない。“Robin! Robin!/ You are a bird./ Sing, robin, sing!” といった調子でこれを唱えさせられる。詩的でリズミカルな文章だ。現在各方面で活躍している旧友たちも，未だにこの文章を調子よく覚えているという。リズムをつけて暗唱するので，“Come my dove!” といった文章などは「ナンマイダブ」と友人たちと茶化したりした。なんといっても相手は，生れてこのかた耳で覚えて話してきた言語ではなく，いきなり「読み書き」によって学ぼうという外国語である。それを暗記する。文法理論をふまえて逐語的に覚えるのでなく，リズムのある文章を我々の心の耳に響かせるのだ。

毛利信春先生という忘れがたい英語の先生がいらっしゃった。英英辞書を使用せよ，としきりに勧められる。研究社の『簡易英英辞典』がよろしい，と教室でいろんな単語を引いて解読してくださる。「Fly，これはだな，翼という手段によって空中を移動することだ。」父にねだって学校出入りの本屋で買い求める。早速 Fly を引いてみる。すると「〜という手段によって」と先生がおっしゃったところは “by means of” となっている。さあ分からない。‘mean’ は「意味する」を意味する動詞だ。この種の辞書を引くにはかたわらに英和辞書が必要である。それで英和辞書で‘mean’を検索すると名詞として別に立項してある。なんだ，この ‘mean’ は名詞じゃないか。熟語欄に “by means of” で「〜によって」と説明してある。分かった，これでひとつ覚えた。これは一種の発見であり遊びであった。強制されない心の自発的な活動である。それに心の高揚感が伴う。

毎日帰校の途中，友人たちと妙心堂という国鉄花園駅前の古本屋で遊ぶ。店主のおじさんは，うろちょろする悪童たちをさぞ胡散臭く思っていたろう。二年生のある日，*The Nuttall Encyclopaedia*（1900）という辞書まがいのものを見つけた。かび臭いが，なんといっても舶来の英語の辞書だ。お金を握って本屋にもどり，買い求めて小脇に抱え帰宅した。早速調べてみると encyclopaedia というのは百科事典のこと。英語の百科事典を買っちゃったと，うれしくなってあれこれ見出語を検索する。Kyoto，Tokyo とか Japan を引いてみる。中学生の英語力ではまだ難しくて読解できない。それでも英和辞書をたよりに単語を拾って読んでみると，大体のことは分かる。Japan の項では，何年から何年まで外国人は‘exclude’されたとある。‘Exclude’を英和辞書で探してみると，「閉めだす」とあるから，ああ鎖国のことか，と合点する。Kyoto の項では，日本の ‘capital’ であった，という説明くらいは理解できる。まさにこれも遊びであった。因みにこの Nuttall（ナトール）というのは，P. Austin Nuttall といって，19 世紀末，教育書や英語発音辞書，英語辞書の編者として有名な人であったらしい。

ところが我が英語遊びに大事件が起こる。私は 1941 年，桜の花の咲く頃，京都の府立三中に入学した。その年の 12 月 8 日太平洋戦争勃発。1942 年の終り頃には戦況ははかばかしくなくなってくる。1943 年，学徒戦時動員体制確立要項が決定されたりして，翌年にはついに我々も飛行機会社で艦上攻撃機製作に日夜没頭する。日本必勝を信じていた軍国少年であったし，みんな遠からずお国のために死ぬことは覚悟していた。英語どころではなくなったのである。でも自分は好きな英語を勉強して死のうと，英語では定評のあった同志社大学の予科に進学することになる (1945)。そこへ降って湧いたように敗戦。アメリカ軍を主体とした占領軍が日本へ入って来る。日本中は英語でなければ夜も日も明けない。大学予科という高等教育機関での英語には苦労した。なにしろ中学校三年生以後戦時中でもありまともに英語の勉強はできていないのである。そこで考案したのが，遊びの復活。遊びながら勉強しようというわけで，英語の小説とその翻訳を並べて，まず第一頁だけ翻訳で読む。その相当箇所の英語を次に読む。辞書は引かない。これを続ける。頻度の高い単語はやがて意味が類推される。何冊も読むと薄皮がはがれるように判読できだした。スティーヴンソンの『新アラビアン夜話』とか，アーヴィングの『スケッチ・ブック』など懐かしい。シャーロック・ホームズものについては失敗した。贔屓にしている人物が犯人ではないかという扱いがしてあると，翻訳で先に読んで安心する。途端に白々しくなって，読み続けるのがいやになる。サスペンスを味わうという遊びが中断されてしまったことになる。私は今も，自分の学問を苦しい遊びだと思っている。

3　中世文学よ，こんにちは

1948 年 4 月，私は同志社大学の英文学科に入学した。この時期，戦争中に壊滅状態になっていた英文学科をなんとか立て直されたのは，上野直蔵教授であった。当時，その『近英文芸批評史』の著者でかねて憧れていた矢野禾積《かずみ》先生が専任の教授としていらっしゃったが，矢野先生にウォルター・ペーターの「ロマンティシズム」と「スタイル論」を講読していただいたことは，今も鮮明におぼえている。一言一句も疎かにされない先生の読み方には，目を見張る思いがした。曖昧な訳をつけると「イカン」と鋭く注意をされる。その「スタイル論」で，形式と内容の一致せる good art を縷々論じてきたペーターが，終りの方で “Good art, but not necessarily great art....” とにわかに主張を転ずるところなど，声を高くして解説された。

京都大学から山本修二先生が出講していらっしゃって，マーローの『フォースタス博士』を読んでいただいた。この先生，脱線が楽しいというので，我々はその線へと先生をしきりに誘導したが，頑として応じられない。謹厳な講読を最後まで続けられ，全部読みきってしまわれた。一度，ある出版社の懇親会でお隣りに座らせていただく光栄に浴したが，先生は鶏の腿焼きが好物だとおっしゃった。「ところがじゃ，鶏はブロイラーというものを使っとるらしい。変（ヘン）だ，変（ヘン）だと思っていたら，ヘン（hen）ではなかったのだ。」いきな機知に富む先生だ。けれども公私をちゃんと弁えられた，律儀で誠実なお人柄であったのだ。

入学早々，卒業論文のことが頭から離れない。シェイクスピアについて書こうと思った。（理由は簡単，英文学ではシェイクスピアの名をもっとも早く知っていたから。）ファーネスの集注本『オセロ』をこつこつ読んだ。参考書類も当然渉猟したが，ちょっとしたテーマはほとんど先人が掘りつくしているという実感（もしくは錯覚）をもった。気負っていただけに，自分は一体どうしたらよいのかと困惑し，窮余の一策として『オセロ』批評史のようなことをやってしまった。あとで上野教授からお叱りを受けた。ああいう研究はシェイクスピアを十分極められた方がやるものだ，まだ嘴の黄色い大学生などがやるものじゃない。肝に銘じた。で，いまだに私は専門のチョーサーの研究史のような仕事には手が出せないでいる。

1950年に大学院に進んだ。上野教授の巧みな説得もあって，スペンサーの『仙界女王』を研究することに決めた。今にして思えば，先生はこの頃から斎藤を，自分の専門の中世文学の世界に引きずりこもうと思っておられたふしがある。『仙界女王』は思った以上に大変な作品であった。（読了を上野教授に報告したら，よくやった，おめでとうと中華料理をおごっていただいた。）騎士の冒険ロマンスのようでもあり，アレゴリーのようでもあり，叙事詩の意図や格調もありで，大いに戸惑った。人物の行動は，その人物に託されている抽象的美徳に制限されている。しかし私は，女性に極めて血の通う人間的な言行のあることに気がついた。それでブリットマートという女性騎士を中心にして，貞節と友情（男女の愛も含む）の人文主義的な相互補完を探し出して，どうにか修士論文を書きあげた。

気がついていたのは，プロテスタントと自他ともに許すスペンサーのこの作品に，中世のキリスト教会の秘跡のイメージが頻出することだ。スペンサーは，中世的要素によって象徴的雰囲気を醸し出して美的効果をねらったのだと一応は合点はしていたものの，この際，中世，とくに宗教文学を押さえておかなければと覚悟した。多分上野教授の思惑どおり，「中世文学よ，こんにちは」とばかり，モリス編の説教集や『修道女の戒律』『真珠』その他の宗教に関する文献を手当り次第に読み耽った。同じ年輩の若い同僚たちは，extensive reading と称して一日 200 頁もの速さで，次々作品を読みあげている。ところがこちらは一日 200 頁どころか，200 行もおぼつかない。因果なことだが苦しい遊びと観じ果て，来る日も来る日も中期英語で書かれた宗教文学の資料を読み続けた。

そういう矢先大きい作品と鉢あわせしてしまったのである。それがラングランド作『農夫ピアズ』である。目も眩むような延々たるアレゴリーである。万里の長城とも，ピラミッドとも，いや戦艦大和ともいおうか，堂々と築かれたイギリス中世詩。その頃すっかり木乃伊とりが木乃伊になって，中世の文学を専門にしよう，しかもチョーサーを，と思い始めていたのである。しかしこの作品は重要ながら，途中下車のつもりだった。でも腰は据えて読むことにした。ところが途中下車をして見物するには余りに広い町で，しかも迷路一杯，入ったら容易に出てこられない。1961〜62 年頃のことである。

当時日本では，ラングランド研究は，単行本としては西脇順三郎教授が研究社の英文学評伝叢書中の一冊として発表されているくらいで，他に斎藤勇《たけし》教授，中山竹二郎教授，大山俊一教授のエッセイや小論文，またのちにこの作品を編纂，翻訳もされた生地《おいじ》竹郎氏の論文が数点ある程度。名のある詩人でありながら，研究についてはまだ未開発といってよかった。シェイクスピアから入って十年間，気がついたらこんなところに来てしまっていた。これからこの詩人相手に，長い苦しいたたかいが始まるのである。

4　どちらの生き様？
ラングランドかチョーサーか

「何の研究をしていらっしゃいますか」と尋ねられることがある。ラングランドです，と答えると，同学の人だとすぐに「それは大変ですね」と言ってくださる。ふつうの市民の方だと，「ラングランドって何ですか」と鸚鵡返しに質問される。それほどラングランドは日本では知名度が低い。くわしく説明するのもどうかと思って，チョーサーと同時代の詩人です，と言うことにしているが，そのチョーサーさえご存知のない方もいる。

ところが，奉職している大学の経済学部の教授が大いに関心を示してくださった。イギリス経済史では，ラングランドは大そう重要な存在だそうな。「一度講義してください，あれは中世の英語で書かれているのでしょ，それでなかなか第一次資料として用いるのが億劫」と言われる。結局講義云々の件は沙汰止みになったが，経済史家のあいだで注目されているという事情は分らぬでもなかった。ラングランドの『農夫ピアズ』の中心テーマは，次のように要約されよう。神が地上衆生に与えられた万物を，神の思召にかなうように使用せよ。各人は自分にふさわしい財産を神から受け取るのだ。それ以上要求してはならない。究極は，人間の地上営為たるもの，神のものは神に返すという愛徳の行為，すなわち善行に極まれり。こうした思想はまさに，古き良き中世以来の人間の経済活動の命題を扱っているのだ。そもそも各人の経済的利害は，キリスト者としての人格的行為に発する。そしてそれは，人生における救霊という考え方に従属する。身分相応の生活をするために必要な経済的行為をすることは正しいことであっても，度が過ぎると貪欲である。ところが人は，この分を越えた行為に走りやすい。そういうことをラングランドは見ているのである。

私にとってラングランドの魅力のひとつはまた，市井の風俗の語り方である。彼は人を語り，世を語ることに詩人として責任をもっている。そのしたたかな現実観察の目は，たとえば風俗化した托鉢修道士の生態に対して鋭い。彼は聖職者の端につらなるものとして，破れ法衣を身にまとい，説教話などを庶民に聞いてもらって，物乞いの生活をしていたという。それなのに同じ物乞いの生活をしていたという托鉢修道士には，ずいぶん手厳しいのである。托鉢修道士とは，もともとキリストのまねびと清貧をまもって伝道をつづけた聖フランチェスコの衣鉢を継ぐべきものである。しかしこの時代の托鉢修道士は徐々に組織を組み，なかには托鉢に名をかりて一軒一軒門付けをして物品をねだり，女人をたぶらかした者もあったらしい。ラングランドはこういうことが残念でたまらない。それで，托鉢修道士が行商人と化し，小荷駄一台の小麦で簡単に赦免を与える，供応を期待して他家に入りこむ，金持連中の後ばかり追う，大食漢，世辞好き，詐欺師，いかさま野郎，ほら吹きなど，ラングランドの筆にかかっては托鉢修道士は良いところなし，となる。

同時代のチョーサーも，かなり托鉢修道士に関心を持っている。両者を比べてみると面白い。やはりラングランドが観察した托鉢修道士たちと，ほとんど同じ生態が描かれる。ところが読後感がかなり違う。あきらかな印象は，チョーサーは余り目くじらをたてないことだ。どこか笑っている。目くばせして肩をすぼめている様子が目に見える。社会・経済学者，風俗史研究家，歴史家たちの資料としてだけ考えるなら，『農夫ピアズ』であれ，チョーサーの『カンタベリ物語』であれ，十分情報を提供するであろう。しかし文学作品として読む段になると，それだけでは済まない。同時代を見るこの二人の詩人としての性格上の相違を，肌に感じたい衝動にかられる。私はラングランドを研究したあとでチョーサー研究に入ったので，この相違はやはり気になった。

要するにラングランドは必ずといってよいほど，正邪の形容詞をつけるとか，往時の良き時代に照して現代を慨嘆するとか，そういう姿勢をくずさない。本来，托鉢修道士はかくあるべきなのに，どうして今は，といった調子。どうも終始，説教されている実感を受ける。（しかも後めたい思いで。）そこへいくとチョーサーには，鷹揚な素振りがある。托鉢修道士の実態は示しはするが，弾劾の声を生にきかせない。時には褒めたりする。自分の宗派では「大切な支柱」，おえら方や金持の女房の間で「評判よろしき男」，裁判所で「能弁」，聴罪では「優しい人」，といった調子だ。手放しで称賛していないことはすぐ分る。痛悔もさることながら，お布施をはずみなさい。「人間って，心を痛めていてもそう簡単に痛悔の涙を見せられないもので……」と，人生の訳知りのような言辞も弄する。あてこすりのアイロニだ。ラングランドにもこういうアイロニはないことはないが，道にはずれたことは「許さない」という態度が基本にある。

これらはもちろん両詩人のある一面をとらえての話だが，どうも人生を処する態度に相違があるようだ。「赤信号，みんなで渡ればこわくない」とどこかのタレントが言ったそうだが，チョーサーなら，自分でも苦笑しつつ，みんなで赤信号を渡るかもしれない。しかし，ラングランドは絶対渡らないだろう。現代人ならどちらの生き様を選ぶだろうか。

5 「新批評」から「聖書釈義批評」へ
――若き英学生の悩み――

1950年代から60年代にかけて，私たちの大学の英文学科で旋風が吹き荒れた。すくなくともそういう実感を受けた。「新批評」という文学理論である。要するに，作者は度外視して作品にだけ迫ろうという姿勢だ。作家，詩人の伝記，思想，歴史的・社会的背景，作品から受けた印象，文学史的関連，そういうものを取りはらって，作品を作家という個性から離れた独立の実体と考え，その内容と形式の一致を分析しよう。どんな些細な言葉でも，作品の全体的意味と構成に一分の隙もなく計算されて埋伏されているはずであり，構成上説明のつかない脱線やくどい繰り返しは欠点とされても仕方がない。こういう理論の適用は，中世文学を学んでいる者にとっては戸惑いがあった。脱線や繰り返しこそが，口誦伝達にのっとった古い文学の特徴である。中世のほとんどの作品は，ブルックスの言う「見事につくられた壺」のような，一分の隙もない有機的構成美を備えていない。

しかし，こういう分析はやってみると楽しい。作品の構成と意味との有機的統一を発見し，それを披露できた場合は愉快である。なるほど，アメリカの大学で文学教授法として採用されたのもむべなるかな，と思った。文学作品に近づく原則的姿勢だからだ。しかし，作品はまこと作者の人格から独立したものか。作者，作品はそれを生み出した時代と無縁のものか。詩人，作家は，ひとつの社会的・文化的カテゴリーの中に存在している人格であるはずだ。なるほど中世文学の場合は，ほとんどの作品は作者不詳で，その人柄，伝記といった予備知識など知りようがない。さりとてその匿名性は，裏を返せば同時代のキリスト教共同社会全体の強い意図のあらわれである。

　とつおいつしているうちに，出典や類作との比較研究を思いついた。伝承文学という粗い原石が磨かれ，整えられて名作になっているとしたら，そこに有機的な美に近づくなんらかのプロセスが見出されるかもしれない，と考えたからである。中世の作品をそういう目的で調べあげていくと，どうしても意味解釈の引金となる出典として聖書につき当ってしまう。ここで，聖書釈義をふまえた批評家の著作に接触せざるを得なくなった。

　そもそも中世人の生活は，善くも悪しくも，揺篭から墓場まで救霊についての教会の間断ないささやきに支配されている。いわば人は中世というコスミックな，かつ社会的構造の範疇の中にいる。主の日といい，諸聖人の祝日といい，信者は一応晴着で教会へ行く。説教がある。説教は退屈であるかもしれないが，否応なしに聖書の知識は信徒の頭に定着する。司祭は，「正則説教便覧」のようなマニュアルを利用して説教をする。そういうマニュアルには，中世の教父たちの聖書釈義が拾遺収録されているからだ。しかも聖であれ，俗であれ，およそ書かれたものにはキリスト教的愛徳精神の推奨があると考える。どのような現象も，文字通りの事実的理解の他に，信仰の秘密を解き明かす象徴的・神学的意味を自らのうちにはらんでいる可能性を，強く意識するのである。そういう中世神学がマニュアルを通して司祭の手に渡り，決った日に決った内容の説教が行なわれる。信徒はもはや，そういう解釈を知悉しているはずだ。

おおよそこういう前提をたてて，文学作品にこの聖書釈義を適用する。チョーサーの描く，バースの泉よりまかり出たひとりのかみさんとその過去の五人の夫。聖書にあるサマリヤの泉の女とその過去の五人の夫。こういう対応関係には信徒はすぐ気がついたはずだ。五人の夫とは人間の五感のこと。この世の泉の水は五感の渇望にも似て，飲むほどに人を渇かせる。バースのかみさんとしては，渇かざるために永遠の生命の水こそよけれ，といった読み方は，手品のようにあざやかである。私はこれにすぐ飛びつくことになる。中世キリスト教社会の風土を考える時，こうしたアプローチは避けて通れないと思ったのだ。「新批評」へのこだわりから，こんなところへ来てしまった。

ところがこの聖書釈義批評にも，まもなく疑問を抱きはじめたのである。たしかに教会で説かれる聖書の釈義は，民衆にとって特に高踏的ではなかったであろう。文学作品の中の何気ない記述にも，日頃説教を通して心得ていた釈義を重ねることもできたろう。ところがどう考えても，次のような疑問につきあたる。俗の関心が聖の関心より優越している作品にまで，キリスト教的愛徳の精神を読みこまねばならないのか。卑猥な滑稽詩も，そこから逆算された精神性を主テーマとして読みとらねばならぬのか。座興の笑いだけを受けとめてはいけないのか。ここにも「新批評」におけると同じように，作品が作者の意図から離れて独り歩きし，批評家に託されている現象を見るのである。ある作品に聖書釈義的批評を適用するかしないか，要は常識なり，と達観するようになった。

今は全く自分流に，かつて貧しいながら会得した「新批評」的アプローチと釈義的アプローチを時宜に応じて使い分けて納得している。なぜなら，これらの方法は私にとって余りにも原則的であるからだ。作品にしかと対面しておればなんとかなるのである。泡沫のようにふくらんでは消える何々主義の下で悩むのは，もう願いさげにしたい。

6　在外研究の弁

1970年から71年にかけて大学から在外研究のお許しをいただき，イギリスはケンブリッジのユニヴァーシティ学寮（今のウルフソン学寮）にシニア・メンバーとして招かれることになった。私の立場は十分に優遇される地位だったが，特定の教授について厳しい個人指導を受けられるということでなく，独立の学者としてご自分で好きなように勉強してください，ということでがっかりもしたが自由に過ごした。

そもそもここケンブリッジやオックスフォードの学寮というのは，多様な専門領域の学生・学者が，同じ屋根の下で紳士的人間関係を結ぶ場である。酒場までちゃんとある。誰も泥酔して他人に迷惑をかけたりしない，という暗黙の了解があるのだろう。その了解を破ると人間関係にひびが入る。それどころか，自分の人間形成にも支障が生ずる。日本を出発する前にエマニエル学寮のブリューワー博士から，そういうことも考慮に入れられてか，日常英語をマスターしてらっしゃい，学寮生活が楽しくなる，ならないは，いつにそれにかかっていますよ，という実に懇切な手紙を頂いていた。日常会話にはそれほど不自由しなかったが，講義は恥ずかしながら半知半解であった。

ふと外の景色を眺めたり，女子学生の脚線美に見とれていて，やおら聴講の姿勢に戻ると，もう論旨についていけない。母語の場合だとすぐ元の世界に戻れるのだが……。「君でもそうかい」とブリューワー博士がおっしゃったが，「そうですよ，そんなものですよ」と答えておいた。

ブリューワー博士の中世英文学史は，「ゴシック文学」という講義名が目新しかった。もともと建築・美術史の様式概念であるゴシックという用語を中世文学史に適用されたもので，中世文学の近代文学との異質性を説明するのに用いられた。(いわゆる 18 世紀末から 19 世紀にかけての，怪奇，恐怖を醸し出すゴシック・ロマンスのゴシックではない。）中世文学に見られる二元性，対立性，重層性，併置された相反する観念間の緊張関係，それらの独特の効果について話されたように思う。ブリューワー先生には，日曜日になると礼拝のあとお茶に招待され，世間話はもちろんのこと，やはり中世文学のゴシック概念や口誦性について話題が出て，話しがはずんだ。

流暢な話しぶりではスペアリング氏に人気があったようで，『カンタベリ物語』を講じておられたが，その新批評的解釈に，オヤ，イギリスでも，と興味をもった。訥々とした誠実な講義となると，アクストン氏のものであった。同氏の専門は中世演劇であるのだがラングランドの講義を担当しておられた。『農夫ピアズ』の第 16 歌の「愛徳の樹」の件りを講解されたあと，「あれは難しいですね。どう思われますか」と私に立ち話しの時たずねられたが，「エッサイの樹のアナロジーではないでしょうか」と答えたら，なるほどと頷いておられた。後年，中世フランス劇の翻訳書の寄贈にあずかったし，最近お会いした時は，ジョン・ヘイウッドの校訂本を完成したと言っておられた。これは待望のものだ。ドロンケ夫妻，ブリューワー氏共催の中世・ルネッサンス研究会も思い出される。ここで中世史の碩学，ジャーベス・マシュー氏の声貌に接したし，院生としての娘時代のアンナ・ボールドウィンさんとも知己になれた。アンナさんは私の英文の『農夫ピアズの研究』を読んでおられ，「あなたがDr. Saito?」というわけで話しがはずんだのである。のち『「農夫ピアズ」における政治のテーマ』で学位をとられ，後日，出版もされた。中世の理想的君主像をキリストに求める提言がなされている。夫君に従ってヨークからケンブリッジに移ってこられ，最近ではラングランドと神秘主義の研究などがあり，これからの学者である。1992年に来日された折，お会いして実に懐かしかった。

日本での忙しい生活から解放されて，奇貨置くべしとばかり，滅多に読めない本ばかり読んでいた。自由な時間が与えられるということは大そう重要な経験で，今までチョーサーやラングランドばかりでイギリスの中世文学を考えていたのが，この際というのでチョーサー亜流といわれる一群の詩人も片端から読み，これですこしは学問のはばができたように思った。巷の英文学愛好者なら，傑作だけ読んでいればこと足りる。だがプロとなるとそうはいかない。傑作を生んだ周囲のマイナーな作品にも，ちゃんと苦労して目を通しておかねばならない。以来それが私の持論となった。『パストン家の書簡集』や『ばら物語』，アウエルバッハ，クルティウスなどの浩瀚な著書を読み得たのも，この機会であった。

イギリスの冬は長い。常緑樹が少なく，自然の生命が陰々と雌伏しているようで侘しい。春を待つということがどれだけおしなべて人々に切実であるか，しかもその春の余りにも短いことよ。私も春を待った。「四月がしとしとと優しい小雨で，三月の乾きを潤し」，百鳥歌い，花々咲くころおい，人々が巡礼に腰をあげる，と詠ったチョーサーの詩が実感として迫ってくる。ウエイルズとの国境地帯にあるモルバーンの丘。そこでラングランドがうとうとして夢の中で眼下にひろがる平らの野を見たというが，その野もこの丘から眺望できた。まさにかの地に生活できたがゆえの恩恵であった。感謝。

7　読者がすぐ目の前に

中世も含めた古い時代の話や歌などは，誰かがそれを書きとめるまで，人々は聴いて覚えたのだ。読書というのは黙読，と我々は思いこんでいるが，中世の読書とは他人が話を朗唱するのを聴く行為だ。古い時代の話などの冒頭部分の呼びかけ，言い訳，さらに途中での脱線，繰り返し，きまり言葉の頻出（難しい知的作為のある言葉ではとても覚えられない），読者（聴衆）への媚，整然とした構成の欠如。これらも口誦（承）伝達ということを頭に入れるとわかる。フランスの 11，12 世紀の吟遊詩人なども町から町へと渡り歩いて貴顕の館で自分の覚えている話の披露に及んだ。詩人が訪れると，城中は今宵は楽しもうぞと，知人，縁者にも使いが走ったろう。シェイクスピアの『ハムレット』における，旅役者が来たというので，エルシノア城がずいぶん浮き浮きした光景もさこそと思われる。庶民の場合なら，教会の説教の中の説話，ミサ果ててから教会の前庭での近郷近在の人々の間の世間話，耳新しい情報，洒落た小咄の交換，皆，読み書きはできないが，知りたがり屋の，耳学問をする人たちの娯楽である。

楽しく，しかも神妙に詩人の声に耳を傾けている人は，ひとつひとつの単語や文の構成を立ち止って分析している閑などありはしない。ひとまとめになったきまり文句をリズムの中で味わう。一コマ，一コマ独立してそれが積みあげられていくのだ。脱線さえもが詩全体の一コマなのだ。これが書かれたり，後世の印刷本によって読書する段になると，読者側の分析が始まる。声のテキストはうつろいやすく，瞬時に消え，止ってくれない。他方，書きとめられたり印刷されたりすると，テキストは立ち止ってくれる。そして読み直しを許してくれる。既述のことが気になれば，頁を繰り直せばよい。ただこれは余人を交えず黙読しつつ独りで行なう行為である。

チョーサーの時代には，書物を黙読する習慣もすでにあったらしい。『名声の館』という夢物語の中で，詩人が一羽の鷲にからかわれる。「お前は仕事を終えると休みもとらず帰宅し，石のように押し黙って書物の前に坐る。目がかすむまで読み耽る。まさに隠者のようだ」と言うのだ。まこと孤独な営みである。チョーサーはこうした読書からいろんな自分の作品の想を得たのであろう。一方書く作業も孤独な営みである。現代の作家は見えない読者に語りかけている。読者は読者で書き手の音声を聞くことはできない。だから近代以降の目の「読者」と古い時代の耳の「読者」というものをはっきり区別して作品に取り組まねばならない。近代以降の活字による文学作品に慣れている私たちは，つい古い文学にも近代文学の創作法をふまえて立ち向おうとする。

チョーサーの作品を読んでいると，人前での朗唱を前提として，つまり目前にいる聴衆を想定，意識してものを書いているな，と思わせるふしも随所にある。「皆様の御前から下ります前に」とか「いざや聴きたまえ，私の見た夢の次第を」などといった文言に接すると，やはり基本的には口誦の伝統に従っているのだと思う。彼には決った聴き手（大体リチャード二世の宮廷関係者）がいた。いつもの聴衆の前で自作を read（すなわち read aloud）するという前提でものを書いている。ここで聴衆に目くばせしたり，肩をすぼめてみせたり，間合をとったり，思い入れをしようなどと，一種のパフォーマンスを考えながら書いていたかもしれない。多分そうだろう。たとえば一人の托鉢修道士の生態を「この人の頭陀袋には，可愛い女中衆にくれてやるナイフやピンが一杯つまっていました」と述べる際でも，これと全く同じ有様の，行商人と化した色好みの托鉢修道士（流行歌にまで歌われた）を聴衆が知っている，という前提があれば，妙に慨嘆のコメントをつけなくてもわかってもらえる。ここは肩すぼめや目くばせがあってもいいところ。したたかな免償説教家を「この男，去勢馬か雌馬だ」と叙するところなど嚙んで吐き捨てるような口調を予定していたかもしれない。

口誦で文学を語ること，これは語る方も聴く方も集団の中の営みだ。語る方は自分の人格をまともにぶっつける。語り手は即座に聴き手の批評的反応に気づいてしまう。居眠りされたり，ざわめかれたりしたら，語り手はとっさに集団の中に，脱線を交えてでも，自分の人格を抱えて割って入らなければならない。ただ独りで見えない読者，すぐに反応を示さない読者を意識して原稿用紙やワープロに向う現代の作家とちがって，いつも読者が目前にいる。チョーサーの場合なら，なじみのあの顔やこの顔に話しかけているつもりである。そこには孤独感がない。いつもの聴き手を予定しつつ書く。ともすれば聴き手に耳の痛い抹香臭い教訓じみた話でも，中世の詩人や説教家は語りかけるように書く。しばしば退屈にみえる中世の文学を読むのに楽しさがあるのは，そういう集団の中の聴き手の一人という読者の実感，話しかけられているという臨場感のせいである。

私は堅苦しい大学の講義の草案も，もちろん孤独に机に向って独りで書くが，いつも学生という聴衆を目前に意識して準備している。チョーサーのように，と言うと身の程知らずのそしりをまぬかれないが，まさに毎週教室で会うあの顔この顔を思い浮べながら，黙々と書いているのである。わかってくれているのかしら，彼ら。

8　ゴシック——中世文学の場合

ゴシックという言葉は，今では建築，美術史，また世界史解釈の用語として，積極的に中世の精神構造の説明に参加しているようだが，これは，はなはだ始末に困る用語である。多岐な分野にわたって使われ，理論体系を把握しにくいからである。しかし，パノフスキーがゴシック様式を同時代（13，14 世紀）の「知的習慣」の中で捉え，生活や知的営為の共通分母であるという発想をしたが，イギリスの中世文学についてもこのゴシック様式の「知的習慣」を捉えて論じた学者もいる。マスカタイン（1957），ジョーダン（1967），さらにはブリューワー（1973，1983）などの人々である。いずれも中世文学の中世性を明らかにする目的のためだ。

建築や美術については発言を保留したいが，中世後期の文学を読んでいても，近代以降の文学に見られるような構成の有機性に欠けていることに気がつく。脱線，視点の不統一，寄せ集めのエピソード，聖俗の非融合性，話を未解決のまま捨ておく姿勢等々，これらはやはり未熟か，と思うことさえある。13 世紀に，『梟とナイチンゲール』という諷刺のよく効いた楽しい問答詩がある。宗教詩人（梟）と宮廷恋愛詩人（ナイチンゲール）の間の議論とされている。ところが，どちらが勝ったかわからない。ニコラス様というえらい人に裁決してもらおう，というところで終っている。未解決といえば，チョーサーの『百鳥の集い』もそうだ。陽気で楽しい詩だが，一羽の雌鷹が三羽の雄鷹を選びかねて（三羽はそれぞれ見事に自己の求愛の所信を開陳する），もう一年婿選びを待とう，ということで読者は肩すかしをくらう。こういう未解決の扱いも，一種のゴシック的思考に発する二元的構成だと考えられる。ひとつのものの見方を他のそれと対比させ，明瞭な反対的側面を追求する姿勢である。そして自己をいつも観察者として，いざとなれば解決を権威に委ねる。ある意味ではたしかに無責任だ。

今昔物語の集成である『カンタベリ物語』にしても，聖なる話と俗っぽい話が，構成上，全体的テーマに不可避的に参与して繋がっているとはみえない。なぜ純潔に殉じた美女の話の次に自らを破戒聖職者として自己暴露する免償説教家の話す説話が続くのか。こういう互いにそっぽを向いたような二つの話を，チョーサーは繋ぎのエピソードで連結させていく。「やあ憐れな話だ，美女に生れるのも高くつくね。ひとつ楽しいジョークの効いた話を次に聞きたい」という世話役の宿の亭主の発言を契機として，次の話に繋いでいく。だからその繋ぎの物理的関係は露出している。また繋ぎのエピソード自体も，ひとつの独立した主張を持つ。

独立した要素といえば，バースのかみさんの語る自分の話への前口上も一種の繋ぎなのだが，立派に独立したそれなりに見事な話である。そういう集合の中での各個の独立性も，ジョーダンのいう「接合部や継ぎ目が露出していて，構築の過程をまるみえにする」という，ゴシック建築構成の典型なのかもしれない。また，挿話や話がそれなりの独立性を保って付加的に積みあげられているのは，やがて最終的にひとつのハーモニーに達する通過点なのであろう。しかし，バースのかみさんの前口上は，他の繋ぎの話にくらべると不統一なほど長すぎる。だがそれでよいのだ。この一見してそれとわかる不統一を，近代の小説構成理論の尺度で計ることに用心しよう。

『農夫ピアズ』において，ラテン語が読めなかったはずのピアズが，俄然ラテン語訳聖書からの引用を始めるが，ピアズの能力の予告なしのスウィッチである。矛盾がある。しかしこれは，この作品の内的意味を指標しているのだ。中世人は，生活のリアリズムの見地からの整合性に期待していない。作品からのメッセージさえ受け取ればよいのである。詩人もそのことは百も承知だ。

『トロイルスとクリセイダ』や『カンタベリ物語』に見られる，語り手の視点の転換。たった今まで作中の人物に己れを託して物語ってきた語り手は，しばしば突然自分自身の意見を割りこませる。そしてまた物語の世界に戻る。トロイルスの苦悩を語っているところへ，ボエティウスの『哲学の慰め』からの見事な翻訳が長々と入る。脱線のようでありながら，個々に自己充足的に独立しているのだ。しかし最後に語り手は，単なる作品の語り手の視点をふり捨て，はっと我に返って一切を突き放したチョーサー自身となり，トロイルスの慰めを提示し，神の創造の意味の宣言へと物語全体を収斂させてしまう。ゴシック建築の様式とそっくりのレプリカではないかもしれないが，たしかにその相似物として中世の「知的習慣」に場を占めている。『カンタベリ物語』の最後の「取り消し文」にしても，そこで語り手は過去の戯作の罪を悔い，祈るのだが，語り手の仮面を捨てたチョーサーの悔悛が顕在している。集められたひとつひとつの物語にしても，聖俗ともにくい違い，併置されながらも，実は付加的に最後の悔悛の薦めに収束されるための，自己充足的な個であったのだ。それが中世後期の文学の「知的習慣」であった，と観じ果ててしまえば，我々は安心してそれに対面できる。伝説の盗賊プロクルステスのように何でもひとつの規格にあわせたくはないが，中世文学といえば辟易する人のために，このゴシックという概念は有用である。

9　チョーサーのファブリオ

――型から独創へ――

チョーサーの『カンタベリ物語』には，笑いを誘う話がかなり沢山収められている。しばしば対峙する二者間の優劣が逆転して，一方が溜飲を下げる時に生ずる笑いである。それらはおよそファブリオの衣鉢を継いだものだ。それではファブリオとは何か。これはむつかしい。12，13 世紀のフランスに栄えたもので，詩形や内容なども考慮に入れると，そう簡単にひとつのジャンルにはめこんで論じられないが，「笑うための韻文のコント」という有名なベディエの定義はそのまま頂くとして，大体にむずかしいことを考えない当座の笑いの提供を意図した，一種の咄しである。概して短い。人物の性格づけなどは，冒頭部で一つ二つの形容詞でさらりとすませ，話はアクション中心に展開され，その間のちぐはぐや，あっという機知，ぴりっとした諷刺がねらいである。溜飲を下げると言ったが，そのとおり，世に時めいたり，憎まれている人物がこっぴどくやっつけられる。その時の聴衆の，それ見ろ，という優越感が後に残る仕組みになっている。小金を貯めた老人が若妻を寝とられたり，ぺてん師がだまされたり，といった話である。

チョーサーの「荘園管理人の話」などは，典型的なファブリオだ。日頃，盗みで悪評判の粉屋。我らはだまされまいぞと，眦《まなじり》を決して粉挽小屋にのりこんでくる二人のケンブリッジの学生。学生風情に何ができると，粉屋は，学生が製粉の現場を見張っているすきに，穀物を運んできた馬を解き放つ。大慌ての学生。走りまわってやっと馬をつかまえたが，その間に粉は盗まれる。もはや日暮れて道遠し。やむなく一泊する。むしゃくしゃして娘のベッドに忍びこむ学生の一人。もう一人は，粉屋夫妻のベッドの脇にあった赤ちゃんの揺籠を自分たちのベッドの横に移動させて，夜中，小用にたって戻ってくるかみさんを錯覚させ，自分のベッドに自然に誘いこむ。一件暴露するが，二人の学生は粉屋をとっちめ，娘の密告で盗まれた粉も取り返し，意気揚々と引き揚げるのである。これはまさに優劣の逆転と，それによって溜飲を下げる痛快さから醸し出される笑いの提供だ。だましたつもりがだまされるというアイロニもある。

12，13 世紀にこれとよく似たファブリオがいくつか残っているが，チョーサーの話にもっとも近いのがフランスの「粉屋と二人の学僧」という作品だ。チョーサーがこれを下敷にしたかどうかは知る由もないが，この種の話をなんらかの経緯で知っていて『カンタベリ物語』に採用したのだ。お笑いの中心は，仕掛人としての学僧たちの策略のおもしろさで，娘に夜這いをかける際の機知は類作によって違うが，赤ちゃんの揺籠移しはどの類作にもしつらえられている。

「粉屋と二人の学僧」とこのチョーサーの話を比較してみると，おもしろい。前者では主人公は二人の学僧だ。彼らのとっさの策略が，笑いの醸成の中心となっている。だからそのアクションがおもしろい。ところが，粉屋も含めて入念な性格づけはほとんどされていない。中世もこの頃では，粉屋といえば欲張り，傲慢，学生といえば悪戯好き，と役割的に相場が決っていたから，その必要はないのだ。ところがチョーサーは，粉屋とその女房に関しては，性格を冒頭に実に具体的に紹介しておく。いかに粉屋が粉盗みの常習犯で，乱暴者で，女房がどんなにか驕慢な女であるか。だからチョーサーの話では，仕掛人としての二人の学生の計略のおもしろさがもはや中心ではなくて，傲慢粉屋の性格とそれゆえの災難が焦点となる。学生の機転もおもしろいが，それはすでにこの系列のファブリオでは周知のこと。

チョーサーの工夫は，カンタベリ巡礼衆が次々話す物語の集成という構成上の必然性によるものだ。実はこの話の直前に，巡礼一行の粉屋が，一人の老大工の大恥の話を披露していたのだ。大工が若妻をオックスフォードの学生に寝とられるという話である。これに巡礼仲間の元大工の荘園管理人が怒る。そこでこの元大工のしっぺ返しが上記の話である。ここはどうしても伝来のファブリオの趣向はそのままにしておきながらも，主人公を学生から粉屋に置きかえる，つまり聴衆の注目を粉屋一家に集めておく。そのために粉屋の生活や性格を丹念に洗いざらい知らせておく。チョーサーとしてはあくまで粉屋を，村の鼻つまみ者として具体的に映像させておかねばならぬのだ。その粉屋の大恥に，先ほど恥をかかされた男が溜飲を下げる。

チョーサーは古いファブリオを流用しながらも，それをうまく自分の『カンタベリ物語』という作品の条件下におき，もともとアクション中心に展開されるファブリオを性格喜劇に組み立て直して提供した。しかも傲慢粉屋の得意満面の瞬間の油断を，運命逆転の折り返し点として整理している。『カンタベリ物語』という枠の構築の必然性の中でこの話を生かしながら，独立した滑稽話としてもそのおもしろさを主張させている。物語は既製の筋も人物も踏襲する，という中世の文学作法の約束の埒内で，その作法を守りつつ，新しい自分のファブリオの型を創造したといってもよいだろう。巨匠といわれるほどの人は，型から発して独創に入る。考えてみれば，シェイクスピアも，ミルトンも，ポープも皆そうであった。

10　病をもって奇貨となす

1994年の夏入院生活を経験した。呻吟するような病気でなく，いわゆる生活習慣病で，食事療法と体の各部の入念な検査が主であった。退屈を覚悟して，焦らず遅々とした時の経過を待つこそよけれと，ベネットとスミザー共編の初期中期英語文学のアンソロジーを病床に持ちこみ，読了して退院した。こういう状況でこういう書物を通読したのはこんどで二度目である。最初の時はホール編のアンソロジーを読んだ。30年ほど前である。その時は胸の病気で半年間自宅療養をした。病床用書見機を利用して，同書の注釈や，メイヒューとスキートの中期英語辞書をこつこつ参照して，遅々として半年がかりで読み終えたおぼえがある。

私はどうも人生の節目節目に病気にかかるようで，その後も二度ほど，肝臓や胃の病気で療養生活を送っている。しかし病気のたびに，専門の勉強の面では何かの収穫があったようだ。『ロビンソン・クルーソー』の中で，クルーソーが，絶海の孤島に流れついた自分の境遇を検討してみて，その悪い側面と良い側面を分析し，対照表を作成し，結局人生，どんなに惨めな境遇にも何かそこに積極的，あるいは消極的にでもよい，ありがたく思っていいことがある，という結論に達する。私も病気中は確かに気が滅入ったが，人生は禍福転々，クルーソー流に逆境をプラスに生かして，日頃必読書と意識しながらも，その閑がない，というような書物をゆっくり読むことができたのはありがたいことであった。ダンテやラブレー，ウェルギリウス，ドストエフスキーなどを読んだのも病床においてだし，まだ西洋中世文化などには手探り状態であった頃，H. O. テイラーの二巻本『中世の精神』を一頁一頁丹念に繙いて，三度の食事の間の時間を埋めたのも病臥中であった。そういえば，メイベル・デイ編の『修道女の戒律』を読んだのも二度目の療養中だ。この書物には参った。グロッサリも注釈もない。わずかに欄外梗概だけが頼りで，中期英語の綴りを現代英語の綴りに置きかえて，手探りで読んだ。途中 J. モートンの現代英語訳が1920年代に出ていることを知って早速研究室事務に連絡して届けてもらった時には，正直言って助かったと思った。

病床というのは何といっても不便なもの。屋内で安静蟄居という状態で，参考文献も十分に手許になし，難語に出会うたびに起きあがって重量のある『オックスフォード英語辞書』を引っ張り出すのも難渋で，焦りはしたが，やがて諦めて，分るまで頁をじっと睨みつけている。要するに時を消費すればよろしいので，それがかえって効果があって，そのうち何かが見えてくる。「読書百遍義 自《オノズカ》ラ見《アラワ》ル」と中学生の時に漢文の先生に教わったが，その時はそういうこともあるのかな，と他人事のように思っていたが，その教訓の一端が分ったような気になった。あれもこれもという娑婆でのきょろきょろした生活を，さらりと捨てるのもよろしい。長い病気も時には経験してみるもの……。もちろんこれは「引かれものの小唄」で，病気などはしない方がよいに決っている。

それにしても昨今は，中世文学の領域でも研究が盛んになった。書店の新刊書案内にも中世関係の書物がずらりとリストアップされている。どれもこれも入手したいし，研究室にも備えたいが，そうもできないとなると，当面自分の興味の範囲だけに絞って入手の手続きをする。だからいつも何か漏らしている実感が残る。以前はどんなテーマであろうと中世文学関係は全部発注しても，たかが知れていた。語学関係の研究者以外は中世文学の研究をする人は少なかったし，人気もなかった。古い文学といえばとりあえずルネッサンスどまりだった。ところが時の経過とともに後ずさりしながら歴史を眺めてみると，今まではルネッサンスの山々ばかり見えていたのが，その山々の向うは暗い谷間ではなく，中世という山々も聳え，その個々の頂も徐々に見えるようになった。しかもなかなかもって容易ならざる山岳である。スコラ学とゴシック様式，唯名論や実名論，神秘主義，聖書釈義学，煉獄の思想等々。中世の精神構造や世界像が織り成す文化は，一見現代とは異質に見えながら，その異質性は現代に呼びかけてくる。現代の諸文化の原点を見る思いもする。たとえば煉獄の思想。これは決して中世人の想像の産物ではなくて，およそ人間とあらば，ひとしなみに考えることを強いられる死の地平として現代に問いかけてくるではないか。現代はまさに，好むと好まざるとにかかわらず人間が常住死に直面している時代である。

汗牛充棟《かんぎゅうじゅうとう》もただならぬ中世研究書の目録を見ていると，目移りがする。当面の差し迫った研究課題に必要な新刊の参考書類を，追ったてられるように次々読破していくのもよいかもしれないが（そして現実にそれに近い生活を送ってきた)，ついつい焦りが出て，慌てふためく。むしろそういう焦りを取りはらって，病気などして，ただ独り一冊の書に立ち向うにしかず。繰り返した病気療養の生活は，そのたびに，自然発生的に私の中世への目を養ってくれた。

夏の西日がまともにあたる病室であったが，仕方なく雑念を取りはらって，「日盛りは今ぞと思ふ書に対す」（虚子）を実践してみたこの年の夏であった。学問では節制したように思う。さて体の面ではどうか。

参考文献（抄）

（注）この「参考文献」は，V章をのぞく各章，節において引用言及されたものを中心にまとめたものである。複数の章，節にまたがって言及された文献については，先立つ章においてのみ記載することにしたので諒とされたい。なお本書においては Chaucer のテキストは Larry D. Benson 編の *The Riverside Chaucer*（Boston: Houghton Mifflin, 1987）によった。中世教父の発言は，特にことわらない限り，The Fathers of the Church: A New Translation（Vol. 1–96〔以下続刊〕）（Washington, D. C.: The Catholic University of America Press, 1947–98）のシリーズに依拠したし，聖書から引用は，*Vulgata* については *Biblia Sacra*（Romæ: Typis Societatis S. Joannis Evang., 1927），日本語訳については，新共同訳『聖書』（日本聖書協会，1987）によった（略記もこの版の表記法に従った）。*O. E. D.* は *Oxford English Dictionary*, *M. E. D.* は University of Michigan Press の *Middle English Dictionary* である。

I　中世文学における生と孤独

阿部謹也『西洋中世の男と女―聖性の呪縛の下で―』東京：筑摩書房，1991.

Ancrene Wisse. Ed. J. R. R. Tolkien. E. E. T. S., OS, 249. London: Oxford University Press, 1962.

アウグスティヌス『結婚の善』岡野昌雄訳．『アウグスティヌス著作集』第7巻．東京：教文館，1979.

Binski, Paul. *Medieval Death: Ritual and Representation*. London: British Museum Press, 1996.

Boase, T. S. R. *Death in the Middle Ages: Morality, Judgment and Remembrance*. London: Thomas and Hudson, 1972.

Byron, George Gordon. *The Complete Works*. Vol. II. Ed. Jerome J. MacGann. Oxford: Clarendon Press, 1951.

Cursor Mundi, Part I. Ed. Richard Morris. E. E. T. S., OS, 59. London: N. Trübner, 1874.

Sir Gawain and the Green Knight. Ed. J. R. R. Tolkien and E. V.

Gordon. Rev. Norman Davis. Oxford: Clarendon Press, 1972.

Glicksberg, Charles Ⅰ. *Modern Literature and the Death of God*. The Hague: Martinus Nijhoff, 1966.

Hills, D. F. "Gawain's Fault in *Sir Gawain and the Green Knight*." *RES*. n. s. Vol. XIV (1963), no. 54.

Hopkins, Andreas. *The Sinful Knights: A Study of Middle English Penitential Romance*. Oxford: Clarendon Press, 1990.

Jacob's Well, Part Ⅰ. Ed. Arthur Brandeis. E. E. T. S., OS, 115. London: Kegan Paul, 1900.

木村俊夫『時の観点からみたシェイクスピア劇の構造』東京: 南雲堂, 1969.

Langland, William. *The Vision of Piers Plowman: A Complete Edition of the B-Text*. Ed. A. V. Schmidt. London: J. M. Dent, 1978.

Le Goff, Jacques. *The Birth of Purgatory*. Trans. Arthur Goldhammer. London: Scolar Press, 1984.

（J・ル・ゴッフ『煉獄の誕生』渡辺香根夫，内田洋訳．東京: 法政大学出版局，1988）.

Lea, H. C. *A History of Auricular Confession and Indulgence in the Latin Church*, Philadelphia: Lea Brothers, 1896.

Matsuda, Takami. *Death and Purgatory in Middle English Didactic Poetry*. Cambridge: D. S. Brewer, 1997.

McNeil, J. T. and H. M. Gamer, eds. *Medieval Handbook of Penance: A Translation of the Principal Libri Poenitentials and Selections from Related Documents*. New York: Octagon Books, 1979.

The Northern Passion (Supplement). Ed. W. Heuser and F. A. Foster. E. E. T. S., OS, 183. Oxford: Oxford University Press, 1930.

Pearl. Ed. E. V. Gordon. Oxford: Clarendon Press, 1953.

Tristram, Philippa. *Figures of Life and Death in Medieval English Literature*. London: Paul Elek, 1976.

II　悪戯っぽい Chaucer

1　跪く托鉢修道士

Attwater, H. B., ed. *The Catholic Encyclopaedic Dictionary*, 2nd Ed. London: Cassell, 1949.

Birney, Earle. *Essays on Chaucerian Irony*. Ed. B. Rowland. Toronto: University of Toronto Press, 1985.

Clark, Roy Peter, "Doubting Thomas in Chaucer's *Summoner's Tale*." *ChR*, Vol. (1976), no. 2.

Dempster, Germaine. *Dramatic Irony in Chaucer*. New York: The Humanties Press, 1959.

Demus, Otto. *The Mosaics of San Marco in Venice, the Eleventh and Twelfth Centuries*, 2 vols. Chicago: The University of Chicago Press, 1984.

Manly, J. M. *Some New Light on Chaucer*. 1926; rpt. Gloucester, Mass.: Peter Smith, 1959.

Mirk's Festial: A Collection of Homilies, Part Ⅰ. Ed. Theodor Erbe. E. E. T. S., ES, 96. 1905; rpt. Milwood: Kraus Reprint, 1975.

New Catholic Encyclopedia, Vol. Ⅷ. Washington, D. C.: The Catholic University of America Press, 1967.

The Ormulum with notes and glossary of Dr. R. M. White, Vol. I. Ed. R. Holt. Oxford: Clarendon Press, 1878.

Vices and Virtues, Part Ⅰ. Ed. F. Holthausen. E. E. T. S., OS, 89. London: Oxford University Press. 1888; rpt. 1967.

Workman, H. B. *John Wyclif: A Study of the English Medieval Church*. 1926; rpt. Hamden: Archon Books, 1966.

2　Thomas と John と Thomas

Aelfric's Lives of Saints, Vol. Ⅳ. Ed. W. W. Skeat. E. E. T. S., OS, 82. London: Kegan Paul, 1885.

The Apocryphal New Testament. Trans. M. R. James. Oxford: Clarendon Press, 1924.

Benson, Larry D. and Theodore M. Anderson., eds. *The Literary Context of Chaucer's Fabliaux*. Indianopolis: The Bobbs-Merrill, 1971.

Bryan, W. F. and Germaine Dempster, eds. *Sources and Analogues of Chaucer's Canterbury Tales.* London: Routledge and Kegan Paul, 1941.

Coulton, G. G. *Medieval Faith and Symbolism*. New York: Harper, 1958.

de Weever, Jacqueline. *Chaucer Name Dictionary*. New York: Garland, 1987.

『フランス中世滑稽譚』森本英夫，西沢文昭編訳，東京：社会思想社，1988.

The Major Latin Works of John Gower. Trans. E. W. Stockton. Washington D. C.: University of Washington Press, 1962.

Haskell, Ann S. *Essays on Chaucer's Saints*. The Hague: Morton, 1976.

Jacobus a Voragine. *Legenda Aurea: Vulgo Historia Lombardica Dicta*, recensuit de Th. Grasse. 1890; rpt. Osnabrück: Otto Zeller, 1969.

――――――――. *The Golden Legend*, 2 vols. Trans. William G. Ryan. Princeton: Princeton University Press, 1993.

(ヤコブス・デ・ウォラギネ『黄金伝説』1-4，前田敬介他訳．京都：人文書院，1979-87)．

Malone, Ed. M. "Doubting Thomas and John the Carpenter in the *Miller's Tale.*" *Modern Language Notes,* XXIX (1991).

水之江有一『図像学事典―リーパとその系譜』東京：岩崎美術社，1991.

Pierce the Ploughmans Grede. Ed. Walter W. Skeat. Oxford: Clarendon Press, 1906.

Rubin, Mini. *Corpus Christi: The Eucharist in Late Medieval Culture*. Cambridge: Cambridge University Press, 1991.

The South English Legendary, Vol. II. Ed. Charlotte D'Evelyn and Anna J. Mill. E. E. T. S., OS, 236. London: Oxford University Press, 1956.

Szittya, Penn R. *The Antifraternal Tradition in Medieval Literature.* Princeton: Princeton University Press, 1986

The Towneley Plays. Ed. G. England and A. W. Pollard. E. E. T. S., ES, 71. 1897; rpt. London: Oxford University Press, 1952.

3　Absolon と「雅歌」

Astell, Ann W. *The Song of Songs in the Middle Ages*. Ithaca: Cornell University Press, 1990.

聖ベルナルド『雅歌について』1-4. 山下房三郎訳，東京：あかし書房，1977-96.

Dronke, Peter. *Medieval Latin and the Rise of the European Love-Lyric*, 2 vols. 2nd Ed. Oxford: Clarendon Press, 1968.

Fleschhacker, R. V., ed. *Lanfranc's "Science of Cirurgie."* E. E. T. S., OS, 102. London: Kegan Paul, Trench Trübner, 1894.

Gellrish, Jesse M. "The Parody of Medieval Music in the *Miller's Tale*." *SP*, 59 (1962).

グレゴリウス『ニュッサのグレゴリウス「雅歌講話」』大森正樹他訳．名古屋: 新生社，1991.

Infusino, Mark H. *The Virgin Mary and the Song of Songs in Medieval English Literature*, D. Litt. Dissertation. University of California, 1983.

Kaske Robert E. "The Canticum Canticorum in the *Miller's Tale*." *JEGP*, LXXIII (1974), no. 2.

Lourdaux, W. and D. Verherst, eds. *The Bible and Medieval Culture*. Leuven: Leuven University Press, 1979.

Mitchel, Jerome and William Propost. *Chaucer the Love Poet*. Athens: University of Georgia Press, 1973.

Novelli, Cornellius, "Absolon's 'Frend so deere': A Pivotal Point in the *Miller's Tale*." *Neophilologus*, 52 (1968).

オリゲネス『雅歌注解』小高毅訳．東京：創文社，1982.

Power, D'Aray, ed. *Treatises of Fistula in Ano by John Arderne*. E. E. T. S., OS, 139. London: Oxford University Press, 1910.

Quennell, Majorie and C. H. B. Quennell. *A History of Everyday Things in England*, Vol. I. London: B. T. A. Bestford, 1918.

Robertson, D. W, "The Doctrine of Charity in Medieval Garden." *Speculum*. XXVI (1951).

Rowland, Beryl. *Chaucer and Middle English Studies in Honour of*

Rossell Hope Robbins. Ed. Beryl Rowland. London: George Allen and Unwin, 1974.

III　曖昧な Chaucer

1　Chaucer と聴衆

Bradbury, Nancy Mason. *Writing Aloud: Storytelling in Late Medieval England*. Urbana: University of Illinois, 1998.

Brussendorf, Aage. *The Chaucer Tradition*. 1925; rpt. Oxford: Clarendon Press, 1967.

David, Alfred. *The Strumpet Muse: Art and Morals in Chaucer's Poetry*. Bloomington: Indiana University Press, 1976.

Eberle, Partricia, "Commercial Language and the Commercial Outlook in the *General Prologue*." *ChR*, XVIII (1983), 2.

Galway, Margaret, "The *Troilus* Frontispiece." *MLR*, XLIV (1949).

Green, D. H. *Medieval Listening and Reading: the Primary Reception of German Literature 800–1300*. Cambridge: Cambridge University Press, 1994.

Green Firth Richard. *Poets and Princepleasers: Literature and English Court in the Late Middle Ages*, Toronto: University of Toronto Press, 1980.

――――――――. "Women in Chaucer's Audience." *ChR*, XVIII (1983), 2.

Iser, Wolfgang. *The Implied Reader: Patterns of Communication in Prose Fiction from Bunyan to Beckett*. Baltimore: The Johns Hopkins University Press, 1974.

――――――――. *The Act of Reading: A Theory of Aesthetic Response*. Baltimore: The Johns Hopkins University Press, 1978.

Kean, P. M. *Chaucer and the Making of English Poetry*, Ⅰ. London: Routledge and Kegan Paul, 1972.

Kendrick, Laura. *Chaucerian Play: Comedy and Control in the Canterbury Tales*. Berkley: University of California Pres, 1988.

Koff, Leonard Michel. *Chaucer and the Art of Storytelling*. Berkley: University of California Press, 1988.

Lerer, Seth. *Chaucer and His Readers: Imaging the Author in Late Medieval England*. Princeton: Princeton University Press, 1993.

Middleton, Anne, "The Idea of Public Poety in the Reign of Richard II." *Speculum*, LIII (1998).

Minnis, A. J. *Medieval Theory of Authorship: Scholastic Literary Attitudes in the Later Middle Ages*. London: Scolar Press, 1984.

Myles, Robert. *Chaucerian Realism*. Cambridge: D. S. Brewer, 1994.

Pearsall, Derek, "Frontispiece and Chaucer's Audience." *YES* (1997), 7.

Robertson, Elizabeth. *Early English Devotional Prose and the Female Audience*. Knoxville: The University of Tennessee Press, 1990.

Shahar, Shulamith. *The Fourth Estate: A History of Women in Middle Ages*. Trans. Chaya Galai. London: Routledge, 1983.

Strohm, Paul. "Chaucer's Audience(s): Fictional, Implied, Actual." *ChR*, XVIII (1983), 2.

———. *Social Chaucer*. Cambridge, Mass.: Harvard University Press, 1989.

Zumthor, Paul. *Speaking of the Middle Ages*. Trans. Sarah White. Lincoln: University of Nebraska Press, 1986.

2　*The Canterbury Tales*, "General Prologue" における Monk

Andrew, Malcolm, ed. *The Canterbury Tales, The General Prologue, A Variorum Edition of the Works of Geoffrey Chaucer*, Vol. II. Norman: University of Oklahoma Press, 1992.

The Rule of St. Benedict: The Abingdon Copy. Ed. John Chamberlin. Toronto: Pontifical Institute of Medieval Studies, 1982.

（ヌルシアのベネディクトゥス『戒律』古田暁訳『中世思想原典集成』5,「後期ラテン教父」. 上智大学中世思想研究所編訳. 東京：平凡社, 1993）.

Blumenfeld-Kosinski, Renate and Timea Szell, eds. *Images of Sainthood in Medieval Europe*, Ithaca: Cornell University Press, 1991.

Burrow, J. A. *Essays on Medieval Literature*. Oxford: Clarendon Press, 1984.

Coleman, Janet. *English Literature in History 1350–1400: Medieval Readers and Writers*. London: Hutchinson, 1981.

Dyas, Dee. *Images of Faith in English Literature 700–1500: An Introduction*. London: Longman, 1997.

Gardner, John. *The Poetry of Chaucer*. Carbondale: Southern Illinois University Press, 1977.

Graun, Edwin. *Lies, Slander, and Obscenity in Medieval English Narrative: Pastoral Rhetoric and the Deviant Speaker*. Cambridge: University Press, 1997.

Hanawalt, Barbara A., ed. *Chaucer's England: Literature in Historical Context*. Minneapolis: University of Minnesota Press, 1992.

Jeffrey, David Lyle, ed. *Chaucer and Scriptural Tradition*. Ottawa: University of Ottawa Press, 1984.

Mann, Jill. *Chaucer and Medieval Estates Satire: the Literature of Social Classes and the "General Prologue" to the Canterbury Tales*. Cambridge: University Press, 1973.

Middleton, Anne. "*The Physician's Tale* and Love's Martyrs: 'Ensamples mo than ten' as a Method in *Canterbury Tales*." *ChR*, I (1973), 15.

Power, Eileen. *Medieval People*. 1924; rpt. New York: Barnes and Noble Books, 1963.

Ramsey, Lee C, "The Structure of 'it sooth is': Chaucer's *Physician's Tale*." *ChR*, VI (1972), 2.

Robertson, D. W. *A Preface to Chaucer: Studies in Medieval Perspectives*. Princeton: Princeton University Press, 1962.

Ross, Thomas W. *Chaucer's Bawdy*. New York: E. P. Dutton, 1972.

Shoeck, Richard and Jerome Taylor, eds. *Chaucer Criticism: The Canterbury Tales*. Notre Dame: University of Notre Dame Press, 1960.

3 ***The Canterbury Tales*. "General Prologue" における Friar**

Davis, Norman and others, eds. *A Chaucer Glossary*. London: Oxford University Press, 1979.

Dryden, John. Ed. Keith Walker. Oxford: Oxford University Press, 1987.

Empson, William. *Seven Types of Ambiguity*. Harmondsworth: Penguin Books, 1976.

Flügel, Ewald. "Some Notes on Chaucer's Prologue." *JEGP*, I (1897-98).

Greimas, A. J. *Dictionaire de L'ancien Français jusque au Milieu du XIVe Siecle*. Paris: Librairie Larousse, 1968.

Huppé, B. F. *A Reading of the Canterbury Tales*. New York: State University of New York, 1967.

伊藤忠夫「曖昧・誤解・言語（1）—曖昧とはどういうことだろう—（公開講座『言語』愛知大学言語学談話会），1992.

Lambdin, Lawra and Robert T. Lambdin, eds. *Chaucer's Pilgrims: A Historical Guide to Pilgrims in "The Canterbury Tales*." Westport: Greenwood Press, 1996.

The Minor Poems of John Lydgate, Part II. Ed. Henry Noble MacCracken. E. E. T. S., OS, 192. 1934; rpt. London: Oxford University Press, 1962.

Manly, J. M. and Edith Rickert, eds. *The Text of the Canterbury Tales, Studied on the Basis of All Known Manuscripts*, Vol. III. Chicago: The University of Chicago Press, 1940.

Miller, Robert. *Chaucer: Sources and Background*. New York: Oxford University Press, 1977.

Robbins, Rossell Hope, ed. *Historical Poems of the XIVth and XVth Centuries*. New York: Columbia University Press, 1959.

The Romaunt of the Rose and Le Roman de la Rose: A Parallel-Text Edition. Ed. Ronald Sutherland. Oxford: Basil Blackwell, 1968.

Skeat, W. W., ed. *The Complete Works of Geoffrey Chaucer*, Vol. V. Oxford: Oxford University Press, 1894.

Szittya, Penn R. *The Antifraternal Tradition in Medieval Literature*. Princeton: Princeton University Press, 1986.

Szövérffy, Joseph. "Chaucer's Friar and St. Nicholas." *N & Q*, n.s. 16 (1969), 5.

The English Works of Wyclif Hitherto Unprinted. Ed. F. D. Matthew.

E. E. T. S., OS, 74. 1880; rev. London: Kegan Paul, 1902.

Selections from English Wycliffite Writings. Ed. Anne Hudson. Cambridge: Cambridge University Press, 1978.

Zacher, Christian K. *Curiosity and Pilgrimage: the Literature of Discovery in Fourteenth Century England*. Baltimore: The Johns Hopkins University Press, 1976.

Ⅳ 老人，子供，修道女，殉教者

1 "The Pardoner's Tale" における老人

Anderson George K. *The Legend of the Wandering Jew*. Hanover: 1991; 3rd rpt. Brown University Press, 1965.

Arme, Antti. *The Type of Folk Tale*. Trans. Stith Thompson. Helsinki: Academia Scientiarum Fennica, 1928.

Augustine, St. *The Choice of the Will*. Trans. R. P. Russell. The Fathers of the Church, A New Translation. Washington, D. C.: The Catholic University of America Press, 1967.

アウグスティヌス『キリスト教の教え』加藤武訳．『アウグスティヌス著作集』第6巻．東京：教文館，1988．

Boitani, Piero and Anna Torti, eds. *Intellectuals and Writers in Fourteenth-Century Europe: J. A. W. Bennett Memorial Lectures Perugia 1984*. Tübingen: Gunter Narr Verlag, 1986.

Brown Carleton, ed. *English Lyrics of the XIIIth Century*. Oxford: Clarendon Press, 1932.

Bushwell, Nelson Sherwin, "The Wandering Jew and the Pardoner's Tale." *SP*, XXVIII (1931).

Candelaria, F. H. "Chaucer's 'Fowl OK' and The Pardoner's *Tale*." *MLN*, LXXI (1956).

Chapman, C. O. "The Pardoner' Tale: A Medieval Sermon." *MLN*, XLI (1926), 8.

Coffman, George R. "Old Ages from Horace to Chaucer: Some Literary Affinities and Adventures of An Idea." *Speculum* IX (1934).

Cooper, J. M. ed. *Meditation on the Supper of Our Lord, and the*

Hours of the Passion by Cardinal John Bonaventura, drawn into English Verse by Robert Mannyng of Brunne. E. E. T. S., OS, 60. London: Routledge and Kegan Paul, 1941.

Francis, Nelson W., ed. *The Book of Vices and Virtues*. E. E. T. S., OS, 217. London: Oxford University Press, 1942.

Hamilton, M. P. "Death and Old Age in the *Pardoner's Tale*." *SP*, XXXV (1939).

Holmstedt, Gustaf, ed. *Speculum Christiani*. E. E. T. S., OS, 182. 1923; rpt. New York: Kraus Reprint, 1972.

Kellog, A. L. and L. A. Halselmayor. "Chaucer's Satire of the Pardoner." *PMLA*, LXV (1951).

Kellog, A. L. "An Augustinian Interpretation of Chaucer's Pardoner." *Speculum*, XXVII (1954).

Kengen, J. H. L., ed. *Memoriale Credencium: A Late Middle English Manual of Theology for Lay People*. D. Litt. Dissertation. Nijmegen: Katholieke Universiteit, 1979.

Kittredge, G. L. *Chaucer and His Poetry*. Cambridge, Mass.: Harvard University Press, 1915.

Merrix, R. P. "Sermon Structure in *the Pardoner's Tale*." *ChR*, XVIII (1982), 3.

Miller, Robert P. "Chaucer's Pardoner, the Spiritual Eunuch." *Speculum*, XXX (1955).

Nitecki, Alice K. "The Convention of the Old Man's Lament in the *Pardoner's Tale*." *ChR*, XVI (1981), 1.

Offord, M. Y., ed. *The Parlement of the Thre Ages*. E. E. T. S., OS, 246. London: Oxford University Press, 1959.

Owen, N. H. "The Pardoner's Introduction, Prologue and the Tale: Sermon and *Fabliau*," *JEGP*, LXVI (1967).

Owen, W. J. B. "The Old Man in 'The Pardoner's Tale'." *RES*, n.s. 2 (1951).

Pearsall, Derek. "Chaucer's Pardoner: the Death of a Salesman." *ChR*, XVII (1983), 4.

Patterson, Lee. "Chaucerian Confusion: Penitential Literature and the Pardoner." *Medievalia et Humanistica*, n.s. no. 7 (1976).

————. *Chaucer and the Subject of History*. Madison : The University of Wisconsin Press, 1991.

Purdon, L. O. "The Pardoner's Old Man and the Leviticus 19. 32." *English Language Review*, XXVIII (1990), 4.

Robert Brunne's "Handlyng Synne," Part Ⅰ. Ed. Frederick Furnivall. E. E. T. S., OS, 119 London: Kegan Paul, 1901.

Rolle, Richard. *English Writings of Richard Rolle, Hermit of Hampole*. Ed. H. E. Allen. Oxford: Clarendon Press, 1931.

Ross, Woodburn O., ed. *Middle English Sermons*. E. E. T. S., OS, 209. London: Oxford University Press, 1960.

Saito, Isamu. *A Study of "Piers the Plowman" with Special Reference to the Pardon Scene of the "Visio."* Tokyo: Nan'un-do, 1966.

斎藤勇『中世のイギリス文学 —— 聖書との接点を求めて』東京：南雲堂, 1978.

——『カンタベリ物語 —— 中世人の滑稽・卑俗・悔悛』東京：中央公論社，1984.

Speirs, John. *Chaucer the Maker.* London: Faber and Faber, 1951.

田巻敦子「中世イングランドにおけるパードナーの研究」『キリスト教史学』第41集（1989）.

Toole, William B. "Chaucer's Christian Irony: The Relationship of Character and Action in the *Pardoner's Tale*." *ChR*, III (1968).

Woolf, Rosemary. *The English Religious Lyrics in the Middle Ages*. Oxford: Clarendon Press, 1968.

2 **イギリス中世文学における子供の"誕生"**

Augustine, St. *Confessions*. Trans. Vernon J. Bourke. The Fathers of the Church, A New Trnslation. Washington, D. C.: The Catholic University of America Press, 1953.

Ariés, Philippe. *L'enfant et la vie familiale sous l'ancien régime*, Paris: Editions de Seuil, 1973.

（フィリップ・アリエス『〈子供〉の誕生――アンシャン・レジーム期の子供と家族生活』杉山光信，杉山恵美子訳．東京：みすず書房，1950.）

Boitani, Piero. *The Tragic and the Sublime in Medieval Literature*. Cambridge: Cambridge University Press, 1989.

Braufels, Wolfgang, hrsg. *Lexikon der Christlichen Ikonographie*, Bd. 8. Rom: Herder, 1976.

Brewer, D. S. *Tradition and Innovation in Chaucer*. London: Macmillan, 1982.

Brown, Carleton, ed. *Religious Lyrics of the XIVth Century*. 1924; rpt. with corrections. Oxford: Clarendon Press, 1965.

Burrow, J. W. *The Ages of Man: A Study of Medieval Writing and Thought*. Oxford: Clarendon Press, 1986.

『ダンテ』野上素一訳　世界文学全集 35．東京：筑摩書房，1964.

Dove, Mary. *The Perfect Age of Man's Life*. Cambridge: Cambridge University Press, 1986.

Furnivall, F. J., ed. *Hymns to the Virgin and Christ*, E. E. T. S., OS, 24. 1868; rpt. New York: Greenwood Press, 1968.

二村宏江「"Lullay, lullay, little child...." 中世英国詩におけるララバイ」『同志社大学英語英文学研究』33（1983）.

Godfrey, Elizabeth. *English Children in the Olden Time*. New York: E. P. Dutton, 1953.

Gregory, St., the Great. *Dialogue*. Trans. John Zimmerman. The Fathers of the Church, A New Translation. Washington D. C.: The Catholic University of America Press, 1959.

Greene, R. L., ed. *The Early English Carols*. 2nd Ed. Oxford: Clarendon Press, 1977.

Hall, Joseph Clark, ed. *Selections from Early Middle English 1130-1250*, Part I: 1927; rpt, Oxford: Clarendon Press, 1953.

Hallissy, Margaret, *Clean Maids, True Wives, Steadfast Widows: Chaucer's Women and Medieval Codes of Conduct*. Westport; Greenwood Press, 1993.

Harrison, Molly. *Children in History*, Bk. Ⅰ. London: Hulton Educational Publications, 1965.

On the Properties of Things: John Trevisa's Translation of Bartholomaeus Anglicus, De Proprietatibus Rerum, Vol. II. Oxford: Clarendon Press, 1975.

The Book of Margery Kempe. Ed. S. B. Meech. E. E. T. S., OS, 212. Oxford: Oxford University Press, 1940.

Lotario Dei Segni (Pope Innocent III). *De Miseria Condicionis Humane*. Ed. Robert E. Lewis. The Chaucer Library. Athens: The University of Georgia Press, 1978.

Lumby, L. R., ed. *Ratis Raving and other Moral and Religious Pieces in Prose and Verse*. E. E. T. S., OS, 43. London: Trübner, 1870.

Lumiansky, R. M. and David Mills, eds. *The Chester Mystery Cycle*. E. E. T. S., SS, 3. London: Oxford University Press, 1974.
(石井美樹子訳『イギリス中世劇集――コーパス・クリスティ祝祭劇』東京：篠原書店，1983)

エミール・マール『ヨーロッパのキリスト教美術』柳宗悦，荒木成子訳．東京：岩波書店，1980.

Meditations on the Life of Christ. Trans. Isa Ragusa. Princeton: Princeton University Press, 1980.

Mogan, Joseph J. *Chaucer and the Theme of Mutability*. The Hague: Mouton, 1968.

森洋子『ブリューゲルの「子供の遊戯」――遊びの図像学』東京：未来社，1989.

Plimpton, G. A. *The Education of Chaucer*. 1935; rpt. New York: AMS, 1971.

Schole, Robert and Robert Kellog. *The Nature of Narrative*. London: Oxford University Press, 1966.

Shahar, Shulamith. *Childhood in the Middle Ages*. London: Routledge, 1990.

Spencer, Theodore. "The Story of Ugolino in Dante and Chaucer." *Speculum*, IX (1934).

Wenzel, Siegfried, *Preachers*, *Poets*, *and the Early English Lyrics*. Princeton: Princeton University Press, 1986.

3　殉教の幼児

Ambrose, St., *Letters 1-91*. Trans. Sister M. M. Beyenka. The Fathers of the Church, 26. Washington, D. C.: The Catholic University of America Press, 1954.

アクィナス，トマス『神学大全』第 2 冊．高田三郎訳．東京：創文社，1978.

Boitani, Piero and Gill Mann, eds. *The Cambridge Chaucer Companion*. Cambridge: Cambridge University Press, 1986.

Bowden, Muriel. *A Commentary on the General Prologue to the Canterbury Tales*. New York: The Macmillan, 1954.

Child, F. J., ed. *The English and Scottish Popular Ballads.* Vol. III. Boston: Houghton Mifflin, 1838.

Collette, C. P. "Sense and Sensibility in the *Prioress's Tale*." *ChR*, XV (1980), 2.

Daichman, G. S. *Wayward Nuns in Medieval Literature*. New York: Syracuse University Press, 1986.

Davidson, Clifford and others., eds. *The Drama of the Middle Ages*. 1934; rpt. New York: AMS, 1982.

Donaldson, E. T., ed. *Chaucer's Poetry*. New York: Ronald Press, 1958.

Frank, H. L. "Chaucer's Prioress and the Blessed Virgin." *ChR*, VIII (1979), 4.

Henish, B. A. *Fast and Feast: Food in Medieval Society*. University Park: The Pennsylvania University Press, 1976.

Langmuir, G. I. "The Knight's Tale of Young Hugh of Lincoln." *Speculum*, XLVII (1972).

Lowes, J. L. *Convention and Revolt in Poetry*. London: Constable, 1910.

Madeleva, Sister M. *Chaucer's Nuns and other Essays*. 1925; reissued. Port Washington: Kennikat Prees, 1965.

Malone, Kemp. *Chapters on Chaucer*. Baltimore: The Johns Hopkins

Press, 1951.
『処女聖母マリアの小聖務日課』増補第二版，東京：光明社，1965.
Migne, J.-P. *Patrologiae cursus completus*, series Latina, 16. Paris: 1845.
Paris, Matthew. *English History*, Vol. III. Trans. J. A. Giles. 1854; rpt. New York: AMS, 1968.
Steadman, J. M. "The Prioress's Dog and Benedictine Discipline." *MP*, LIV (1956), 1.
Ward, Benedicta. *Miracles and Medieval Mind*. Philadelphia: University of Pennsylvania, 1983.

4　幼児の舌におかれた 'greyn'とは

Augustinus, St. *In Joannis Evangelicum Tractus*, *CXXIV*. *Patrologiae cursus completus.* series Latina, 35. Ed. J-P. Migne, Paris: 1861.
Augustine, St. *Tractates on the Gospel of John, 1-10.* Trans. John Lettig. The Fathers of the Church, 78. Washington, D. C.: The Catholic University of America Press, 1988.
The Apocrypha, translated out of the Greek and the Latin Tongues. The World Classics, 274. London: Oxford University Press, 1926.
The Apostolic Fathers, Vol. I. Ed. and Trans. Kirsopp Lake. The Loeb Classical Library. London: Heinemann, 1912.
Beichner, Paul. "The Grain of Paradise." *Speculum*, XXXVI (1961), 303.
S. Bernardi Opera, Vol. I. *Sermone super Cantica Canticorum*. Ed. J. Leclerq, C. H. Talbot and H. M. Rochais. Romae Editiones Cistercienses, 1959.
Bernard of Clairvoux. *On the Song of Songs*, I. Trans. Kilan Walsh. Kalamanzoo: Cistercian Publications, 1987.
(聖ベルナルド『雅歌について』(1)山下房三郎訳．東京：あかし書房，1977).
Bokenham, Osbern, *Legendys of Hooly Wummen*. Ed. Mary S. Serjeanston. E. E. T. S., OS, 26. London: University Press, 1938.
———————. *A Legend of Holy Women*. Trans. Shelia Delany. Notre Dame: University of Notre Dame Press, 1952.

Davidson, Audrey. "*Alma redemptoris mater*: The Little Clergeon's Song." *Studies in Medieval Culture*, Ⅳ (1974), 3.

de Fries, Ad. *Dictionary of Symbols and Imagery*. Amsterdam: North-Holland, 1974.

Emerson, Richard K. and Bernard McGin., eds. *The Apocalypse in the Middle Ages*. Ithaca: Cornell University Press, 1992.

Hall, James. *Dictionary of Subjects and Symbols in Art*. London: John Murray, 1974.

Hawkins, Sherman. "Chaucer's Prioress and the Sacrifice of Praise." *JEGP*, LXIII (1964), 4.

Herman, J. P. and J. J. Burke, eds. *Signs and Symbols in Chaucer's Poetry*. Alabama: The University of Alabama Press, 1981.

Maltman, Nicholas. "The Divine Granary or the End of the Pardoner's 'Greyn'." *ChR*. Ⅶ (1982), 2.

Origen, *An Exhortation to Martyrdom*, *Prayers*, *Fisrt Principles*. *Prologue to the Commentary on the Song of Songs*, *Homily XXVII on Number*. Trans. Rowan A. Greer. New York: Paulist Pess, 1976.

Oxford Latin Dictionary. Ed. P. G. W. Glare. Oxford: Clarendon Press, 1982.

Pearl. Ed. E.V. Gordon. Oxford: Clarendon Press, 1953.

Werk, J. C. "On the Sources of the *Prioress's Tale*." *Medieval Studies*, XVII (1955).

Winny, James, ed. *The Prioress' Prologue and Tale*. Cambridge: Cambridge University Press, 1975.

5　Business 考—聖セシリアの殉教

An Anglo-Saxon Dictionary. Ed. J. Bosworth. Enlarged by T. N. Toller. 1983; rpt. London: Oxford University Press, 1954.

Audrey, John. *The Poems of John Audrey*. Ed. E. K. Whiting. E. E. T. S., OS, 164. Oxford: Oxford University Press, 1931.

Beichner, P. E. "Confrontation, Contempt of Court and Chaucer's Cecilia." *ChR*, Ⅷ (1973-74), 3.

Burrow, J. A. *Medieval Writers and Their Work: Middle English Literature and its Background 1100–1500*. Oxford: Oxford University Press, 1982.

Du Cang, *Glossorium Media et Infimae Latinitatis*, unveränderter Nachdruch der Ausgabe von 1883–1887. Graz: Akademische Druck-U, Verlagsantalt, 1954.

Ellis Rogers. *Patterns of Religious Narrative in the Cantetbury Tales*, London: Green Helm, 1986.

Furnivall, F. J., ed. *The Minor Poems of Vernon MS*, Part II. E. E. T. S., OS, 117, London: Kegan Paul, 1901.

The Golden Legend or Lives of Saints translated by William Caxton, Vol. IV. Ed. F. S. Ellis. London: J. M. Dent, 1900.

Grennen, J. E. "Saint Cecilia's 'Chemical Wedding': Unity of the *Canterbury Tales*, Fragment VIII." *JEGP*, LIV (1966).

Horstman, Carl., ed. *The Life of St. Katherine of Alexandria*. E. E. T. S., OS, 100. London: Kegan Paul, 1893.

——————. ed. *The Early South-English Legendary or Lives of Saints*. E. E. T. S., OS, 87. London: N, Trübner, 1887.

Lathan, R. E. ed. *Dictionary of Medieval Latin from British Sources*. London: Oxford University Press, 1975—

Lowes, J. L. "Chaucer and the Seven Deadly Sins." *PMLA*, XXX (1915).

Minnis, A. J. *Medieval Theory of Authorship: Scholastic Literary Attitudes in the Later Middle Ages*. London: Scolar Press, 1984.

Niermyers, J. N., ed. *Mediae Latinitatis Lexicon*. Leiden: E. J. Brill, 1976.

Peck, R. A. "The Idea of 'Entente' and Translation in Chaucer's *Second Nun's Tale*." *Annuale Mediaevale*, VIII (1967).

斎藤勇他『中世イギリス文学と説教』中世英文学シンポジウム，第 3 集．東京：学書房，1987.

——————『イギリス中世文学の聖と俗』京都：世界思想社，1990.

Scattergood, John. "The 'Bisynesse' of Love in Chaucer's Dawn Song." *Essays in Criticism*, XXXVII (1987).

柴田竹夫「Chaucer の *Canon's Yeoman's Tale*——*ignotum per ignocius* をめぐって」『主流』46，同志社大学英文学会，1985.

William of Shoreham. *The Poems of William of Shoreham*. Re-ed. M. Konrath. E. E. T. S., ES, 86. London: Kegan Paul, 1902.

6　*Ancrene Wisse* における窓のイメジ

Ancrene Wisse. Ed. J. R. R. Tolkien. E. E. T. S., OS, 249. London: Oxford University Press, 1962.

Ancrene Wisse, Part VI and VII. Ed. Geoffrey Shepherd. 1959; rpt. Exeter: University of Exeter Press, 1991.

Ancrene Wisse, Guide for Anchoresses. Trans. Hugh White. Harmondsworth: Penguin Books, 1993.

'*Temptation*' *from Ancrene Wisse*, Vol. Ⅰ. Ed. Yoko Wada. Institute of Oriental and Occidental Studies, 18. Osaka: Kansai University, 1994.

The Ancrene Riwle: A Treatise on the Rules and Duties of Monastic Life. Ed. and trans. James Morton. 1953; rpt. New York: AMS, 1986.

Ancrene Riwle. Ed. Mabel Day. E. E. T. S., OS, 225. London: Oxford University Press, 1952.

The Ancrene Riwle. Trans. M. B. Salu. Notre Dame: University of Notre Dame Press, 1955.

(『修道女案内』(1)—(2) 阿波加清志訳．『片平』第 16 号，第 17 号．中部片平会，1979，1982；『修道女案内』(3)—(7) 阿波加清志訳．*Philologia*，14—18．三重大学外国語研究会，1982-1986).

阿波加清志「Ancrene Wisse の表題」『三重大学人文学部文化学科紀要「人文論叢」』第 5 号，1988.

Barratt, Alexander. "The Anchorite Aspects of *Ancrene Wisse*." *Med. Aev.*, XLIX (1980), 1.

聖ベルナルド『謙遜と傲慢の段階について』古川勲訳．東京：あかし書房，1980.

Defensor's Liber Scintillarum with an Interlinear Anglo-Saxon Version. Ed. E. W. Rhodes. E. E. T. S., OS, 93. 1897; rpt. New York: Kraus Reprint, 1987.

Fasciculus Morum: A Fourteenth Century Preacher's Handbook. Ed. and trans. Siegfried Wenzel. University Park: The Pennsylvania State University Press, 1989.

Georgianna, Linda. *The Solitary Self: Individuality in the "Ancrene Wisse"*. Cambridge, Mass.: Harvard University Press, 1981.

The Early English Versions of the Gesta Romanorum. Ed. Sidney J. H. Herrtage. E. E. T. S., ES, 33. London: Humphrey Milford, 1897.

Gesta Romanorum or Entertaining Moral Stories. Trans. Charles Swan and Wynnard Hooper. 1876; rpt. New York: Dover Publications, 1959.

『ゲスタ・ロマノールム』伊藤正義訳. 東京：篠崎書林，1988.

Horstman, Carl, ed. *Yorkshire Writers: Richard Rolle of Hampole and His Followers*, Vol. II. London: Swans Sonnenschein, 1896.

Kolve, V. A. *Chaucer and the Imagery of Narrative: the First Five Canterbury Tales*. Stanford: Stanford University Press, 1984.

Dan Michel's Ayenbite of Inwyt, or Remorse of Conscience. Ed. Richard Morris. E. E. T. S., OS, 23. London: N. Trübner, 1866.

Tertullian. *Disciplinary, Moral and Ascetical Works*. Trans. R. Arbesmann, E. J. Dadly and A. Quasin. The Fathers of the Church. A New Translation. New York: Fathers of the Church, Inc., 1959.

あとがき

「十年ひと昔」といってわが国では世の移りが十年を単位として区切られている。その単位をとくに意識したわけではないが，私はおおよそ十年毎に研究成果をまとめてきた。そういう成行になったまでである。ではこの十年ほどの間，私はイギリスの中世文学にどのような姿勢で接するようになったのだろう。

話は変るようだが，旧制の中学時代，友人から講談社版の『落語全集』を借りて，読んでは笑い，笑っては読み，楽しんだおぼえがある。後年しきりに寄席に通って，かって活字で親しんだ咄《はなし》を実際に落語家が口演するのに接した。ところが読んで楽しんでいた時とは迫ってくるものが違うのである。うまく言えないがなにかがやって来る。等身大の咄がやって来る。滑稽な話なら腹の底から笑えるし，人情話なら心からジーンとくる。要するにより濃い人生模様が伝わってくるのだ。ある時など柳家小さん師匠が，数ある客の中で特に私の顔だけを悪戯っぽくじっと見つめているような錯覚をおぼえた。どうだおかしいかね。もちろん私にだけ目線を据えたわけではないが，どぎまぎした。話しかけられている実感をもったのだ。目で活字を追って落語を楽しんでいたのではこういう瞬間は味わえないはずだ。そもそも落語を読むということじたいが邪道なのだ。まこと落語家は咄家《はなしか》でなければならぬ。

現在私たちは中世の文学作品を，たとえばチョーサーやラングランドなどを，丁寧に検証編纂された活字本を通して親しんでいて，それなりに迫ってくるものを感じてはいる。しかし難解なところでは立ち止り，頁をあれこれ繰っては文脈を辿り直し，ともかくも解釈をほどこしたりする。写本を目で読む時代の人にとっても事情はさして変るまい。しかしもともと中世の文学などは口頭で披露されたものであって，落語口演の場合のように，演者の目線の据え方，ジェスチア，間(ま)のとり方などが，当意即妙であったり，あるいはかねての予定どおり，実演されるのである。教会の牧師に頂いた説教集も，それを読んだのでは，あのある日の名説教のような感動を呼ばないのもそういうパーフォーマンスに欠けるところがあるからであろう。公式性だけが伝わってきて，極端に言えば野放図性が味わえない。そういうことを頭においてこの十年間中世の文学に接し直してみた。そうすると語り手が聞き手を意識するがゆえの曖昧さや，曖昧さの中に隠し絵のように埋伏されている悪戯，聞き手の質や人数に配慮した遠慮，あるいは無遠慮などに気がつくことがある。

私は 1999 年で勤務先の大学を定年退職しているので，ひとつの区切りの里程標として本書を世に問うてみることにした。本書のII章，III章などは上述の意識を反映させたつもりである。読みかえしてみるとなにか必死にまさぐっているようだが，隔靴搔痒の感なきにしもあらずである。大方の批判をこそ待ちたい。

チョーサーの名やその作品を標記していない章，節もあるが，そういう章，節の中でも，なにかの拍子にどうしてもチョーサーにこだわらずにはいられなくなるから妙である。Ⅳ章の6はチョーサーを論じていないので違和感があるかもしれないが，これとても『カンタベリ物語』の「序の歌」に登場する女子修道院長のポートレイトにこだわった末『修道女心得』という作品に鍬を入れてみたものだ。Ⅴ章は『英語青年』にかつて一年間連載したもの（1993年4月～1994年3月）のうち10編を転載させていただいた。随筆という性質上それについては索引を作製しなかった。

各章，節の初出を明らかにしておく。Ⅰは『同志社大学英語英文学研究』65号（同志社大学人文学会，1995）に，Ⅱ，1は *Poetica*，（Shubun International，1994）に，Ⅱ，2は『*Sententiae*：水島喜喬教授還暦記念論文集』（北斗書房，1995）に，Ⅱ，3は『英語・英文学への讃歌：廣岡英雄先生喜寿記念論文集』（英宝社，1994）に，Ⅲ，1，2は『虚構と眞実——14世紀英文学論集』都留久夫編（桐原書店，2000）に，Ⅳ，1は『同志社大学英語英文学研究』67号（1996）に，Ⅳ，2は *Medieval Heritage*：*Essays in Honour of Tadahiro Ikegami*（雄松堂，1997）に，Ⅳ，3は『同志社大学英語英文学研究』52・53号（1991）に，Ⅳ，4は *Arthurian and Other Studies Presented to Shunichi Noguchi*（Boydell and Brewer，1993）に，Ⅳ，5は *Studies in Medieval English Language and Literature*，3号（日本中世英語英文学会，1988）に，Ⅳ，6は同じく *Studies in Medieval English Language and Literature*，12号（1997）にそれぞれそのもとになるものが掲載された。もちろん大巾に加筆補正がほどこしてある。なかには原形をとどめないものもある（Ⅱ，3）。もともと英文で発表されたものを日本語に書き直したものもある。他は本書のために書きおろしたもの。

同学の畏友吉田和男氏，横山茂樹氏に校正と索引作成のお伝いをいただいた。感謝にたえない。もちろん誤りありとせばそれはすべて著者の責任である。南雲堂の原信雄氏に今回もずいぶんお世話になった。感謝するに吝かではない。私は元来蒲柳の体質で，しかも状況に甘えてすぐに不摂生をする性質である。高齢も近くになってからのそういう私を叱り，宥め，研究生活を続けられるように健康の面倒をみてくださった愛寿会同仁病院の太田義治，新保慎一郎両先生にもお礼を申上げなければならない。

最後に――at last but not least――長きにわたって愛と忍耐で私の研究を陰で支えてくれた妻和子に謝意を表するのは当然の義務と心得ている。

2000 年　5 月

斎藤　勇《いさむ》

索　引（人名・作品名・書名）

（V章を省いた本文についてのみ）

著者について

齋藤　勇（さいとう・いさむ）

1929 年　京都市に生まれる。1950 年　同志社大学文学部卒業。1952 年　同志社大学大学院文学研究科修士課程修了。1964 年　同志社大学大学院文学研究科博士課程修了（文学博士）。1971 年-72 年，ケンブリッジ，ユニヴァーシティ・コレッジにて中世英文学を研究。現在　同志社大学名誉教授。

著　書　*A Study of Piers Plowman with Special Reference to the Pardon Scene of the "Visio"*（南雲堂，1966）
『中世のイギリス文学――聖書との接点を求めて』（同，1978）
『カンタベリ物語――中世人の滑稽・卑俗・悔悛』（中公新書，1984）
『イギリス中世文学の聖と俗』（世界思想社，1990）

編　著　（共編）『チョーサーとキリスト教』（学書房出版，1984）
『文学とことば――イギリスとアメリカ』（南雲堂，1986）
『中世イギリス文学と説教』（学書房出版，1987）

監　修　『イギリスの文学――概説と演習』（英宝社，1993）

チョーサー　曖昧・悪戯・敬虔

2000 年 7 月 10 日　1 刷発行

著　者　齋　藤　勇
発行者　南　雲　一　範
装幀者　戸田ツトム＋岡孝治
印刷者　壮　光　舎

発行所　株式会社 南　雲　堂

東京都新宿区山吹町 361 番地／郵便番号 162-0801
振替口座・東京　00160-0-46863 番
電話（営業部）東京　(03)　3268-2384
電話（編集部）東京　(03)　3268-2387
ファクシミリ・東京　(03)　3260-5425

〈検印省略〉　Printed in Japan〈1B-261〉

ISBN4-523-29261-2　C3098